# 新时期内蒙古少数民族作家小说生态书写研究

郭秀琴 ◎ 著

生态书写的缘起
生态书写的忧思
生态救赎之途
生态书写的困境与突围

中国社会科学出版社

图书在版编目(CIP)数据

新时期内蒙古少数民族作家小说生态书写研究／郭秀琴著 .—北京：中国社会科学出版社，2020.3
ISBN 978-7-5203-6367-9

Ⅰ.①新… Ⅱ.①郭… Ⅲ.①少数民族文学—小说创作—文学创作研究—内蒙古—当代 Ⅳ.①I207.42

中国版本图书馆 CIP 数据核字（2020）第 067978 号

| 出 版 人 | 赵剑英 |
| --- | --- |
| 责任编辑 | 任　明 |
| 责任校对 | 闫　萃 |
| 责任印制 | 郝美娜 |

| 出　　版 | 中国社会科学出版社 |
| --- | --- |
| 社　　址 | 北京鼓楼西大街甲 158 号 |
| 邮　　编 | 100720 |
| 网　　址 | http：//www.csspw.cn |
| 发 行 部 | 010-84083685 |
| 门 市 部 | 010-84029450 |
| 经　　销 | 新华书店及其他书店 |
| 印刷装订 | 北京君升印刷有限公司 |
| 版　　次 | 2020 年 3 月第 1 版 |
| 印　　次 | 2020 年 3 月第 1 次印刷 |
| 开　　本 | 710×1000　1/16 |
| 印　　张 | 12.75 |
| 插　　页 | 2 |
| 字　　数 | 196 千字 |
| 定　　价 | 85.00 元 |

凡购买中国社会科学出版社图书，如有质量问题请与本社营销中心联系调换
电话：010-84083683
版权所有　侵权必究

# 摘 要

生态文明在21世纪成为时代关注的热点问题。本书的选题正是源于对当下日益严重的生态危机的忧思而作。全球化背景下，生态文学批评应秉持多元文化的视野与胸怀，将生态文学置于社会文化的多棱镜下，从地域、信仰、文化、经济、技术等多个棱面来审视生态文学与其他社会文化因子之间的互动与制约关系，在此基础上才能对生态危机产生的复杂病因进行综合的文化"诊疗"。本书以此方法来解读新时期内蒙古少数民族作家的小说创作，在对生态书写多层面溯源的基础上，从自然、文化、精神等多个领域来确定生态危机的种种症状，多角度、全方位透视并确定病源，力图对症下药，找寻到生态救赎的可行之路。全书由绪论、主体四章和结语共六个部分组成：

绪论部分交待研究的内容、研究的意义与研究方法。

第一章论述新时期内蒙古少数民族作家生态书写的缘起。少数民族拥有得天独厚的生态资源。历史上内蒙古地域曾有的丰美的草场和茂密的森林环境，孕育了身居其中的少数民族文化的生态性。内蒙古少数民族的民间文学中所包含的生态资源在为作家提供丰富的创作素材的同时，还赋予了作家生态创作特有的民族风情。而少数民族崇拜自然的宗教信仰不仅启迪着作家们的生态意识，也为其生态书写涂抹上一层神秘的光辉。因此，独特的自然环境和地域条件、积淀丰厚的民间文学以及北方少数民族相近的宗教文化传统等，这些因素的合力促成了新时期内蒙古少数民族作家小说创作浓郁的生态特色。

第二章论述新时期内蒙古少数民族作家小说生态书写的忧思。新时期内蒙古少数民族作家对自然生态具有强烈的忧患意识。面对大自然在现代工业文明利斧砍伐下正在慢慢死去的现实，与生俱来的生态责任感促使他们不约而同地以笔传声，在对自然生态危机触目惊心的描摹中批判和警示人类的妄作胡为；生态危机根源在于我们的文化系统本身。面对现代文明猛烈攻势下民族文化传统的衰颓命运，内蒙古的少数民族作家在其小说的生态书写中表现沉重的文化消亡的悲怆意识；而在对城市与草原人"在城""出城""进城"故事的书写中，他们的精神世界的多重困境也得到了民族作家的凝眸与精微探析。面对与现代性发展结伴而来的自然恶化、文化衰落、精神困厄的重重危机现状，内蒙古少数民族作家在试图记录这一痛苦时刻的同时，也对危机背后的"现代性"背景予以质疑与反思，并探讨了民族作家如何以民族文化身份的抉择和建构来表达对"现代性与民族性"复杂关系的思考与纾解。

第三章论述新时期内蒙古少数民族作家小说的生态救赎之途。在对生态危机现状多重呈现与根源认知的基础上，探析新时期内蒙古少数民族作家所作的救赎努力。基于现代性"祛魅"所致的生态破坏恶果的考虑，对自然本真的还原再现与对动物精灵的诗意书写便成为新时期内蒙古少数民族作家的文学救赎——"重塑自然神性"的有效策略；而在文化的救赎上，作家力图通过远古神话传说的复归、宗教文化传统的激活、民族形象的建构等途径来实现对传统之链的续接和追求多元文化的共存；面对人类的精神领域出现的严重失衡现象，内蒙古少数民族作家通过对"浪漫还乡""诗意栖居"的理想乌托邦的构建来表达对人类精神救赎的不懈努力以及对诗意生存心灵家园的不倦追寻。

第四章论述新时期内蒙古少数民族作家小说生态书写的困境与突围。行进中的内蒙古少数民族作家的生态书写存在着审美上的迷津，尚需要有针对性地纠偏补弊，需要在生态话语与审美取向、科技理性与民族文化、现实的危机与理想的救赎等多项矛盾张力中寻求平衡以实现突围，从而转向更具启示意义的知性创作。

结语部分总结了新时期以来内蒙古少数民族作家生态书写独有的气质品格与价值意义。内蒙古少数民族作家的生态书写是一种来自"血液记忆"的自觉书写，渗透着浓重的忧患意识和强烈的生命意识。作品中所涉及的文明与发展之痛、对诗意生存的理想化追求等问题，也是生态学影响下的现代游牧民族对人类生存困境的思索。这些话题的生态言说表现作家们力图超越民族与本土局限而面向人类世界的普世关怀意识。

**关键词**：新时期；内蒙古少数民族作家；小说创作；生态书写

# Abstract

Ecological civilization has become the hot topic in the 21th century. The thesis topic comes from the anxiety of the increasingly serious ecological crisis at present. Under the background of globalization, the ecological literary criticism should adhere to the multi-cultural perspective and mind, settling the ecological literature under the prism of social culture to survey the interactive and restrictive relations between ecological literature and other social cultural factors from region, belief, culture, economy and technology, from which the complex problems produced by ecological crisis can be solved culturally and comprehensively. The essay, subject to this methodology, interprets the novel creation of Inner Mongolian minority writers in the new period, defines the various symptoms of ecological crisis from nature, culture and spirit based on tracing to the multi-sources of ecological writing and examines the reasons from multi-perspectives and all-round directions in order to act appropriately to the situation and find out the applicable method for ecological salvation. The essay comprises six parts, including the introduction, four subject chapters and the conclusion.

The introduction presents the study content, methodology and significance.

Chapter one discusses the origin of the novel creation of Inner Mongolian minority writers in the new period. The minority has unique ecological resources. The lush grassland and thick forest that appeared in the ancient Inner Mongolia cultivate the ecological culture for the minority in that area. The ecological resource included in the minority folk literature provides sufficient creation materials and unique national customs for writes. The belief of nature worship in the minority inspires writers' ecological awareness and paints a mysterious brilliance on their ecological writing. Therefore, the unique natural environment and regional condition, the lush folk literature and the similar religious cultural convention among northern minorities comprehensively contribute to the rich ecological feature in novel creation of Inner Mongolian minority writers in the new period.

Chapter two discusses the anxiety of ecological writing of Inner Mongolian minority writers in the new period. Those writers have a strong sense of crisis towards natural ecology. Facing the dying nature under the circumstance of the damage by modern industrialization, they, with their inherent ecological responsibility, regard their pens as swords coincidently to criticize and warn people's random activities and actions through the description of serious ecological crisis in nature; the source of ecological crisis is our cultural system itself. In the presence of the recession of national cultural convention under the fierce attack by modern civilization, the minority writers in Inner Mongolia express strong pathetic awareness of culture extinction through the ecological writing; besides, they focus and explicitly explore the dilemma in the mental world of people from the grassland when create the story about their emotions "in the city" "out of city" and "into the city". Faced with the various serious situations of nature degradation, culture recession, and spiritual problem coming with modern development, writers spare their efforts to record this situation, query and reflect the modernization background behind the crisis and discuss the way to express their thoughts and solutions towards the complex relationship between "modernization and nationality" by selecting and building national cultural identity.

Chapter three discusses the ecological salvation of the novel of Inner Mongolian minority writers in the new period. This chapter analyzes the salvation efforts made by Inner Mongolian minority writers in the new period based on the multi-presences and source recognition of ecological crisis. The writers regard the nature restoring and the poetic writing of creatures as the effective strategy for realistic level salvation – "restoring nature divinity" considering the ecological damage by the disenchantment of the modernization. In terms of cultural salvation, writers try to achieve the continuity of tradition and co-existence of multi-culture through the return of ancient myth, the activation of religious and cultural tradition and the building of national image. Facing the serious imbalance in human spirit, the writers express their constant endeavor of human spirit salvation and tireless pursuit of poetic living spiritual garden through the creation of ideal Utopian with " the romantic return" and " the poetic dwelling".

Chapter four discusses the difficulties and solutions of ecological writing of Inner Mongolian minority writers in the new period. The ecological writing development has maze on aesthetic aspect, which needs particular rectification and to pursue the balance through various contradictions and tensions among ecological discourse and aesthetic orientation, technological rationality and national culture as well as realistic crisis and ideal salvation to achieve breakthrough and to turn to rational creation with more inspirational significance.

The conclusion summarizes the unique characteristics and value significance of ecological writing of Inner Mongolian minority writers in the new period. The ecological writing is a consciously writing from "blood memory", penetrating with a strong sense of crisis and fierce life awareness. The civilization and development pain as well as the ideal pursuit for poetic living referred to the works are the consideration of living difficulties of modern nomadic nations affected by ecology. The ecological speech of these topics reflects the universal concern towards human by writers exceeding the limitation of nation and mainland.

Keywords: new period; Inner Mongolian minority writers; novel creation; ecological writing

# 目 录

绪论 …………………………………………………………… (1)
  一 研究的内容 ……………………………………………… (2)
  二 研究的可行性与研究的意义 …………………………… (14)
  三 研究方法与研究思路 …………………………………… (19)

**第一章 新时期内蒙古少数民族作家生态书写的缘起** ………… (23)
  第一节 地域环境与生态书写 ……………………………… (23)
    一 内蒙古地域文化的生态性 …………………………… (24)
    二 地域文化是哺育作家生态意识的精神母乳 ………… (27)
    三 地域文化是滋养作家生态审美意识和审美情感的沃土 …… (31)
  第二节 民间文学与生态书写 ……………………………… (36)
    一 民间文学中的"绿色"宝藏 ………………………… (36)
    二 民间文学对作家生态书写的引导意义 ……………… (41)
  第三节 宗教信仰与生态书写 ……………………………… (47)
    一 宗教思想中的生态智慧折光 ………………………… (47)
    二 宗教思想对作家生态意识的启蒙 …………………… (49)
    三 宗教氛围在文本中的神秘性营造 …………………… (51)

**第二章 新时期内蒙古少数民族作家小说生态书写的忧思** …… (54)
  第一节 自然之殇与家园之痛 ……………………………… (55)
    一 "哭泣的草原" ………………………………………… (55)
    二 "呻吟的森林" ………………………………………… (59)
    三 野生动物的哀歌 ……………………………………… (61)
  第二节 渐行渐远的文化足音 ……………………………… (64)
    一 民族习俗的逐渐消逝 ………………………………… (66)
    二 宗教信仰中的生态伦理思想的隐退 ………………… (74)

三　民族精神的萎缩 …………………………………………（78）

　第三节　失重的灵魂无处安放 ………………………………（83）

　　一　生命不能承受之重 ………………………………………（84）

　　二　喧嚣中的孤独 ……………………………………………（86）

　　三　无根的漂泊 ………………………………………………（88）

　第四节　危机寻根：对现代性的反思 ………………………（92）

　　一　对人类主体性的拷问 ……………………………………（93）

　　二　对工业化和科技文明的质疑 ……………………………（98）

　　三　现代性语境下民族身份的建构 ………………………（101）

第三章　新时期内蒙古少数民族作家小说的生态救赎之途 ……（108）

　第一节　自然神性的重塑 ……………………………………（108）

　　一　自然本真的还原再现 …………………………………（112）

　　二　动物精灵的诗意书写 …………………………………（118）

　第二节　传统之链的续接 ……………………………………（125）

　　一　远古神话传说的复归 …………………………………（126）

　　二　宗教文化传统的激活 …………………………………（130）

　　三　民族形象的构建 ………………………………………（139）

　第三节　浪漫还乡与诗意栖居 ………………………………（146）

　　一　荒野的回归 ……………………………………………（148）

　　二　天堂草原的寻根 ………………………………………（152）

　　三　青鸟的不倦追寻 ………………………………………（154）

　　四　人·动物·自然的和弦 ………………………………（155）

第四章　新时期内蒙古少数民族作家小说生态书写的困境与
　　　　突围 …………………………………………………（161）

　第一节　生态书写遭遇的尴尬 ………………………………（161）

　　一　问题意识的沉重牵制了想象的翅膀 …………………（162）

　　二　模式化、雷同化的写作模式 …………………………（164）

　　三　题材相对狭窄，理性沉思不足 ………………………（166）

　第二节　多重矛盾张力中的平衡与突围 ……………………（168）

　　一　生态话语与审美取向 …………………………………（168）

　　二　科技理性与民族文化 …………………………………（170）

三　现实的危机与理想的救赎 …………………………（172）
**结语** ……………………………………………………………（174）

**参考文献** ………………………………………………………（177）
**后记** ……………………………………………………………（189）

# 绪　　论

　　内蒙古自治区像一匹昂首飞腾的骏马奔驰在祖国辽阔的北疆。这里曾经有丰美的草场、茂密的森林、肥沃的土地、丰富的矿产以及种类繁多的野生动植物资源。这块辽阔的土地自古以来就是北方游牧民族的发祥地，至今仍然是多个少数民族的聚居园。除汉族外，生活着蒙古、满、回、达斡尔、鄂温克、鄂伦春、朝鲜等多个民族群体。回眸历史，艰难恶劣的自然环境和变动不居的生活方式造就了北方少数民族相近的文化传统，形成了与安土重迁的农业文明截然不同的游牧文化传统和森林狩猎文化传统。他们在与草原、森林长期相处的过程中，直观地感悟人与自然水乳交融、密不可分的关系，并且把"与大自然和谐相处"的生态智慧内化为民族自身的价值取向和行为准则，体现在他们全部的生产、生活和文化行为之中。因此，这种游牧文化和森林狩猎文化表现出强烈的地域与生态特征。新时期以来，随着内蒙古地区现代化进程的加快，工业文明视阈下的经济效益优先的现代化观念带来的是灾难频发的生态危机：草原退化、森林锐减、物种急降、土地沙化、沙尘频发，还有草原上随处可见高耸的烟囱、被污染的河流、被工业废物侵蚀的草场……这些已经严重威胁到人们的生存和日常生活。而少数民族由于历史和地域的原因所保持的与自然的亲缘关系也使作家们对生态现状的反应更为敏感强烈。尤其是面对发展主义和效益至上观念下被搅乱了的草原、森林自然纯朴的人际关系和自由自在的生活方式，少数民族作家们开始重新审视民族命运与传统文化，反思现代化的合理性及其必要性。他们从自己熟悉的角度，以自己擅长的方式表达了对民族生态危机的忧虑与反思，试图唤起人们特别是族人对本民族生态问题的全方位关注与责任感。

　　20世纪70年代后期，蒙古族作家郭雪波、满都麦，鄂温克作家乌热尔图等少数作家率先对民族地区的生态进行关注。进入20世纪末21世纪初以来，随着现代化进程的加快，本已堪忧的生态环境问题并没有得到很好的解决，内蒙古地区的草原、森林、动物等资源正在继续遭受着灾难。面对自然环境与生态的持续恶化以及民族地区人民的价值观念更迭与精神蜕变，越来越多的少数民族作家试图以文艺的形式来唤醒人们的生态意识。除了作家郭雪波、满都麦、乌热尔图等之外，还有很多优秀作家如蒙古族的阿云嘎、黄薇、肖勇、肖龙、海勒根那、格日勒其木格·黑鹤、乌兰，达斡尔族的萨娜、昳岚，鄂温克族的杜梅、满族的袁玮冰等，也加入了生态创作的行列。他们的具有浓烈生态气息的小说创作，不仅为内蒙古文坛带来葱郁的绿意与独特的审美风貌，更为中国当代文坛注入异质文化的新鲜血液：边缘区域给作家创作带来的得天独厚的优势、民族文化的生态言说、地域文学的独特气质、作品中的精神生态关注、对弱势文化的重新定位等，这些都为中国的当代生态文学版图增添了浓墨重彩的一笔。因此，对新时期以来内蒙古少数民族作家小说创作进行生态视角下的解读，便具有了地域与民族层面上的双重意义。

## 一　研究的内容

（一）研究的视角

生态视野下的新时期内蒙古少数民族作家小说研究，这里的"生态视野"是指在文学研究中引入生态批评的视角，通过研究包孕生态意识、生态理念、生态思想或者具有生态立场的小说作品，来追寻生态危机出现的思想文化根源，探索人类的精神处境，以求得在现代化的语境中人们生态意识的强化，推动生态文明的建设与发展。

1. 生态与生态批评

"生态"一词可以追溯19世纪中叶，由德国的生物学家恩斯特·海克尔最早提出。德语写作"Oecologie"，是由希腊语"oikos"和"logos"组合而成。"oikos"意为环境或家园，"logos"意为学科，二者拼合在一起创造出"ecology"——"生态学"这个词。顾名思义，生态学是对家园环境的研究。虽然海克尔用它来描述生物与生物、生物与环境之间的相互影响关系，但事实上，与家园相关的生命、存在、健康、和谐、伦理、天然、共生等词语也成了"生态"潜在的语意。随着工业化社会环境的不断恶化,生态问题成为人们关注的重点,"生态学"也以"显学"的姿态渗透社会的各个领域。在自然科学界,出现了以"生态学"为词根的多种学科,如土壤生态学、森林生态学、草原生态学、昆虫生态学、植物生态学等;在社会科学领域,也出现了以"生态学"为修饰语的名目繁多的人文学科,如生态哲学、生态伦理学、生态文学、生态美学、生态批评;等等。生态学以如此强劲的生命力进入各个学科,其中很重要的原因在于它为人类提供了一种新鲜的价值观、思维方式或广阔的研究视野。可见,"生态"一词拥有更大的包容性,并不能简单地和这一类的字眼如"环境""自然""绿色"等同。"在希腊语中,生态指的是生存居所与持家之道,而现在大多数人说的只是外部的环境。其中的偷梁换柱在于,将一种包含伦理、家政在内的自然生存空间变成了一个巨大的、工具性的环境外壳。这样一来,环境就成为达尔文所说的,只是'独立于人类及其他物种之外'的存在。"[①]因此,生态立场指向的应该是符合人与自然和谐发展的生活方式,它不应该仅仅停留在对外部自然生态环境的关注上,还应该包含对生活方式和价值观念的选择以及对居所中人类精神世界的凝眸。

生态批评作为在世界范围内产生广泛影响的一种新的文学批评潮流,发端于20世纪70年代,活跃于90年代的美国。出版于1974年的《生存的悲剧:文学的生态学研究》是美国学者约瑟夫·密克尔的专著。在书中,他首次提出"文学的生态学"这一概念,主张探讨文学对人类与其他物种关系的反映,发掘和审视人类行为和自然环境的影响作用。1978年,"生态批评"这一术语由美国学者鲁克尔特在《文学与生态学:一次生态批评实验》一文中提出,强调批评家"必须有生态视野",要"将文学与生态学结合起来"。80年代中期,美国教授开始开设有关生态文学研究的课程。90年代,英国学者贝特的《浪漫主义的生态学》专著问世,标志英国生态文学研究的发端。1992年,"文学与环境研究会"(The Association for the study of Literatlre and Environme-

---

[①] [法]塞尔日·莫斯科维奇:《还自然之魅——对生态运动的思考》,庄晨燕、邱寅辰译,生活·读书·新知三联书店2005年版,第145页。

nt，简称 ASLE）在美国成立，为促进生态文学创作、推进生态批评方法的交流搭建了良好的平台。之后一批专著的出版成为生态批评领域最为丰硕的成果：卡尔·克洛伯尔的《生态的文学批评：浪漫的想象与生态意识》（1994），着眼于生态批评的缘起、特质、标尺及发展方向等问题；哈佛大学布伊尔教授的《环境的想象：梭罗、自然书写和美国文化的构成》（1995），是一部独立研究的里程碑式的专著；印第安纳大学教授默菲等主编的《文学与环境百科全书》（1995）是集前人研究成果之大成的巨型资料库；由美国第一个获得"文学与环境教授"头衔的学者格罗特费蒂主编出版的论文集《生态批评读者：文学生态学的里程碑》（1996）对生态学、生态文学理论、文学的生态批评和生态文学的批评等术语给予了专章的论析；1998 年，《书写环境：生态批评和文学》论文集由英国批评家克里治和塞梅尔斯主编出版，这是英国的第一本生态批评论文集。与此同年出版的还有默菲主编的大型论文集《自然的文学——一部国际性的资料汇编》，囊括了五大洲几十个国家的生态文学研究论文。

进入新千年以来，生态文学的研究更加突飞猛进。不仅相关主题的国际性研讨会议在世界各地频繁召开，而且一批更有分量和影响力的生态批评著作和研究丛书发行问世。如利物浦大学教授乔纳森·贝特的《大地之歌》《大地之梦》（2000）；劳伦斯·布伊尔的《为处于危险的世界写作：美国及其他国家的文学、文化与环境》（2001）；麦泽尔主编的《早期生态批评一百年》（2001），此外还有 2002 年由弗吉尼亚大学出版社推出的第一套"生态批评探索丛书"；等等。

随着世界各地生态文学创作的繁荣，在亚洲，如日本、韩国等地也掀起了对生态文学的研究热潮。而中国内地的生态文学批评在 20 世纪 90 年代开始进入研究者的视野，至新世纪伴随着生态环境的持续恶化而不断升温。在生态文艺理论阵地，鲁枢元、曾永成、曾繁仁、王诺、余谋昌、雷毅、徐恒醇等一批学者在生态批评理论的建构、西方生态文学及生态批评理论的引进阐释以及生态学与其他人文学科的跨界研究等方面做出了突出的贡献。出版了一批有代表性生态批评专著的，如曾永成的《文艺的绿色之思》（人民文学出版社 2000 年版），鲁枢元的《生态文艺学》（陕西人民教育出版社 2000 年版）、《生态批评的空间》（华东师范大学出版社

2006年版)、《自然与人文——生态批评学术资源库》(学林出版社2006年版)、《走进大林莽：四十位人文学者的生态话语》(上海文艺出版社2008年版)，曾繁仁的《生态存在论美学论稿》(吉林文学出版社2003年版)，王诺的《欧美生态文学》(北京大学出版社2003年版)，余谋昌的《生态哲学》(陕西人民教育出版社2000年版)，雷毅的《生态伦理学》(陕西人民教育出版社2000年版)，徐恒醇的《生态美学》(陕西人民教育出版社2000年版)，等等。这些论著都是中国生态批评理论的经典性代表，为我国生态时代的文艺创作提供了理论依据。

2. 生态批评的思想资源

生态批评主要汲取的是生态学的思想资源——生态哲学思想，或者可以说生态批评的理论基础是生态哲学。卡尔·克洛伯尔对这一点有明确论述。他说："生态批评并非将生态学、生物化学、数学研究方法或任何其他自然科学的研究方法用于文学分析。它只不过是将生态哲学最基本的观念引入文学批评。"[1] 西方相关的生态哲学思想形形色色，林林总总，这里选取有代表性和影响力的主要观点简述如下：

生态整体主义。生态整体主义理论形成于20世纪，它的核心理念是放弃了人类利益至上的传统观念，以生态系统的整体利益来衡量世间万物的存在价值。是否有利于生态系统的完整、稳定、和谐、平衡与持续存在成为衡量世间万物存在价值高低的标尺，成为终极考核人类社会的生活质量、经济发展、社会进步、科技文明的标准。主要代表人物有阿尔贝特·史怀泽、阿尔多·利奥波德和霍尔姆斯·罗尔斯顿。史怀泽作为法国生物平等主义和诺贝尔和平奖的获得者，他对生态思想建设的突出贡献是提出了"敬畏生命"的伦理。他将道德关怀的范围扩展到生物界，认为生命之间存在着普遍的联系，提倡敬畏所有的生命意志、体验其他生命。在他的眼中，一切生命不论高低贵贱都是神圣有尊严的。他主张的生态伦理是："善是保持生命、促进生命，使可发展的生命实现其最高的价值；恶则是毁灭生命、伤害生命，压制生命的发展。

---

[1] Karl Kroeber, Ecological Literary Criticism: Romantic Imagining and the Biology of Mind, New York: Columbia University Press, 1994, p.25. 转引自王诺《生态批评——发展与渊源》，《文艺研究》2002年第3期。

这是必然的、普遍的、绝对的伦理原则。"[①] 来自美国的生态学家利奥波德提出了"大地伦理"的诗意关怀，这是从形而上层面对人与自然关系的理想追求。大地伦理扩展了道德共同体的边界，人类与土壤、水、植物和动物一样都是大地家庭中的一员，人类不再拥有凌驾于其他动植物乃至非生命形态之上的特权。他提出了以实现生物共同体的"和谐、稳定、美丽"三原则作为衡量事物价值的标准，确立了以尊重生命和自然界为前提的经济、生态、伦理和审美的多重价值评价体系。罗尔斯顿的理论在继承利奥波德"大地伦理"的基础上又有所完善和推进。他坚持以系统的、联系的、整体的思维方式来看待自然万物的存在和发展，补充了"完整"和"动态平衡"两个原则，以自然生态伦理取代人类中心主义，生态整体利益成为价值判断的标准。

征服统治自然观批判。20世纪的生态思想家把对征服自然和统治自然观念的批判归结到对人类中心主义的批判上来。美国史学家林恩·怀特早在1967年就率先指出基督教文化存在着明显的人类中心主义观念，是生态危机的思想文化根源。之后的生态思想家J. 帕斯莫尔也指责基督教鼓励人们把自己当作自然的绝对主人。著名的生态神学家考夫曼也在1998年的"基督教与生态学"研讨会上声称："我们所接受的大多数关于上帝的概念和形象所蕴含的拟人观——深深植根于犹太教、基督教和穆斯林教传统中的人类中心主义并残留至今——需要被解构。"[②] 解构的目的是为了清除人类征服和统治自然的野心。保罗·泰勒也愤激地指出高度发达的文明不过是"制服"荒野、"征服"自然的一种东西。生态社会学家爱德华·威尔森也愤然断言："没有任何一种丑恶的意识形态，能够带来比与自然对立的、作为放纵的人类中心主义更严重的危害！"[③] 哈佛大学教授杜维明则指出，西方乃至整个世界文

---

[①] [德] 阿尔贝特·史怀泽：《敬畏生命》，陈泽环译，社会生活出版社1996年版，第9页。

[②] Hessel & Ruether (ed.), *Christianity and Ecology: Seeking the Well-Being of Earth and Humans* (Cambridge: Harvard University Press, 2000), p. 26, 转引自王诺《从生态视角重申西方文学》，《南京师范大学文学院学报》2006年第4期。

[③] Donald Worster: *Nature's Economy: A History of Ecological Ideas*, Second Edition, Cambridge University Press, 1994, pp. 114、133, 转引自王诺《生态危机的思想文化根源——当代西方生态思潮的核心问题》，《南京师范大学文学院学报》2006年第4期。

明急需一种新的态度和新的世界观来取代征服自然观。不仅如此,不少思想家还分析了人类征服自然与征服人之间的关系:马克斯·霍克海默指出了人类对自然的征服与人类在社会中的控制和扩张欲同根相连:"人把自然界变成了统治的对象,变成了统治的原料"[1],"人从征服自然界转到奴役社会"[2];俄罗斯思想家费奥多洛夫指出"人已尽其所能的做了一切恶,无论对自然(因掠夺而使自然荒芜和枯竭),还是对他人(发明杀人武器和彼此消灭的手段)"[3]。

欲望动力论批判。这里的"欲望动力论"主要是说西方历史上的思想家鼓吹的欲望是社会向前发展的动力源泉。如康德说:"这种无情的名利追逐,这种渴望占有和权力的贪婪欲望,没有它们,人类的一切自然才能将永远沉睡,得不到发展。"[4] 人为自我的各种欲求而活;人对欲望的追求及在此基础上的潜能开发推动了人类文明的发展;因人类欲望不歇,所以社会发展永无止境;以上三点是欲望动力论的主要观点。这种论调遭到了罗马俱乐部成员的批判。奥雷里奥·佩西从生态的角度出发,对人类增长无极限和经济发展优先的模式敲响了警钟:世界人口、粮食生产、工业化程度、污染与资源消耗如果长期保持增速不变,一百年之内这个星球的经济增长将达到极限。[5] 历史学家阿诺德·约瑟夫·汤因比批判在贪欲肆虐的社会里,人类是没有希望的,失去自制的贪欲将导致自我灭亡[6]。为了实现欲望的限制,思想家们各抒己见,阿拉斯代尔·查莫斯·麦金泰尔主张人类必须用超欲望的规则来控制和指导欲望,还有的生态思想家如澳大利亚哲学家帕斯莫尔提出以"人对自然的责任"的生态思想来实现与欲望动力的对立。对于欲望无度而造成的灾难性后果,人类不能轻易放弃拯救,哲学家 J. 韦斯顿在《太迟了

---

[1] [德]霍克海默、阿多尔诺:《启蒙辩证法》,洪佩郁等译,重庆出版社1993年版,第35页。

[2] 同上书,第49页。

[3] 徐凤林:《费奥多洛夫》,东大图书公司1998年版,第123页。

[4] 李泽厚:《批判哲学的批判:康德述评》,人民文学出版社1979年版,第333页。

[5] [意]奥雷里奥·佩西:《人类的素质》,薛荣久译,中国展望出版社1988年版,第155页。

[6] [英]汤因比、[日]池田大作:《展望21世纪》,荀春生译,国际文化出版公司1984年版,第57页。

吗?》一文中指出:"我们需要拯救者只有我们自己……这是我们的任务,从现在开始,去建立某种类型的生态意识,去学会遵循那种生态意识,去学会与地球上所有居住者生死与共地生活。"①

总之,以上所述的种种生态哲学思想成为生态批评的理论依据,西方生态批评家借此去研究文学与自然的关系,去揭示文本世界中的生态内涵,通过生态批评理论的确立为文学研究建构了一种新的研究体系。生态批评既是文学批评,也是一种文化批评。既是一种理论研究,同时还具有实践性与现实意义,它不是为了批评而批评,它潜在的目的是要通过对文学文本的生态哲思来实现人类向自然的回归、自然的保护和生态的平衡。

(二) 研究范围

本书的研究范围从时间跨度上指的是新时期以来的内蒙古少数民族作家的小说创作。研究对象时间段的选择基于以下几点考虑:首先,这一时段内蒙古少数民族作家的小说创作由复苏走向了繁荣,可为生态视点下的研究提供较为充分丰富的文本资料。其次,这一时期内蒙古少数民族作家的生态意识呈现出全面复苏的态势。内蒙古自治区成立于1947年,"文革"前19年是内蒙古民族文学的迅猛发展时期。蒙古族作家玛拉沁夫的短篇小说《科尔沁草原的人们》拉开了草原新生活的大幕。之后,他的《春的喜歌》《诗的波浪》《花的草原》,安柯钦夫的《在冬天的牧场上》《草原之夜》,敖德斯尔的《布谷鸟又叫了》《遥远的戈壁》,乌兰巴干的《牧场风雪》《草原烽火》,扎拉嘎胡的《春到草原的时候》,尤盖尔的《"哈夏"的节日》等短篇小说如雨后春笋点缀着50年代初的文坛。继之出现的玛拉沁夫的《茫茫的草原》、朋斯克的《金色的兴安岭》、乌兰巴干的《草原烽火》、扎拉嘎胡的《红路》、其木德道尔吉的《西拉沐伦河的浪涛》等长篇小说形成了内蒙古少数民族作家长篇小说创作的第一次繁荣局面。这些作品或展示社会主义新生活,或塑造新时代标兵形象,或描摹塞北地区的别样风情,或歌颂民族团结的新世界……极大地丰富了自治区小说的艺术世界。但一个无法回

---

① Anthony Weston (ed.): An Invitation to Environmental Philosophy, Oxford University Press, 1999, p.56, 转引自王诺《欧美生态文学》, 北京大学出版社 2003 年版, 第 61 页。

避的事实是，这些作品几乎表达的是相同的启蒙主题，意识形态色彩浓郁。不少作品虽有大量的草原自然风光的描写，但作者却赋予其更多的政治"符号"隐喻的意义，自然环境被褫夺了独立存在的地位，而成为人物情绪或作家寓意的外化物。"文革"十年间，内蒙古文学园地百花凋零，绝大多数作家、作品或沦为"黑帮"，或被打成毒草。虽然其间也曾组织生产出一些凸显"三突出""主题先行"模式的作品，但几乎都沦为了图解政治的工具。"文革"结束后，内蒙古民族文学逐渐解冻并开始复苏。新时期以来，内蒙古民族文学终于迎来了发展之春。除了老作家继续奉献新作品以外，80年代中期崛起了一批少数民族中青年作家。蒙古族的哈斯乌拉、阿云嘎、白雪林、郭雪波、满都麦、乌雅泰、希儒嘉措、布林、伊德尔夫、黄薇等，满族的江浩，鄂温克族的乌热尔图等作家，汇入了内蒙古民族文学的写作队伍呈百川归海之势。这一时期小说创作大面积丰收。优秀的小说作品层出不穷：如《虔诚者的遗嘱》（哈斯乌拉）、《洁白的羽毛》（乌雅泰）、《蓝幽幽的峡谷》（白雪林）、《浴羊路上》（阿云嘎）、《祭火》（满都麦）、《赤那河》（希儒嘉措）、《沙暴》（布林）、《冷酷的额伦索克雪谷》（江浩）、《猎人之路》（敖长福），等等。这些小说不再刻意去承担对民族大众启蒙的重担，而把目光投向了民族的历史和文化，开启了草原文化寻根的文学之旅。与此同时，一批生态意识浓郁的小说也悄然登场。

内蒙古虽然地处祖国北疆边缘，民族地区经济发展与沿海地区确有差距，但在生态意识的表达方面，内蒙古的民族作家起步却很早。郭雪波这位从科尔沁瀚海沙地走出来的蒙古族作家，早在1975年发表的处女作《高高的乌兰哈达》，讲述的就是人工种草改造沙化草原的故事。之后作家虽然处身于现代化的都市近四十年，然而他的目光始终关注着故乡生态环境的变化，倾情书写大漠、草原以及发生于其中的人与自然、人与动物、人与人之间的故事，创作字数有三四百万之多，且获得国内外多项大奖。对溃败了的大自然的哀婉书写、对现代人性迷失的深入反思、对更为宏大的生命境界的探寻，使其当之无愧地成为中国当代生态文学的领军人物。来自内蒙古中部杜尔伯特草原的蒙古族作家满都麦70年代末80年代初发表的小说如《雅玛特老人》《老苍头》等，也在对人与自然和谐关系的诗意描绘中折射出游牧民族"天人合一"的生态哲学。虽然满都麦的母语写作使他很长时间未能进入中国当代生态作家的名单，但他的这种超前的生态意识却表现得卓尔不群。他的生态书写并不仅仅停留在对草原现实自然生态环境恶化的展露上，而是把心痛的目光投注在渐渐式微的民族文化传统和正在扭曲变异的民族精神世界，即关注的是草原文化生态和精神生态的问题。而来自东北密林深处的鄂温克作家乌热尔图也同样在伤痕文学笼罩文坛的1978年，发表作品《森林里的歌声》，以密林中少女乌娜吉"布谷鸟"一样的歌声唱出了人与自然和谐相处的渴望。随后的小说《一个猎人的恳求》《七叉犄角的公鹿》《琥珀色的篝火》连续三年斩获全国短篇小说大奖，乌热尔图一时成为少数民族文学的一面旗帜。成名之后的作家依然一往情深地继续精心打造鄂温克民族的文化雕像，在《你让我顺水漂流》《老人和鹿》《丛林幽幽》等作品以及世纪之交的理论批判文章（《猎者的迷惘》《大兴安岭猎人沉默》《有关大水的话题》《大自然——任人宰割的猎物》《生态人的梦想》《不可剥夺的自我阐释权》《声音的替代》《麦尔维尔的1851》《弱势群体的写作》）中，生态意识、生态思想、生态关怀越来越明晰、成熟、强烈。在新时期的作家中，以文学形式思考人与自然关系的作家中，乌热尔图可以说与前两位同开风气之先。

90年代中期到新世纪以来，随着社会改革开放所带来的生存空间和文化视野的拓展，内蒙古少数民族文学呈现为更加热烈而多元的格局。新世纪以来，全球化、网络化、科技化背景下，内蒙古少数民族文学在多元文化的格局中也不断创新和实现新的突破，一批旨在复活弘扬草原文化与哲学理念的小说强劲登场。正如内蒙古草原文学研究的著名学者策·杰尔嘎拉所言："全新的多元文化交汇局面使草原文化得以复活，草原征服理念、英雄理念、自由民主理念、自然保护理念、和谐诚信理念、性理念、草原审美理念等均在新世纪草原小说中得到艺术体现和弘扬，从而草原小说的文化品格超越了游牧文化和农耕文化的交流范围达到时代的高度。"[①] 阿云嘎的《黑马奔向狼山》、

---

[①] 策·杰尔嘎拉：《蓬勃发展的内蒙古民族文学——纪念伟大祖国六十华诞》，《民族文学》2009年第10期。

海勒根那的《寻找巴根那》等小说在"寻根"的现实话语中展示的是草原文化与农耕文化的矛盾冲突，在历史进步和精神退步的悖论中立意思考，期盼草原人曾有的宽广开放的胸怀与自由不羁精神的回归。海泉的《混沌世界》与孛·额勒斯的《圆形神话》则是在重返民族历史文化的挽歌情调中完成哲学意义上的"还乡"。海泉的作品中存在着一个既写实又抽象的"荒原"意象，作为原始神性自然之母体，既是作者笔下的民族英雄自由驰骋的旷野戈壁，更是作家疲惫灵魂寻求慰藉的最后家园。而孛·额勒斯的《圆形神话》透过表层所演绎的近代蒙古上层贵族人生角逐的故事，作者更感兴趣的是阐明一种形而上的关于生与死的思考："世事变化无常，那个有形、有限而又具体的生命……原来不过是在一根细细的游丝上，生死之间的置换不过是瞬间。"这些作品虽然没有高举生态书写的大旗，但却在对多元文化碰撞与冲突的书写中不约而同地追溯着本民族的生态文化和绿色思想。有类似写作倾向的还有肖勇、肖龙、格日勒其木格·黑鹤、萨娜、袁玮冰、昳岚等少数民族作家。他们的小说中或隐或显地呈现出对生态意识的自觉追求。这当然与他们身处的社会与自然环境的变化密切相关。随着民族地区现代化改革步伐的推进，经济利益诱惑下的草原开发、采矿挖煤、森林滥采滥伐、捕杀野生动物等破坏自然的行为带来的是生态环境的持续恶化、价值观念的更迭与精神沦落的恶果。面对自然生态与精神生态的双重沦落，更多的作家加入生态书写的行列中。正如王静所言："民族意识和现代意识的双重觉醒是中国当代文学中的生态书写首先蓬勃于少数民族阵营的主要原因。"[①] 因此，选取新时期以来内蒙古少数民族地区社会剧烈变异的时段作为考查范围，可以更准确地为内蒙古地区的自然、精神、文化生态把脉。

此外，新时期以来，内蒙古少数民族作家的生态书写不仅先声夺人，而且近年来也逐渐获得了国内外的认可和重视。郭雪波的《大漠魂》获得了台湾《联合报》第十八届联合文学奖首奖；《沙狐》被收入由联合国教科文组织出版的《国际优秀小说选》中；广播剧剧本《沙

---

[①] 王静：《人与自然——中国当代少数民族作家生态文学创作研究》，中国社会科学出版社2011年版，第22页。

狐》获全国"五个一工程"一等奖;《狼孩》荣获首届国家生态环境文学奖;《狼孩》《银狐》还先后获得全国少数民族文学"骏马奖";短篇小说《天音》进入2006年最佳短篇小说排行榜。蒙古族作家满都麦20世纪80年代中期,以《元火》《祭火》《马嘶·狗吠·人泣》为代表的"满都麦先锋系列"小说曾轰动整个蒙古文坛;《雅玛特老人》《碧野深处》和《在那寂寞的山冈上》三部小说分别获内蒙古自治区最高文学创作"索龙嘎奖"一、二、三届大奖;2002年,《满都麦中短篇小说选》获全国第七届少数民族文学"骏马奖";《碧野深处》《瑞兆之源》等近十篇小说被选入大、中学教材,近二十篇被译介国外;满都麦作品研讨会于2004年在京召开并引起广泛讨论。乌热尔图的短篇小说《一个猎人的恳求》《七叉犄角的公鹿》《琥珀色的篝火》分别获得1981、1982、1983年全国优秀短篇小说奖;短篇小说《瞧啊,那片绿叶》获得1981年全国第一届少数民族文学创作奖,小说集《你让我顺水漂流》1999年获得第六届全国少数民族文学创作"骏马奖";敖长福的《猎人之路》1985年获得了全国第二届少数民族文学创作奖;萨娜小说集《你脸上有把刀》2004年获得了第八届少数民族文学创作"骏马奖";海勒根那的小说《哀号遥远的白马》获得全国第四届少数民族文学创作新人奖。此外,内蒙古自治区文学创作"索龙嘎奖"的名单上也屡屡出现他们的名字。以上种种荣誉不仅是对作家辛勤创作的肯定,更说明了他们的生态写作越来越受到关注和重视。因而对他们生态书写的研究是必要而有意义的。

(三)研究对象

为了本书研究对象的明晰化,笔者以为有必要在"生态文学"概念梳理的基础上,对本书的"生态书写"用语的含义作出说明,从而来框定本书研究的对象。

有关"生态文学"的界定,学术界众说纷纭,存在着内涵和外延上的分歧。在它诞生之初,就有着多种命名,如"环境文学""绿色文学""自然文学""自然抒写""公害文学""生态文学"等。在生态文学创作与研究的发展过程中,"生态文学"这一概念被更多的人接受和使用。张皓称:"生态文学或称为环境文学、绿色文学,包括描写大自然,描写人的生存处境,展示人与自然的关系,揭露生态灾难,表现环境保护意识，抒发生态情怀的文学作品与文学现象。"① 从人与自然关系的研究入手来确定其内涵；王克俭认为，"当我们把这种文学由环境文学命名为生态文学的时候，我们的视野就可以提升到自然生态与精神生态的高度"②，取义与鲁枢元在《生态文艺学》中对"精神生态"的关注相近；方军和陈昕从狭义和广义两个层面对生态文学进行阐述：有关人与自然关系和谐与否的环境生态问题成为狭义的生态文学的关注对象；而广义的生态文学则将涉及自然生态、社会生态、精神生态等所有"生态圈"的作品囊括在内，并特别强调"对人类的灵魂的关注，对人类纯真天性与诗性的关注，对真、善、美的关注"③，从地球和灵魂的双重拯救角度提升生态文学的意义。有的学者从危机根源探寻角度入手，"生态文学是对工业化社会造成的普遍生态危机反思的文学，是关注自然之维的文学，是反映生态思想、提供生态智慧的文学"④。厦门大学教授王诺对生态文学的界定影响深远，普遍为人们所接受："生态文学是以生态整体主义为思想基础、以生态整体利益为最高价值的、考察和表现自然与人之关系和探寻生态危机之社会根源的文学。"⑤ 从哲学基础、评判标准、关注对象、根源探析等多个角度进行界说。还有的论者倾向于从现代化进程的角度审视人和自然的关系："生态文学是特指诞生于工业化进程造成的现代自然生态危机和精神生态危机的背景下，通过对人与自然关系的描写来映现人与社会、人与人、人与自我等关系，表现人类所面临的自然生态危机及其背后所蕴含的深层的精神生态危机，对自然、人、宇宙的整个生命系统中处于存在困境的生命进行审美观照和道德关怀，呼唤人与自然、他人、宇宙相互融洽和谐，从而达到自由与美的诗意存在的文学。"⑥ 以上对生态文学的界定中可以看

---

① 张皓：《中国生态文学：寻找人与自然的和弦》，《佛山科学技术学院学报》2004年第6期。
② 王克俭：《生态文艺学：为了人类"诗意地栖居"》，《浙江师大学报》2001年第1期。
③ 方军、陈昕：《论生态文学》，《中南民族大学学报》（社会科学版）2003年第2期。
④ 覃新菊：《生态批评何为——由"徐刚现象"引发的相关思考》，《长江大学学报》2007年第5期。
⑤ 王诺：《欧美生态文学》，北京大学出版社2003年版，第11页。
⑥ 张丽军、乔焕江：《生态文学诞生根源探析》，《长春大学学报》2004年第10期。

出,虽然学者们的出发点不同,侧重点有异,但毫无疑问他们较为全面地呈现了"生态文学"内容上的几大因素:对人与自然关系的思考、对精神生态的关注、对危机的寻根、对理想生命境界的憧憬、对生态中心主义的呈现、对生态的预警书写等。笔者在这里不是想对"生态文学"再下结论,而是想通过对生态文学多种定义的梳理来呈现它的基本特征。换言之,笔者认为涉及以上某点或某几点(不一定是全部)特色的文学作品就应该算是带有生态意识或生态向度的文本了。因此,在文本选择上,为了避免因门槛高、要求严而导致的入选对象寥寥无几的窘境,笔者选取了新时期以来内蒙古少数民族作家的小说创作中具有生态意识或生态向度的文本,它们不一定全部都是严格意义上的生态文学作品,有的作品并非直奔生态主题,但部分内容涉及了与生态相关的内容,这一类作品也被笔者纳入了研究的视野。为了避免行文用语产生歧义,笔者故用"生态书写"一词来概括选本的"泛生态"特色。

此外,还需要补充说明的一点是,由于研究者本人语言的障碍,本书的研究对象只限于新时期以来内蒙古少数民族作家的汉语小说或汉译小说文本。

## 二 研究的可行性与研究的意义

(一) 研究的可行性

内蒙古少数民族族群大多生存生活于边疆地区,与群山、大漠、戈壁、草原、密林相伴。这种与自然环境朝夕相处、生死相依的亲缘关系使他们形成了独特的感知方式、思维观念与价值判断标准,也形成了他们建立在与环境相融一体基础上的生态意识与文化记忆。新时期以来的几十年间,随着现代化进程的加快与全球化趋势的加剧,地处边远的少数民族族群的生活也经受到了现代文明的强烈冲击。生态恶化、家园不再的现状强化了少数民族作家血液记忆深处的生态意识,因而他们的生态书写在很大程度上是一种自觉的行为。因此,他们的生态书写并不是严格按照生态批评的理论指导或在其影响下创作的。但是,生态批评作为一种世界范围内流行的理论话语,其本质上并非一种僵化、封闭、自足的体系模式,而是提供了一种考察问题的新的视角。"不同的理论会使同一对象的意义以不同的方式或不同的意义呈现出来。也就是说,如果我们不把理论作为一种毫无批判意识的随意套用，而是让理论成为我们观照对象的一种省思方式、一种视角，那么理论的介入就有可能敞亮出原有研究对象更多的价值空间及其艺术特征。"[①] 在内蒙古文学的生态书写中，来自少数民族作家的小说创作呈现出一种集约式的"井喷"现象，堪称一道奇异的风景线。从这种意义上说，生态批评作为一种世界范围内的理论话语，是能够适用于新时期以来内蒙古少数民族作家小说创作研究的。问题的关键在于如何在生态批评的视野下呈现出作家们生态书写的特色、价值和意义。

（二）研究的意义

纵观全国，内蒙古的生态问题直接影响到周边省区甚至全国的生态系统。基于其生态地位的重要性，新时期以来，一些有良知、有责任感的少数民族作家创作了一大批反映内蒙古生态危机的作品，这些作品紧密契合时代的步伐，具有一定的深度和广度。基于地域和民族的缘由，这些关注生态的创作大部分未能在全国引起足够的反响而被重视和回应。本书从生态视野出发对新时期以来内蒙古少数民族作家的小说创作进行研究，基于以下几点意义的考虑。

首先，此研究从地域和民族两个层面力图实现对内蒙古生态文学研究的有益补充。

与其他省区的小说研究相比，对内蒙古小说创作的整体性研究还相当有限。目前收集到的研究成果有内蒙古大学教授托娅与彩娜在1997年合著出版的《内蒙古当代文学概观》。作为一部当代的地域文学史著，该书以体裁作为分类标准，以作家的创作为依托，文史结合，纵向梳理了内蒙古50年来的文学发展脉络。像对玛拉沁夫、敖德斯尔、冯苓植、汪泽成、温小钰、邓九刚、路远、黄薇等多个少数民族作家做了详略得当的评述。但这本书对内蒙古文学内在品格却没有深入探析。2002年出版的《内蒙古当代小说论纲》在《概观》小说部分上增加了一些作品鉴赏内容，但同样没有触及内蒙古文学的生态特色。较早涉及内蒙古文学中的生态书写的是黄薇的文章《经济转型形势下的内蒙古地

---

[①] 李长中：《生态批评如何适应于民族文学研究》，《生态批评与民族文学研究》，中国社会科学出版社2012年版，第5页。

区文学》(《民族文学研究》2001年第3期),该文在对80年代中后期内蒙古民族文学宏观扫描的基础上,提到了郭雪波、满都麦等作家笔下"环保小说"的出现,但只是概略提及。继此之后出现的李晓峰的研究文章《从诗意启蒙到草原生态的人文关怀》(《民族文学研究》2004年第1期),在对当代蒙古族草原文化小说发展脉络梳理过程中,注意到了草原文化小说的新的发展走向——对草原生态的人文关怀,但也未作深入展开。近些年来出现的几篇硕士学位论文如张艳的论文《生态视野下的新时期蒙古族作家小说研究》,该文将布林、阿云嘎、黄薇等蒙古族作家小说首次纳入了生态考察的视阈,并对作品中的人物的精神生态有所关注;2011年斯琴的硕士学位论文《新时期内蒙古少数民族女作家小说创作的生态解读》,第一次从生态视野出发对新时期内蒙古少数民族女作家小说创作作全面的考察研究,其突出亮点在于运用女性生态主义理论对作家笔下女性精神世界的精微解读,在对女作家创作空间的开拓和批评方式的丰富方面做出了贡献。

相对而言,来自内蒙古地区的几位少数民族作家如郭雪波、满都麦、乌热尔图的生态书写较多受到评论界的关注。

目前学界关于郭雪波小说生态角度的研究主要是从生态意识、动物和文化影响三方面入手。如汪树东的《看护大地:生态意识与郭雪波小说》(《北方论丛》2006年第3期)分析了郭雪波小说中蕴含的生态意识的多重表现;杨玉梅则在《中国新时期少数民族文学前沿研究》一文中,深入挖掘了郭雪波小说中的草原文化生态及危机表现。对郭雪波小说中的动物形象的研究,集中于为动物形象"翻案",以动物性的自然朴真来反观人性的扭曲虚伪,如韩伟、赵仁娟的《人性的拷问与理想的憧憬——评长篇小说〈银狐〉》(《小说评论》2010年第3期)、余莉萍的《生态视野下人与狼的纠结》(《温州职业技术学院学报》2006年第3期),等等。学界关于郭雪波小说中文化生态与自然生态关系的研究,主要是从蒙古族民族文化的消逝对蒙古草原的影响入手,得出文化多元对保护自然生态多样性的重要性。王军宁的《生态与文化的多元互动》(《电子科技大学学报》2007年第5期),从保护生态和文化多元互动的角度,分析了郭雪波小说别样的生态诉求。

关于满都麦小说生态性的研究,较多吸引了内蒙古地区当代学者的视线。如马明奎的系列研究论文：《历史追导的现代蜕变——谈满都麦小说叙述模式的哲学文化意蕴》（《集宁师专学报》1999年第1期）、《试论满都麦小说传统重建理路中的生态美学意义》（《民族文学研究》2004年第4期）、《祈祷·图腾化·行咒——满都麦、南永前、阿库乌雾神性主题浅论》（《北方论丛》2010年3月），苏尤格的《天人和谐生态哲学——论满都麦生态小说的哲学渊源》（《内蒙古师范大学学报》［哲学社会科学版］2006年第3期），马晓华的《自然与人的神性感应——满都麦与普里什文生态文学的比较研究》（《内蒙古师范大学学报》［哲学社会科学版］2007年第1期），赵海忠的《满都麦：捍卫人类天性的诗人》（《民族文学研究》2005年第3期），额尔敦木图硕士学位论文《满都麦小说叙事研究》（中央民族大学，2004）。以上梳理中可以看出，对满都麦生态小说的研究视野相对开阔，从主题内涵到形式研究、从文化意蕴到哲学渊源，从作家个人创作分析到作家间的对比研究都有所涉猎。

乌热尔图作为森林民族中首发生态呼吁的作家，对其进行深入研究意义重大。21世纪初，王静在《自然与人：乌热尔图小说的生态冲突》（《民族文学研究》2005年第3期）中，按照生态文学的划分标准，通过科学界定，认为乌热尔图的系列森林小说属于典型的生态文学。这是从生态维度对乌热尔图小说进行研究的最初尝试。之后，王云介在《乌热尔图的生态文学与生态关怀》（《黑龙江民族丛刊》2005年第3期）一文中，从生态意识和生态关怀方面对乌热尔图的作品进行了深入研究，认为应将乌热尔图归为具有生态意识的作家行列，她指出乌热尔图应该是20世纪末中国作家中"较早以文学形式思考人与自然关系的作家，她的作品也是以生态系统的整体利益为最高价值的文学"，是生态文学的先行者。师海英的《乌热尔图文学创作的生态思想探析》，从作者和小说两个层面分别探索其中蕴含的生态思想，是一篇系统研究乌热尔图生态文学的文章。应该说，对这种有责任意识的生态作家进行深入研究，更有助于作者生态思想的凸显和传播，是非常必要和有意义的。

除此之外，王静的博士学位论文《人与自然——中国当代少数民族作家生态文学创作研究》，在对当代少数民族作家生态文学宏观研究的基础上，对乌热尔图、郭雪波的生态作品有所涉及和分析，但没有列为重点研究对象。

　　以上研究成果固然令人欣慰，但美中不足的是，到目前为止还未看到从生态视野出发对新时期内蒙古少数民族作家的生态书写做全面考察的研究。本书的创新点在于从生态视角出发对新时期以来内蒙古少数民族作家的汉语小说或汉译小说进行整体性观照，特别是对生态危机的多重展示、危机内在根源的挖掘以及作家们力图实现危机救赎的努力等方面做了较为全面深入的探析。与此同时，挖掘作家们的生态书写与少数民族生存境遇、民间文学、宗教信仰等民族文化因子之间存在的深层关联、揭示生态书写在现代语境中所面临的困境与未来发展走向，也便具有了深厚的历史感和鲜明的时代意义。笔者在此抛砖引玉，以生态批评视角考察新时期内蒙古少数民族作家的小说创作，从地域和民族两个层面力图实现对内蒙古生态文学研究的有益补充，同时也希望通过这样的研究来激发内蒙古作家生态创作的热情。

　　其次，本研究可以进一步促进内蒙古生态文学创作的健康发展，丰富内蒙古文学的理论研究形态。

　　生态批评中对内蒙古少数民族生态精神资源的梳理和审视，可以为内蒙古生态文学的创作提供广阔厚重的文化背景支撑，以文化观照文学，以文学来促进人们更清楚地了解人类的生存状态、精神状态以及人与所处环境的未来走向，从而在内蒙古生态健康发展和文学的现代化方面找到契合点。此外，从当前内蒙古少数民族作家的生态创作看，虽然他们努力在文本中表现对生态危机的深重焦虑感与强烈的责任意识，但客观来说，真正有深度、高质量的上乘之作还是寥若晨星。因而文学批评中对内蒙古少数民族作家的生态书写有针对性地纠偏补弊，会有益于内蒙古生态文学的健康前行。

　　在内蒙古的当代小说批评领域，社会历史批评方式、文化研究范式、女性主义批评方式等构成了文本批评的主流。新时期以来，尤其是新世纪以来，对草原文化与草原文学的研究和关注成为热点，对民族文化、民族精神、民族意识的反思成为文学批评的重要对象，而生态批评的方法在内蒙古当代小说（汉语或汉译小说）批评中才刚刚崭露头角。作为草原文化最具典型意义的内蒙古地区，如果缺失了对"草原生态文学"注目和研究，那是让人难以接受的缺憾。所以，笔者希望通过自己在本课题研究上所作的努力,来促成更多学者对这一研究领域的重视,为内蒙古文学的理论研究园地的丰富多彩贡献自己的绵薄之力。

最后,此研究还可以促进内蒙古生态文学与中国当代乃至世界生态文学的对话与交流。

内蒙古少数民族作家的生态书写以其独有的姿态进入了当代文坛的视野,为当代生态文学的发展注入了新鲜的血液。一批在国内尚没有大红大紫的作家如郭雪波、乌热尔图、满都麦等却在国际上得到了认可,其主要原因恐怕在于它的边缘活力与异质性。作品中所涉及的民族地区的发展之痛、文明与传统的冲突、少数民族精神世界的困惑、民族性与现代性关系等话题无疑可以扩展中国当代生态文学的表达空间。文本中人与自然天然亲近的文化气息、自然环境从幕后到前台的华丽转身,带给读者的是一种全新的审美体验。而少数民族作家在充当民族代言人的同时又努力突破民族视阈的局限,在对自然生命万物的尊重、对现代文明功过的反思、对弱势文化的权益保护、对诗意生存的理想化追求等方面的生态言说都表现出作家人类性的普世关怀意识,借此意义便拥有了与世界生态文学对话的空间。

## 三 研究方法与研究思路

(一)研究方法

对内蒙古少数民族作家小说创作的研究,从大的范围看,应该属于少数民族文学的研究领域。新时期以来,少数民族文学的研究方法出现多样化趋向,"先后引入文艺学方法、民族学方法、文化学方法、社会学方法、分析心理学方法、仪典学方法、地理学(劳兰学派)方法、符号学方法、民间散文作品 AT 分类法、原型批评法以及现代派、超现代派的若干方法等等,实践表明,这些方法都各有自己的角度和优点,也各有自己的局限,但是它们毕竟从不同角度开掘了少数民族文学的价值"[①]。近些年来,从生态批评角度切入对少数民族文学的研究不仅进一步拓宽了研究者的视野,而且也是文学批评自身面对少数民族地区在现代化开发语境下自然生态破坏、精神生态沦落等严峻现实所

---

① 梁庭望:《20 世纪的中国少数民族文学研究》,《中南民族学院学报》2001 年第 1 期。

作出的积极回应，它将批评的视野转向了生态危机背后的文化背景，因此，生态批评本质上也是一种生态文化批评。

生态批评通过文学来审视人与自然的关系问题、研究人类生态意识和生态观念在文本中的表现，它关注的焦点不只在生态危机本身，而在于造成生态危机的思想和文化模式。如米歇尔·P.布兰奇在《阅读大地》中说："隐含（且通常明确包含）在这种新批评方式诸多作为之中的是一种对文化变化的呼唤。生态批评不只是对文学中的自然进行分析的一种手段，它还意味着走向一种更为生物中心的世界观，一种伦理学的扩展，将全球共同体的人类性观念扩大到可以容纳非人类的生活形式和物理环境。……生态批评通过考察我们关于自然世界之文化假定的狭隘性如何限制了我们展望一个生态方面可持续发展的人类社会的能力而呼唤文化的改变。"[1] 因此，生态批评在研究文学如何表现自然之外，还要更多地关注文学如何历史地揭示人类文化对地球生态的影响，恰如乔纳森·莱文所言："我们还必须花更多的精力分析所有决定着人类对待自然的态度和生存于自然环境里的行为的社会文化因素，并将这种分析与文学研究结合起来。"[2]

全球化背景下，生态文化批评应秉持多元文化的视野与胸怀，以一种跨文明、跨文化的视角去研究文化的多元性与生态系统多样性之间的关系。成熟的生态批评往往是将生态文学置于社会文化的多棱镜下，从地域、信仰、传统、经济、技术等多个棱面来审视生态文学与其他社会文化之间的互动与制约关系，在此基础上才能对生态危机产生的复杂病因进行综合的文化"诊疗"。本书以此方法来解读新时期内蒙古少数民族作家的小说创作，在对生态意识溯源的基础上，从自然、文化、精神等多个领域来确定生态危机的种种症状，多角度、全方位透视病源，如此便可准确对症下药，找寻到生态救赎的必由之路。

与此同时，生态文化批评还应坚持"文化诗学"的审美性原则。"文化诗学"这一概念是美国学者格仁布莱特在1986年的一次公开演

---

[1] 转引自王岳川《生态文学与生态批评的当代价值》，《北京大学学报》（哲学社会科学版）2009年第2期。

[2] 转引自王诺《生态批评——发展与渊源》，《文艺研究》2002年第3期。

讲中提出来的。当代著名文艺理论家童庆炳先生认为文化诗学是"从跨学科的文化视野,把所谓的'内部研究'与'外部研究'贯通起来"①,既倡导人文关怀与精神的诗意追求,同时又不能忽视"诗学",生态文化批评应当尽力寻求文化性与审美性之间的和谐统一,以避文化说教空洞之嫌。但遗憾的是,当代的生态文学创作中的确存在着"文学性"弱化的普遍倾向,内蒙古少数民族作家的生态书写也未脱窠臼,因此正视困境与实现突围也成为当前生态文学求发展必须要思考的问题。

(二) 研究思路

生态批评立足于文学与自然环境关系的关注,考察的是人类与非人类之间的关系。但事实上,生态批评又不是仅仅局限于此,生态批评常常要透过文学的文本,在更为深广的文化平台上来考察文化与自然的关系。生态危机不仅是自然的危机,同时也是文化的危机。著名的生态主义者塞尔日·莫斯科维奇说:"对自然的任何破坏都伴随着对文化的破坏,所以任何生态灭绝——其后人们就开始用这种说法——在某些角度就是一种文化灭绝。"② 生态危机的根源在于我们人类的文化自身,在于人与自然关系的错位,在于人对待自然和生命的方式和态度违背了生态规律。因此,生态不只是局限在自然范畴,它与人们的生活方式、伦理观念、价值取向等连在一起,具有浓郁的文化意味。

自然环境固然是地球生态系统是否保持动态平衡的重要参照和依据,然而人的生存方式和人自身的存在同样是这一系统重要的组成部分,甚至可以说是导致整个地球生态系统失衡的内在根源。因此,自然生态平衡与人的精神生态平衡也是同一问题的一体两面。"生态批评不仅要解放大自然;而且还倡导回归自然,返璞归真,还人性以自然状态,建设人的精神生态,从而解决人的异化问题,提倡精神生态与自然生态的良性互动。它不仅要解构人类中心主义的宇宙观和生活方式,还要建构一种以生态整体利益为宗旨的自然的、生态的、绿色的、可持续

---

① 童庆炳:《新理性精神与文化史学》,《东南学术》2002 年第 2 期。
② [法] 塞尔日·莫斯科维奇:《还自然之魅:对生态运动的思考》,庄晨燕、邱寅晨译,生活·读书·新知三联书店 2005 年版,第 11 页。

的价值观和生活方式，重建一种新型的人与自然关系。"① 因此，生态批评的对象应该延伸到人的文化、精神领域，把它们作为生态整体的一个重要组成部分加以观照。它不仅要解救作为人的生存环境的大自然，而且还要还人性以自然，从而解决人的异化问题。它的终极关怀是重建新型的人与自然合一的精神家园和物质家园。本书以此理论为依据，对新时期内蒙古少数民族作家的小说创作中生态书写进行解读和评析，在对自然危机、文化危机、精神危机的生态问题考察与溯源中，探求作家们为危机救赎所作出的努力以及实践的途径。

---

① 温越：《生态批评：生态伦理的想象性建构》，《文艺争鸣》（理论综合版）2007 年第 9 期。

# 第一章　新时期内蒙古少数民族作家生态书写的缘起

内蒙古的少数民族拥有得天独厚的生态资源。独特的自然环境和地域条件、积淀丰厚的民间文学以及北方少数民族相近的宗教文化传统等，这些因素的合力促成了内蒙古少数民族作家小说创作浓郁的生态特色。

## 第一节　地域环境与生态书写

地域环境是自然生态的重要组成部分，也是形成特定人文生态的重要前提和依托，而某一地域的文学艺术的生成和发展则同此自然的人文的因素密切相关。人类是以群体为单位，生活在特定的地理区间，人类文化生成与发展，必然受制于外部地理环境与气候变迁的影响，文化产生于人类与自然环境的互动过程中。按照文化生态学的观点，文化形态首先是人类适应生态环境的结果，而作为社会人的性格与行为，又是受文化形态影响的。人类总是在一定的生态环境中进行有特质的文化创造。从文化发生学意义看，地理环境是文化形成的重要因素。美国著名人类学家克拉克·威斯勒说，"文化类型有它的地理条件……一种特质综合体并不是胡乱散布在大陆上的"[1]，不同的地理环境是不同的文化类型和文化特性产生的内在物质基础，在这个意义上讲，地理环境在一定程度上决定着人类文化类型和特质的形成。

"人类社会在一定的历史阶段既然是以民族的形式存在，那么，人

---

[1] ［美］克拉克·威斯勒：《人与文化》，钱岗南、傅志强译，商务印书馆2004年版，第53页。

类社会在一定的历史阶段也一定要以民族文化的形式存在。文化的民族差异不仅是人类以民族单位生活的自然结果，而且是这种生活的前提和条件。"[1] 一个地区的地理环境、地理条件是造成不同民族差异的重要条件。自然生态环境作为人类赖以生存的基本条件之一，对不同民族生活方式的形成和发展起着重要的促进或限制作用。任何一个民族都缺少不了借以栖身的生活空间和满足生理需要的各种物质生活资料，它们都是人们开展其他生活活动所必需的基本条件，而这种生活条件的状况如何，很大程度上又与人们所处的自然生态环境有着较为紧密的关系。可以说，各个民族所具有的生活条件都是他们与自然界进行物质能量转换的必然产物，有什么样的自然生态环境就可能产生出与之相适应的人们的生活条件。居住在不同自然生态环境中的人们，其闲暇生活、交往生活和宗教生活活动的结构、范围和对象都会不同程度地受到当地自然条件的限制，以至形成带有浓厚区域特点的生活活动形式。中国各民族自古以来就生息繁衍在东亚大陆这个幅员辽阔、地形地貌复杂、气候条件迥异、自然资源多种多样的生态环境之中，与这里的自然生态系统发生着极为广泛而紧密的联系。

## 一 内蒙古地域文化的生态性

环境造就了文化，这是人们逐渐形成的共识。正如德国哲学家恩斯特·卡西尔言及的，地理环境和其他自然条件，在很大程度上影响和决定着一个国家和民族的生产生活方式、文化行为和社会规范。

内蒙古大草原位于蒙古高原，地貌相当复杂：草原、山脉、平川和沙漠、戈壁相互交错，沙漠中有绿洲，草原中藏湖泊。作为主体民族的蒙古族生活在内蒙古大草原特定的生存环境中，在处理人与自然关系上体现出该民族文化鲜明的生态特色。蒙古高原地处内陆半干旱的自然环境，形成了干旱荒漠的景观，疏松沙层广泛分布，降水稀少，温差大，生态系统脆弱。只适宜多年生、旱生低温的草木植物生长，生活在这种环境中的先民不能从事农耕，只有依赖游牧、狩猎等生产方式生存繁

---

[1] 张岱年、程宜山：《中国文化与文化争论》，中国人民大学出版社1990年版，第121页。

衍。游牧生产是人类顺应自然的选择，是人、畜、草三者在动态过程中追求草原生态整体效应的最佳选择。通过游牧，不仅牲畜可以吃到新鲜的牧草，而且也使一定区域的草场不至于过度利用，可以迅速恢复再生，循环利用，草场资源持久不衰，既维持了生态平衡，又起到了保持水土、防风固沙的作用，有利于牧人的生产和生活。

在草原的日常生活中，牧民们很自然地会约束自己的行为。不会因为个人贪图一时之利或生活之便而去随意破坏自然生态。蒙古包的支架，是选择树木的干枯枝干，用家畜绒毛擀成的毡子覆盖包体。如果我们从生态角度评判，蒙古包可能是人类居所建筑中耗材最少、对自然破坏最小的建筑；日常取暖用的材料是在夏季收集晒干的枯树枝或干粪坨。既避免了夏季雨水冲刷粪便污染水源，又提供冬季的取暖之需，真可谓一举多得。饮食上，牧民以牛羊肉和奶为食，吃不完的肉则晒干做成干肉储存，鲜奶易变质，在长期的生活实践中，游牧民族掌握了对乳品进行再加工的方法，黄油、奶皮、奶酪、奶豆腐、奶油这些乳类食品可以长期贮存。穿着上，用畜皮做衣服，蒙古袍、蒙古帽、蒙古靴适合草原游牧，最为实用，也具有生态特征。此外，蒙古族的丧葬文化追求死者遗体在草原上自然消失，不留痕迹，同样减少了对草原植被的破坏和对树木的砍伐，保护了自然。

蒙古族的这种生态意识同样体现在其"天人合一"的生态自然观中。崇尚天地是游牧民族生态文化的共性，盛行于北方民族的"天父地母"之说实际上就是对自然宇宙的崇拜。英雄史诗《江格尔》中也有"上面是天父，下面是地母"的诗句。在蒙古民族的意识中，认为人及世间万物由天地生，天是"父亲"恩赐了人的生命，地是"母亲"抚育了人的形体。野兽是"天地之命"所生，而饲养牲畜的水草也是天地赋予的。所以人的地位和万物都是平等的，人要像爱护自己的父母兄弟一样爱护天空、大地、牲畜、草原。万物和谐共存就是"天道"。蒙古族有谚语云："苍天就是牧民眼中的活佛，草原就是牧民心中的母亲。"在草原民族眼里，草原和大自然在他们心目中享有至高无上的地位。

蒙古民族天人和谐的生态观，不仅融入日常生活的细节，在禁忌和道德领域也有生动具体的体现，并且得到了法律的支持。如蒙古族天葬的习俗；在饮酒前敬天敬地敬人的习惯；他们尊重草原为"大命"，认为人和动物为"小命"；他们从不过度利用草场，采用游牧和轮牧的方式进行生产；严禁捕猎未成年的鸟兽和怀孕的母兽；将牛粪晒干作为燃料，等等。这种生活方式的独特价值并不在于其内容本身，而在于它给了我们以天地人合一的思维方式和价值观念，让我们看到了草原蒙古人对待自然、对待世界的态度是审美的而非纯功利的。他们把家的概念扩展为整个草原，与自然万物一起呼吸吐纳，这就是生态学中所说的"适应"。在生态学中，"适应"一词是指一个过程，是生命体通过调整和发展自身的生理特性与行为特性在所处地理环境及气候条件下生存和繁衍。人类的适应过程也被认为是一种人的需要和环境供给之间的动态平衡过程。人类主要通过文化活动来适应外部环境的变化，即人类进化过程是通过生产行为开始与环境进行适应性互动而展开的。正如海德格尔所说："人不是存在者的主宰，人是存在者的看护者。"[1] 海德格尔说的存在就是大地与自然。

历史证明，如何处理人与自然的关系、生存与资源开发之间的关系，是人类社会发展始终回避不了的问题。内蒙古的少数民族在处理人与自然的关系上反映出令人叹为观止的生态智慧。因此，古代北方少数民族一方面享受着"天苍苍、野茫茫，风吹草低见牛羊"的自然美景；另一方面，遭受着狂风怒号、风沙肆虐天气带来的病痛和饥寒。长期的生产生活经历使他们逐渐认识到了自然的"异己"力量，人只有顺应自然才能更好地谋求自身的生存。因此，古代少数民族中流传下来一些非常宝贵的环保思想和生态智慧，他们具有一种普遍的崇拜生命、尊重生命、保护生命、延续生命的伦理道德观。由此来看，蒙古族的生态意识来源于游牧生活的日常实践与经验价值的总结，虽然没有以成文理论的形式加以系统的概括书写，但却在生产生活的每一个细节中渗透着生态平衡意识的点点滴滴。这种生态思想为新时期蒙古族作家进行生态创作提供了宝贵的精神资源。

呼伦贝尔的大兴安岭林区繁衍生息着诸多古老民族，其中鄂温克、鄂伦春、达斡尔族因在全国人口最少被称为"三少"民族。"三

---

[1] 海德格尔：《路标》，孙周兴译，商务印书馆 2000 年版，第 403 页。

少"民族历史上一直生活在草深林密的森林中。他们的饮食起居、生老病死都离不开森林,狩猎生产方式也是依托于山林,森林是其生存与生活的摇篮,因而历史上的"三少"民族的宗教信仰与大自然崇拜密切相关。"三少"民族在森林环境中,以特有的生产、生活方式创造了丰富的森林文化:狩猎规则与禁忌、路标与篝火、桦树与驯鹿、岩画与谚语等带着浓郁的森林文化气息扑面而来。其中的思想、行为层面上的文化内容,具有鲜明的自然保护意味和深刻的环境伦理学意义。由于"三少"民族在历史上邻近居住,交往密切,在狩猎生产、宗教信仰、文化艺术、民俗习惯等方面都有着相似的特征,在长期的历史过程中形成了相近的民族心理、民族气质以及文化结构。在广阔的森林中,生命与生命相依而存,人的情感与精神自由穿行,人与自然得以感性化交流。

在鄂温克狩猎文化中,万物皆有灵,风可言、石会语、树有耳,自然界的一草一物都是自然的主人,它们同呼吸共命运,共同构成了鲜活的森林生命形态。在乌热尔图的小说中,细致而生动地描述了鄂温克人的生产狩猎、营地安置、食物分配、宗教祭祀、民俗习惯等日常生活场景。

在鄂伦春与达斡尔民族中普遍存在着树木崇拜的文化习俗。鄂伦春人忌讳在丛林中大声喊叫,唯恐惊扰森林之神。在多树神的崇拜中,尤以柳崇拜最甚。他们视柳树为圣洁之神,能够驱邪去污,所以每当部落遭受传染病袭击时,他们便会以盛大的祭祀仪式来吁求柳神驱除瘟疫、佑其平安。

达斡尔族的树神崇拜更为普遍。能够提供其日常生活用度的桦树、杨树、柳树、松树等,只要岁月久远在他们的心目中便都有了神的附体,不可以随意砍伐,在达斡尔的民间故事《毛都雅德根和莫日根》中,还出现了集神的魔力与人的善良于一身的树神形象。树神崇拜与民族自然观浑然一体。

## 二 地域文化是哺育作家生态意识的精神母乳

法国著名文艺理论家丹纳指出:"精神文明的产物和动植物界的产

物一样，只能用各自的环境来解释。"① 我国学者鲁枢元在论及地缘文化对文学的影响时也谈道："一个地区的自然环境决定或影响了这个地区的经济生产的方式、政治生活的形态，同时也塑造了这一地区的人的性格风貌和精神气质，从而也就影响了这一地区包括文学艺术在内的文化的形式和内容……一个地区的文学艺术可能对那块土地上生息繁衍着的人们的精神生态系统起着微妙的调节作用。"② 这种地域文化就如同瑞士心理分析学家荣格所提出的铭刻着历史、地理、文化记忆的"集体无意识"一样，自觉不自觉地影响和决定着作家的精神气度、审美思维和价值取向。这种文化的影响"不仅表现在作品的人生内容、语言和艺术表现形式等外在形态上，而且表现在它对创作主体——作家的内在精神气质、审美情趣以至整个思想人格的熏陶熔冶上"③。所以说，地域文化是哺育作家成长的精神母乳，已经化为他们的血肉，渗透在他们的创作中。

中国幅员辽阔，多姿多彩的地域环境，造就了特色鲜明的地域文化与文学范式。吴越地区的山清水秀、温润气候、丰富物产孕育了江南诗人谢朓、沈约细腻唯美的文风；北方关陇地区的风高气寒、地薄石厚造就了边塞诗人高适、李颀的千里黄云、胡雁哀鸣的慷慨悲歌；秦晋文化的黄土气息塑造了"山药蛋派"的质朴自然与幽默乐观的格调。同样，生态特色浓郁的草原文化与森林文化也形塑了内蒙古少数民族作家文学创作中凝视"绿色"的写作姿态。

被誉为"大漠之子"的蒙古族著名作家郭雪波，从 20 世纪 80 年代活跃至今，奉献了一系列以沙漠生态为题材的作品，如《大漠魂》《沙狐》《沙獾》《沙祭》《沙葬》《沙狼》等。可以说，郭雪波是当代中国较为少有的自觉型生态作家，具有强烈的社会责任感和生态情结。这种生态情结缘于生他养他的那片土地。草绿水清、羊肥马壮的科尔沁大草原曾经是郭雪波祖辈们生活的地方，遗憾的是，当他出生时，草原的丰

---

① [法] 丹纳：《艺术哲学》，傅雷译，安徽文艺出版社 1998 年版，第 34 页。
② 鲁枢元：《文学艺术的地域色彩及群落生态》，《黄河科技大学学报》2002 年第 4 期。
③ 严家炎：《20 世纪中国文学与区域文化丛书》，湖南教育出版社 1995 年版，"总序"，第 3 页。

美已经成为历史传说,科尔沁已经蜕变为苍凉的戈壁与漫漫的黄沙地。呱呱坠地的郭雪波收到的第一份见面礼便是自家床头铺着的厚厚的细沙。从此,他便与沙结下了不解之缘:沙地里有他奔跑的童年,见证着他成长的快乐与忧伤。"对于郭雪波来说,大漠及大漠上所有的生命:人、植物、动物,绝不是一个话题,而是他自身存在的一部分,是他生命的一部分。这个生长在八百里瀚海,科尔沁沙地养育大的儿子,他的小说不是为了趋时,而是他对故乡的凝视与守护。"[1]他的作品几乎都是围绕着蒙古族人与自然的关系展开,对人类破坏大自然的无知行为进行反思、对远逝了的草原诉说怀念,传达出对游牧文明、人与自然如何和谐相处、生态环境等诸多问题的深刻思考,因而他的小说在生态文学创作中显得卓尔不群。崔道怡曾这样评价郭雪波的小说:"在题材和题意方面,作者(郭雪波)一个是有根,一个是有性。根就是根源,就是生活的基地,等于一方水土养一方人,我觉得水土感是非常强的;性就是属性,他作品创作的情节,感情的扭结在什么地方,第一篇就是大漠,对沙漠、对荒漠是情有独钟,对大漠上的野生动物,首先是狐,从沙狐到银狐,包括狼,有特殊的感情。"[2]

如果说科尔沁草原孕育了蒙古族作家郭雪波的生态之魂,那么来自乌兰察布草原的一位并未大红大紫的母语作家——满都麦,早在20世纪70年代末(仅指汉译小说)就开始瞩目于草原生态这样的话题了。满都麦力图通过对蒙古族草原游牧生活的描绘,展示一种理想化的生存场景:以人类的自然本性为基点,万物和谐共处,共同构成生命永乐存在的交响曲。他不是要把人类引入懵蛮的原始时代,而是通过自己的笔触引导人们能够"识出了马背游牧文化的亮丽基因,透视到文明背后的绝情与残酷"[3]。他一往情深地关注草原、书写草原:"今后,我艺术创作的大本营仍然还是那片草原。虽然曾经盘羊栖息的那座巍巍的山脉早已变成了矿区,熙熙攘攘的矿工长达几十年的淘金排污,无情地泯灭了

---

[1] 郭亚明、赵丽丽:《挣扎在自然与文明之间——蒙古族作家郭雪波与劳伦斯作品中自然观之比较》,《内蒙古师范大学学报》2007年第1期。

[2] 郭雪波、崔道怡:《关于银狐的对话》,搜狐读书频道(http://book.sohu.com)2006年1月20日。

[3] 栗原小荻编:《满都麦母语文艺创作研究》,内蒙古人民出版社2003年版,后记。

那里的绿色生态；百鸟筑巢、彩虹架桥的那片生机盎然的草原，变成了贫瘠而凄凉的荒漠；那动感的盘羊和美丽的鲜花早已成为遥远的传说。但是，我童年的憧憬梦幻和永不衰老的初恋的甜蜜全都留在了那里。使我手掌套杆、收缰跃马踏向远程的起点是那里。尤其是艺术的虔诚和良心，使我无法远离梦系魂萦的那片古老神奇的草原。"① 对遗失了的故乡草原的追忆与怀念成为作家生态书写与呼唤的永不枯竭的动力源泉。

　　来自东北林区的乌热尔图是鄂温克人，是鄂温克猎人。在最初只有鄂温克猎人居住的小村庄，他曾经平静地生活了十余年，那时他的生存角色就是一个普通的猎人，而不是以作家身份在体验生活。他热爱森林里的一草一木，熟悉鄂温克猎人的一举一动，熟悉猎狗的狂吠声，习惯偎在篝火旁和猎人们一起吃着烤得喷香的鹿肉；能辨别犴、鹿、獐子、狍子的脚印，也会使用鄂温克猎人的猎枪和猎刀。古老的鄂温克人的帐篷曾经使他流连忘返；七叉犄角的公鹿健美孔武的身姿、自由自在优雅从容的态度和危险来临时突然迸发的神奇力量让他怦然心动……敖鲁古雅猎民乡孕育他炽热的民族情感、强烈的民族意识，教给了他地地道道的民族语言、纯熟的生产方式。在那里他张开了强劲的艺术翅膀开始起飞，敖鲁古雅猎民乡是用无形的力量支持他朝着文学方向翱翔的最重要的自然人文环境。当然，狩猎民族与森林互养互惠的生态观念也浸入了他的血脉，他以发现与欣赏的眼光打量着森林世界之美，以平等亲睦的态度体味着自然界的生命存在。乌热尔图有这样的表达："森林是人类的摇篮。当一个幼小的生命有幸在这伟大的摇篮中降生的时候，他会深深地感受到独特的、幽香的气息，默默无闻的疼爱。而森林有人类依存的温暖的母体，她究竟得到了什么样的回报，对她的恩泽我们有哪些领悟，文学不该对此有所探究和表露吗？"②

　　进入20世纪90年代，在"新"文学你方唱罢我登场的浮躁环境中，乌热尔图却依然选择对森林的守护与凝望，他再一次强调"以虔诚的态度敬重这片土地及古老的本土文化，是我写作与思考的根本"。③

---

① 转引自张宝锁《良心依旧，责任依旧》，《民族文学》2004年第3期。
② 乌热尔图：《乌热尔图小说选》，内蒙古人民出版社1987年版，"自序"。
③ 乌热尔图：《呼伦贝尔笔记》，内蒙古文化出版社1994年版，"序言"。

他是森林与草原的守护神，是孑然的独行者。

值得注意的是，来自内蒙古的一批少数民族女性作家在其作品中表现出女性对自然地理的天然感应力和敏锐感受力：在达斡尔女作家萨娜的笔下，额尔古纳河风情万种、引人遐思："远处的羊群在浓雾似的阳光里缓慢游动，那条著名的额尔古纳河像丰腴的女人舒展地躺着，银亮的躯体一直伸向碧蓝的天际。"① 巴尔虎草原上驰骋的骏马让人体会到男性的雄风："你骑着骏马，像风一样驰骋在茫茫的巴尔虎草原上，你游过九九八十一弯的莫尔格勒河，追逐失散的马群，你走进莽莽苍苍的大兴安岭。"② 另外一位达斡尔族女作家昳岚对养育其生命的故土满怀感激之情，"在我曾经成长过的那片土地，这种以原始的形式存在的生命园地，是那么自然地发生着，流淌着、消亡着……我的根曾经在那里，如同许许多多的人那样，在那些人和故事场景发生的土地上"③。这里有对天地造物的赞叹、有对宇宙生灵的会心、有对根的追寻，少数民族女作家与大自然如此高度的心灵契合来源于女性的自然天性与地域文化的双重影响。

## 三 地域文化是滋养作家生态审美意识和审美情感的沃土

生态审美观作为一种新的审美观念最早是由当代著名生态美学家曾繁仁提出来的。"它有广义与狭义两种理解：狭义的理解指建立一种人与自然达到亲和、和谐的生态审美关系；广义的理解指建立人与自然、社会、他人、自身的生态审美关系，是一种符合生态规律的当代生态存在论生态审美观。"④ 而生态审美意识是指对生态审美追求尚不自觉或不清晰的表述和意识。由于生态美学提出的时间不是很长，这种片段式的、零散、朦胧形态的意识，成为生态美学思想资源中最为重要的一部分。曾繁仁在其论著中提到了一个重要的审美向度：生态自然美，追求自然与人的对话关系，即人与自然处于一种"共生""亲和"与"间

---

① 萨娜：《额尔古纳河的夏季》，《作家》2004 年第 7 期。
② 萨娜：《巴尔虎草原》，《天涯》2010 年第 2 期。
③ 昳岚：《童年里的童话》，《骏马》2003 年第 2 期。
④ 曾繁仁：《论生态审美观》，《中国社会科学院报》2006 年第 6 期。

性"的关系之中,是一种包含生态维度的自然的美。另外一位在生态美学研究中占有重要地位的学者曾永成教授,在理论探讨上对生态审美的价值内涵也作了深入阐述。他的《文艺的绿色之思——文艺生态学引论》中指出:"人是自然的系统生成之物,被现实生活的片面性、破碎性和间接性弄得身心交瘁、灵魂无根的人,只有在自然生态之美的怀抱中,才能实现生命的全面康复。"[1] 他从生态进化的规律出发,认为自然的审美性源于自然与人之间的生态关联。

我国有着较为悠久的地域文化或地域文学的研究传统,文化领域如我们常常提到的吴越文化、中原文化、东北文化、关陇文化或进一步微观化的晋文化、鲁文化、粤文化等;文学领域如古代的江南山水诗、建安诗人、边塞诗人,现代的荷花淀派、山药蛋派等,研究对象多为汉文化与汉民族文学艺术。而实际上,地处边缘地带的少数民族,其文学与文化审美意蕴地域性更为鲜明突出。少数民族历史上由于地处偏远,交通不便,信息传播与交流闭塞,生存与生活多依赖于自然环境,形成了自给自足的相对封闭格局,文化上也呈现出独特的认知理念、审美心理和价值取向。文学作为文化的表征之一,少数民族作家的文学作品也必然呈现出独有的审美文化内涵。

(一)塞外草原与蒙古族作家的生态审美意识

内蒙古自治区是以蒙古族为主体民族的多民族地区,地处祖国北疆的高纬地带。辽阔的内蒙古草原,东起大兴安岭,西至居延海畔,南部和河北、山西、陕西、宁夏回族自治区接壤,北部和东部分别与蒙古国、俄罗斯交界,东西纵横3000多公里,南北最宽处达1700多公里。这里干旱少雨,冬季漫长而寒冷、夏季苦短而酷热。恶劣的自然条件锻造了生活其中的蒙古民族极强的适应自然的能力,他们衣皮毛、披旎裘、居毡帐、乘坐骑、食肉饮乳。这种雄奇壮阔的自然环境与粗犷动态的生活、生产方式,哺育了蒙古族这个马背上的民族,造就了蒙古族生态特色鲜明的民族文化,也孕育了该民族独有的生态审美意识和心理:对自然美的本色追求。

---

[1] 曾永成:《文艺的绿色之思——文艺生态学引论》,人民文学出版社2000年版,第37页。

袁鼎生在《审美生态学》中认为"自然美存在于大自然之中，存在于自然物与人的生态关系中，大自然的生态圈构成了自然美的生态位"①。自然美是质朴之美、野性之美、率真之美、充满着蓬勃生命力的原生态之美。绿草、青山、蓝天、白云，生机盎然的大自然呈现的是真正的大美。郭雪波笔下的大漠阔野、风霜雨雪、鹰飞狼啸，满都麦笔下的青草奶香、圣火盘羊、白马磐石等，这些具有明显地域特征的意象是独立于"人化"之外的"第一自然"。蒙古民族的游牧迁徙的生活方式为的是让草原得以修复还自然之美，这种生态意识无疑有利于人与自然的和谐相处。

自然美首先表现为阳刚与本色之美。崇尚自由豁达、追求激情昂扬是蒙古民族主导性的审美取向。这种审美心理与审美追求的特征，在激情昂扬的蒙古舞蹈中形成最为直观的视觉冲击。"绕蓬松茂树而舞蹈，直踏出没肋之溪，没膝之尘矣"，这是在《蒙古秘史》中对蒙古舞蹈昂扬澎湃气势的最早记载。郭雪波的《大漠魂》描述了民国二十九年萨满法师带领百姓虔诚地举行祭沙祈天求雨活动，开头引用了安代的歌词："把你的梳得绷绷的黑发放下来呀，把你的绷得紧紧的躯体松下来呀。那疯狂诱人的旋律就是安代曲，如狮似虎得跳起来吧，啊，安代！"声嘶力竭的歌声、振聋发聩的乐声和激烈狂热的祭祀舞蹈一起传达着人们对天地的膜拜、对鬼神的愤慨和对命运的呼号，传达的是蒙古族积极向上、自由奔放的民族精神。"通宵达旦的高歌狂舞使人如醉如痴，不能自抑。许多人把喉咙唱哑，把崭新的布鞋踏裂，甚至顺手撕下蒙古袍的前襟，上下挥动着当作助兴的手帕。"② 其豪放昂扬的激情如火焰般燃烧。

其次，自然美表现为顺应人性的自然，礼赞原欲与生命之爱。满都麦的小说《圣火》中写到一位蒙古族少女被河畔草地上睡着的一位牧马人健壮结实的裸体所吸引、进而春心萌动的故事。在蒙古族文化中，尊重自然万物的存在衍生出对于人性自然之爱的肯定与礼赞。纯粹的原欲在蒙古族文化中是充满神圣性和欢乐感的，是生命中最美的体验与人

---

① 袁鼎生：《审美生态学》，中国大百科全书出版社2002年版，第225页。
② 梁一儒：《民族审美心理学概论》，青海人民出版社1994年版，第260页。

生重要的开端。"那一身健壮的体魄。腋毛旺盛的胳膊,肌肉探索拧动的大腿和……我春心荡然,犹如孕育在河底的月亮在汩汩缓流中碎裂散溅,折射出颤动的光线。哦,假如我能望一眼那微微动弹的阳物或掀掉那遮蔽着的衣袖呢?"① 蒙古民族对自然之爱、原欲冲动的喜悦与赞美,是建立在尊重生命感受的价值理念上,肯定肉体之爱与生命欢愉的合理性,关注的是活生生的人性而非抽象的道德的标签。为了凸显原欲的生命美感,作者还写到了少女回忆起曾被喇嘛与土匪奸污的羞辱与恶心感,对比之下,原欲被赋予了纯洁与本真的自然之美。

再次,自然美的辽阔与苍凉还渗透在蒙古民族艺术与文学的独有情调中。美丽辽阔的草原是千百年来世代蒙古人繁衍生息的宝地,他们逐水草而居,小心翼翼地守护自己的家园,辽阔的自然环境培育了辽阔宽容的胸怀,特别是那悠扬婉转的蒙古长调和那浑厚悠远的马头琴声在带给我们艺术美感的同时,更能让人自然念及孕育其产生的一望无际的茫茫大草原。在蒙古族小说中这种审美意识也有着非常充分的体现。"辽阔而奇异的自然人文景观,是我国最独特的。这片高原大漠,气候恶劣,朔风凛冽,干燥缺水,植被破坏严重,又深潜内陆,地形险峻,交通不便,人迹罕至,大自然的音符是悲怆而沉重的。"② 这悲怆和沉重震颤了作家的心灵,使他们笔下的旷野、荒原、雄风、驼队、马群等都因灵魂的烛照而充满灵性,获得了自足的存在价值和美学意义。恰如张承志的总结:"绵延起伏的地理特点,却夺取了蒙古古歌的主调,赋予了它漫长的旋律、舒缓的节拍。因为,只有辽远的尽着喉咙和呼吸的极限,伸延再伸延,才能够得上这坦荡世界的无限。加上华彩装饰一般的、激烈的铁滑,它描写和抒发了——这无论怎样疾奔驰骤也走不出去的、草之大海里的伤感和崇拜。"③ 蒙古长调中弥漫着一种舒缓、感伤的情怀。郭雪波的小说《天音》讲述了作为萨满教凤毛麟角的传人之一的老孛爷天风使出浑身解数倾情拉出的一曲曲古朴悠扬、浑厚动听的民间歌谣,不能让村民们浮躁的心沉静,却让企图进攻的狼群听得如痴

---

① 满都麦:《满都麦小说选》,作家出版社1999年版,第152页。
② 李兴阳:《中国西部当代小说史论》,安徽大学出版社2006年版,第93页。
③ 张承志:《以笔为旗》,中国社会科学出版社1999年版,第226页。

如醉,狼群一夜静听以后悄然离开。老字爷为这些异类知音的表现诧异感慨:"它们才能听懂我的歌!它们比他们还识律听音!我的《天风》,我的民族,来自大自然,来自广袤的荒野,只有荒野的精灵,大自然的主人们才听得懂!"

(二) 森林与"三少"民族的生态审美意识

鄂温克、鄂伦春、达斡尔三个少数民族很早就居住在内蒙古呼伦贝尔地区,历史悠久,文化源远流长。他们的文化与呼伦贝尔茂密的森林、充沛的水源、广阔的草原等优美的自然景观以及他们所从事的狩猎、捕鱼、游牧等传统的生活方式息息相关,形成了鲜明的本土文化特色,具有自己独特的思维方式、心理特征、价值观念和审美情趣。其中,鄂温克民族人口最少,不到两万,主要生活在大兴安岭的密林和呼伦贝尔草原,以狩猎和游牧为生,驯鹿是他们的交通工具,因此他们常被称为"使用驯鹿的鄂温克人"。鄂温克作家乌热尔图生活的敖鲁古雅部落人数还不到150人,他们生活繁衍在茂密幽深的原始森林中。森林中的花鸟树木、飞禽走兽、野果蘑菇是鄂温克民族的衣食之源,哺育了一代代的鄂温克人,他们与赖以生存的周围自然环境几近融合,从而也形成了森林民族独特的审美意识:"他们没有控制和驾驭自然的想法,即使是在宗教仪式中也并不想让神与自然对立,也不想强制或掌握某种神的力量为自己服务,而仅仅表达一种愿望或特定的形式,这些愿望和形式大部分是为了避免与自然发生冲突或违反自然神的意志。因此,鄂温克人把自然本身的存在形式和四时更替看作是最完美的,把接近自然或类似自然的创造物也看作是美的。……他们祈望的是自然、动物、人之间存有一种和睦的、相安无事的关系。"[①] 这种与自然和睦相处的审美意识,在作家的笔下有着清晰的呈现。

乌热尔图的小说《七叉犄角的公鹿》采用儿童天真无邪的视角,以童话般纯净质朴的语调,刻画了一头神采飞扬、体格优美的人格化的公鹿形象,其以不可阻挡、奔向自由天地的神奇力量深深打动并激励了孩子的成长。作家乌热尔图在谈及小说《七叉犄角的公鹿》的创作意图

---

① 楚克:《金色的雅鲁河,我的故乡》,《民族艺术与审美》,青海人民出版社1994年版,第61页。

时说："从审美的角度来表现鄂温克人严酷的狩猎生活，作为我，在《七叉犄角的公鹿》中是第一次尝试。这篇小说借用一个鄂温克少年童稚的眼光，描述鄂温克猎人古朴的生存环境，以及他们对大自然的依附，并如何从中汲取精神力量。小说选用质朴的童话语调，是为了加深审美色彩。"①小说中孩子的纯真、公鹿的自然健美以及作品奇美、灵动的气韵浑然一体，获得了极高的文学审美价值。

总之，内蒙古少数民族作家的文学创作植根于内蒙古独特的地域环境与自然条件，生态意味浓郁的民族生活是孕育作家创作素材与艺术灵感的母体，作家们不仅以文学的艺术形式呈现内蒙古少数民族的历史与现实生活，而且在对他们原生态生存情境的再现中融入了鲜明的生态意识。

## 第二节　民间文学与生态书写

民间文学作为原始社会唯一的文学形式，属于集体智慧创作的结晶。民间文学起始于歌舞、宗教以及与原始艺术混融一体的原始文化，以神话、传说、史诗、民歌、谚语等口头文学的形式口耳相传、代代延续来传达民族的宗教观念、伦理道德和审美观念。民间文学是作家文学创作的源头活水。

内蒙古的少数民族身处边疆，与大自然有着密切的亲缘关系。长期相对封闭或缓慢的民族人口流动，也加强了民族的凝聚力。虽然各民族有着各自的文化传统、风俗习惯，但长期依赖自然生存的生命体验使他们的意识深处都铭刻着敬畏生命、感恩自然的生存理念。这些蕴含在民间文学中的生态智慧和理念就如同深埋在地底的宝藏，为新时期内蒙古少数民族作家小说书写奠定了绿色的基调。

### 一　民间文学中的"绿色"宝藏

内蒙古少数民族作家在多样化的民间文学形式中，如祭词神歌、神

---

①　乌热尔图：《沉默的播种者·我对文学的思考》，内蒙古文化出版社1994年版，第92页。

话故事、英雄史诗、民间歌谣等,对自然、生命及人与自然的关系从不同层面进行了情感性的表达。

(一) 崇敬大自然

古代蒙古人的生活和山林、草原、沙漠联系在一起,高山、大河、湖泊和草场是他们生存的基础,风沙、暴风雪是他们常见的天气。受认知的局限,古代蒙古族人既依赖自然又惧怕自然。于是,人们对自然事物和现象产生了一种崇拜心理,以此祈求人畜平安、风调雨顺。流传于蒙古族民间的萨满教祭词神歌是蒙古族先民自然崇拜的文化载体,包孕着敬畏天地、崇拜大自然的生态主题。在祭词神歌中,对长生天的礼赞和崇敬成了自然崇拜的主旋律,长生天被视为萨满教的最高神明,故予以无限的崇拜和敬仰。尊天地为父母,许多萨满教祭词开篇即诵道:"上有九十九尊腾格里天神,/下有七十七阶大地母亲。"对太阳月亮等天体的崇拜,如《太阳月亮祷词》诵道:"向十方地域的救星,/明亮温暖的照耀者,/名扬天宇的太阳月亮,/以圣洁的礼仪祭祀膜拜。/隆礼虔诚的膜拜者,/请施恩赐福的神主,/对我们所做的一切事情,/永远保佑。"此外,对大地山水神的象征物敖包的祝颂词也比比皆是。

在蒙古族的神歌中,对与其朝夕相处的山川、河流、树木、动物等都给予了充满深情的礼赞。如《蒙古秘史》中第一百零三节所记录的成吉思汗祭拜不儿罕哈勒敦山祭词,表达的是在大自然面前,自我为蝼蚁般微不足道的低姿态与精神领域的高境界:"爬上了不儿罕山来,/不儿罕山佑护了我这微如虱蚤的性命!/爱惜我唯一的一条命,/骑着我仅有的一匹马,/循着驯鹿走的小径,/拿着劈开的树枝当掩护,/爬上了不儿罕山来,/不儿罕山荫庇了我这小如蝼蚁的性命!/我好受惊吓呀!/对不儿罕山,/每天清晨要祭祀,/每日白昼要祝祷!/我子子孙孙,/切切铭记!"

蒙古民歌中对恩泽其生命的草原尽情讴歌。《黑骏马》中,有着这样的歌咏:"马群能够饮食的,/平坦的草地,/养育我们的,/亲爱的母亲。/马群能够饮食的,/茂盛的草地,/养育我们的,/尊敬的父亲。"[①]

---

[①] 卫巴特尔、全布勒、哈达等:《阿拉善民歌》,内蒙古人民出版社1988年版,第988页。

蒙古族民间文学中所表达出的这些"敬畏自然""适从自然"的生态观念已经成为游牧人生产和生活中不成文的规则。他们认为只要顺从自然，灾难就不会发生，草原会依然碧绿，河流会依然清澈，人们会永远幸福安康。

此外，大兴安岭林区居住的"三少"民族中流传着许多优美的神话传说。《奇星的故事》来自《鄂伦春族民间故事集》，讲述的是关于英雄鄂尔德穆莫日根为人间的美丽富饶争取生命物种的故事。鄂尔德穆莫日根受命于天神下凡治理大兴安岭，在他的努力和争取下，各种各样的珍禽异兽、花鸟虫鱼从天庭流星般降落民间，大兴安岭变得更加美丽富庶。少数民族凭借其丰富的想象力赋予了自然界各种自然现象如风雨雷电、云蒸霞蔚、崇山峻岭、鸟语花香等以奇异的色彩，神话故事满含着对富于生命创造力的神秘的大自然敬畏和感恩之情。

在达斡尔族人眼中，草原是他们赖以生存的沃土和家园，是大自然赐给族人最好的礼物。在他们世代传唱的口头文学中，充满了对大自然深深的感恩之情和回报之心。如《水毒》的故事叙说一条河中起了水毒，人一接触就会浑身奇痒，不停抓挠，直到抓得皮肉溃烂而亡。有一个叫龙胆的小伙子，听说莽盖沟长一种能治水毒的草，于是前往寻草，历经艰难绝险后，他终于战胜莽盖采回了灵草，可自己却因劳累过度倒在了河边。小伙子死后，他的身体化作了草原，他的汗毛变成了一朵朵盛开着的兰花。为了纪念他，人们以他的名字将这种草命名为龙胆草。在达斡尔族人看来，草原是英雄的皮肉象征，是不能被撕裂开垦的。

（二）与大自然和谐相处

人与自然的和谐相处是生态文化的旨归。古代蒙古人对人与自然和谐关系的认识源于他们对世界和人的起源的理解。蒙古族的创世神话很多，基本可以概括为这样一个思路：世界原本混沌一片，天地分开之初只有水，创造神或者其他动物找来土，创造人和其他动植物。人和自然是一个不可分割的有机整体，自然万物在和谐共处中延续着生命。蒙古族英雄史诗《江格尔》中有着对理想的生存世界宝木巴的诗意描绘："宽阔的宝木巴海激浪拍岸，/吉祥翠绿的塔松，/层层摇曳在北岸山坡。/山间没膝的嫩草，/荡出万顷碧波。/七色花卉相互争辉，/五彩蝴蝶上下舞飞，/两条宽阔的沙喇图河，/拍击河床激浪远方，/迢迢雪山冰峰隐隐可见。/在起升和没入的阳光下，/恒发出珍珠般的光辉。"①在当时人们心中，宝木巴是一个没有死亡、四季如春、风调雨顺、没有自然灾害、战争和疾病的地方，宝木巴是人与自然和谐相处的典型代表。

蒙古族的长调被称为来自草原的天籁之音。它音域宽广，曲调优美流畅，起伏跌宕，有人说长调是流淌在蒙古人血液里的音乐，是离自然最近的一种音乐，是对话苍天、抒情极致的音乐。歌声里不仅有草的清香、马的嘶鸣，最打动人心的是直抵心灵深处的拖腔，苍凉而浑厚，曲折而圆润。长调悠远、荡气回肠，歌者把对生活体验的百味情感融入蓝天流云与苍茫浩渺的草原深处。长调歌词寥寥，有时甚至有曲无词，歌者往往结合自身的情绪体验与对自然的感悟而自由发挥，尽情抒发。《清澈的塔米尔河》："清澈的塔米尔河畔，/生长着各种颜色的花朵。/在明媚的阳光下，/左右的摇摆。/亲爱的朋友们，/愿永远在一起。/充满活力的青春年华，/愿永远长在。"② 蒙古族长调中，歌词大多为描写草原、骏马、牛羊、山川河流等自然景观，以深沉的情感唤醒天地万物的耳朵，唱出了热爱大自然的最强音，是名副其实的生态歌曲，向世人证明蒙古民族历来就是高举生态大旗的民族。

鄂伦春民族中同样也有着对大自然感恩的倾情歌咏："高高的兴安一片大森林，/森林里住着勇敢的鄂伦春，/一匹猎马一呀一杆枪，/獐狍野鹿满山满岭打也不尽。"鄂伦春人深知只有遵循人与自然万物的和谐之道，才会有丰富的野生动物资源，如其谚语所云："棒打狍子瓢舀鱼，野鸡飞到饭锅里。"

（三）珍爱动物的生态平衡意识

草原上的游牧民族向来把宇宙视为一个庞大的生命圈，植物、动物与人类是这个生命圈的重要组成部分。在这个大生命圈中，每一种生物都有着自身的生命与活动规律，同时彼此之间又存在着相依相傍、互相促进的关系。爱惜生物、尊重生命，与周围的生命体和谐相处，这是草

---

① 满都夫：《史诗江格尔的自然观和对自然的审视》，《新疆师范大学学报》（哲学社会科学版）1988年第4期。

② 包淑梅、钢特木尔：《蒙古长调民歌》，内蒙古教育出版社1997年版，第340页。

原民族"天人和谐"的自然价值观。在草原先民的眼里，人和动物是朋友、亲戚，他们平等相处，和谐共生，有时动物还被看作高于人类的神。

对游牧民族来说，家畜既是其生产资料，也是其生活资料。没有家畜，人类不能生活；同样没有了人类，家畜也不可能在草原中生存，二者之间是不可分离的相互依存和扶助关系。因此，爱护牲畜、保护牲畜是牧人们首先提倡的生态伦理思想。当那些母畜不给幼畜喂奶时，草原上的人们，会唱起劝奶歌（呔咕歌）感化："呔咕，呔咕！/不长乳房的飞禽/，还用虫虫喂养雏鸟，/你这奶头大大的母羊，/怎么忍心把亲生羔子抛弃，/呔咕，呔咕，呔咕！"其曲调催人泪下，哀怨无比，直唱得母羊流着眼泪给羔子喂奶。这种以虚词呔咕贯穿始终的旋律，也许正是一种生灵能够听得懂的语言，显示着对它们的慈心和关爱。类似的民歌还屡屡出现在对失去母亲的幼畜的呼唤中。如民歌《孤独的驼羔》中就有："低头啃着芦苇叶/ 热泪滚滚不住地流/妈妈的乳头拇指大/何时才能吸上几口？/有母亲的小驼羔/ 跟着妈妈欢跑哩/失去母亲的白驼羔呵/围着桩子哀嚎哩。"① 我们从中也能体会到草原人对生命的崇尚。

鄂伦春族的民间文学中常常表达出朴素的生死观，蕴含着对生态环境的自觉的保护意识。民间传说《人为什么会死》讲述了这样的故事：天神恩都力造人最初使用的是石头，结果造出来的人生命力顽强，以至于人满为患，导致生存危机。恩都力为了解决人口问题，在打死了所有的石头人后改为抟土捏人。泥人的寿命是有限的，所以地球上的人口与资源又恢复了平衡。故事触及了自然的生态平衡：如果一个物种出现了无节制的生灭，这是对自然生物链的最大破坏，严重破坏生态平衡。鄂伦春神话传说中还有神箭手白依吉善的故事。白依吉善虽箭法精准超人，但却从不伤害善良弱小的动物，为此他常常忍饥挨饿或以野果果腹。他出手相救危难中的小白鹿，跨越千山万水、克服重重困难终于找到神泉为小鹿疗伤。待到小鹿长出高入云天的犄角，英雄希勒特就可以以鹿角为梯攀上天庭，为民族部落找寻到更好的生活。鄂伦春民族深深懂得：珍爱动物、保护资源，民族的发展才有未来。这些故事传说中浸

---

① 乌兰杰：《蒙古族音乐史》，内蒙古人民出版社1995年版，第80页。

染着浓郁的生态气息。

## 二　民间文学对作家生态书写的引导意义

民间文学反映了一个民族的宗教观念、伦理道德、风俗习惯，可以看作民族文化的结晶，往往是通过民间口头艺术的形式表现出来。马克思说："希腊神话（民间）不仅是希腊艺术（上层）的宝库，而且是希腊艺术的土壤（源泉）。"[①] 高尔基说："各国伟大诗人的优秀作品都是从民间集体创作的宝藏中吸取滋养，自古以来这宝藏曾提供了一切诗的概括。一切有名的形象和典型。"[②] 作家冯骥才称"民间文学是山野文化的精灵，更是作家们的一座语言富矿，值得那些勤奋而独具慧眼的作家开采利用，并受用终身"[③]。民间文学中所蕴含的丰富的精神文化内涵已成为作家文学创作的源头和母体。

当今享誉世界的文学大家不论国别族别，其所精心营造的文学世界中无不闪现着民间文学的魅影。如希腊神话传说之于英国作家乔伊斯；印第安神话之于拉美魔幻现实主义作家；吉尔吉斯民间文学之于苏联生态作家艾特玛托夫；基督教神话之于美国意识流作家福克纳。中国现代少数民族作家中，民间文学的滋养与浸润也成为作家创作的源头和母体。如沈从文笔下的神话小说《媚金·豹子与那羊》《龙朱》《神巫之爱》等展现出湘西少数民族文化的美轮美奂与古朴浪漫。满族作家端木蕻良的小说同样深深浸染了大东北萨满教民间文学影响。当代著名藏族作家阿来更是对民间文学情有独钟："我作为一个藏族人更多是从藏族民间口耳传承的神话、部族传说、家族传说、人物故事和寓言中吸收营养。"[④] 对内蒙古少数民族作家而言，闪耀着生态智慧的民间文学或隐或显地滋养着他们的小说创作。在新的时代环境下，他们的作品又融入了生态环境的危机意识，从而呈现出浓郁的绿色写作特色。

---

① ［德］马克思：《〈政治经济学批判〉导言》，《马克思恩格斯选集》第二卷，人民出版社1995年版，第56页。

② ［苏］高尔基：《个性的毁灭》，转引自《俄国文化史纲》，张开等译，商务印书馆1994年版，第89页。

③ 冯骥才：《民间文学是语言富矿》，《京华时报》2005年11月15日，第A23版。

④ 阿来：《我穿行于异质文化之间》，《中国文化报》2001年5月10日，第3版。

(一) 民间文学丰富的生态资源为作家的小说创作提供了素材

内蒙古少数民族的民间文学资源,很大程度上决定了作家的文本的取材范围。新时期少数民族作家普遍对宗教和动物题材情有独钟,而这两种题材在民间文学的充分表现中呈现出一种天然的生态意蕴。

郭雪波的文学创作深受民间文学的影响。因父亲是一名说书艺人,郭雪波得以从小便接触到了蒙古族远古时期神奇优美、瑰丽动人的祭词、祝词、赞词、神歌、英雄史诗、民间故事,并在这种瑰丽多姿的文化熏陶下成长起来。他不仅是一位有生态良知的作家,而且也一直在从事民族民间文化的整理传播工作:"我写孛的时候读过很多有关资料,孛的称呼很多,最早是从成吉思汗时代开始,是骑白马、穿白袍,当军师的,是宗教祭祀,因为蒙古民族从最早开始就祭天祭地,拜天拜地。"① 郭雪波的小说中也力图以宗教文化的弘扬来实现对民族精神文化的救赎。他在 2006 年接受搜狐读书网频道采访时,提到自己创作小说《银狐》的意图:"我是想把真正的蒙古族文化传统原原本本展现出来……现在人类需要'孛'的精神,因为人类目前已经狂妄到对地球太不爱惜了……人类要尊重大自然,回归自然,才能找到一个解脱……人类需要大智慧出现,要不然还有很多苦难还在后面。"②

满都麦也曾在任内蒙古乌兰察布市政协文史办公室主任期间,组织有关人员选题、搜集、整理、编纂、出版了蒙文版《文史资料 61—64辑》,汉文版《文史资料 61—67 辑》,专题性文史书籍《察哈尔蒙古族史话》《乌兰察布佛教寺庙史》等。文化整理工作让作者有机会更多地了解母族文化中的宗教思想,这在一定程度上影响到作家的文学创作。笔者在阅读中发现满都麦的大部分小说都弥漫着浓郁的神性色彩,作家常常在神话世界的古朴苍凉中揭露本民族生态恶化、人性沉沦的现实。

乌热尔图的小说中有着大量鄂温克民间文化和宗教信仰的丰富素材。较早发表的儿童文学集《森林骄子》(与黄国光合著,1981),其中不少篇目是在本民族神话传说故事的基础上改写的成果。《森林骄

---

① 郭雪波、崔道怡:《关于银狐的对话》,2006 年 1 月 20 日。http://book.sohu.com/20060120/n241535490.shtml,2011-4-4。

② 同上。

子》以第一人称游记的形式，叙述了森林调查员"我"在大兴安岭遇险、被鄂温克猎人所救，而后在林中养伤的所见所闻，通过15个故事，展现鄂温克族的风貌，题材涉及鄂温克族族源、民间神话传说、古老风俗习惯等。例如，《太阳姑娘》这篇，直接以民间关于太阳神题材的神话为基础，用1/3的篇幅，由老额尼缓缓讲述为人间送温暖和光明的"太阳姑娘"的故事，这是一则在鄂温克民间广为流传的完整版太阳神话，反映了鄂温克人对太阳神的原始崇拜；《古老的传说》则通过我参加猎人们吃熊肉的仪式，介绍了鄂温克人分熊、吃熊、葬熊的种种禁忌风俗，表达出鄂温克人对熊图腾的崇拜之情。关于熊的种种禁忌与风俗的描写在乌热尔图的小说中反复出现，如《棕色的熊》《熊洞》等。不仅如此，萨满作为人与魂灵的沟通使者，在乌热尔图小说的多个文本中游走，不仅承担起民族历史文化的记忆与传播的任务以及面对鄂温克现实生活环境改变而做出敏锐反应的评论和预言的功能，同时也成为鄂温克民族精神的形象载体。恰如刘俐俐所言："他的文本是一种融合了文人创作和民间故事、传说，蕴含丰富神话母题元素及民歌为一体的'变种'。"①

在信仰萨满教的北方民族中，图腾物大多数与他们的经济生活和社会生活有着密切的关系，以游牧经济为主的民族如蒙古族，其图腾多为狼、鹰、马等动物形象，而以狩猎经济为主的民族，如鄂温克、鄂伦春族等，熊、鹿等动物是其崇拜的对象。作为民间宗教观念、伦理道德、风俗习惯重要载体的民间文学保存了这种观念，成为新时期内蒙古少数民族作家小说创作的重要资源。

马是游牧民族的"草原之舟"，带给游牧民族生命的源泉，也是草原游牧文化发展的动力。据历史学家考证，最先跨上马背的是匈奴人，也是他们最早创造了与骑马相关的马具：马鞍、马镫、马嚼子等。蒙古民族对马的特殊感情是其他民族无法理解和比拟的。他们把马视为神圣的牲畜。在游牧文化背景下，不管是平常生活中各种重大的活动如娶亲、聚会、娱乐、交往，还是游牧狩猎经济活动，抑或是残酷的民族部

---

① 刘俐俐：《汉语写作如何造就了少数民族的优秀作品———以鄂温克族作家乌热尔图的作品为例》，《学术研究》2009年第4期。

落间的战争，离开马都是不可想象的，他们就像离不开太阳和月亮一样离不开马。蒙古族中流传着很多人马关系的谚语，如："蒙古人没有马，就像没有手脚"，再如，"没有马，没有鞍鞯的人不是人"。马背上的纵横使他们接受了八面来风，马背上的驰骋成就了他们的梦想。他们的快乐、理想及审美意识都是从马背上得来的。英雄青睐骏马，骏马成就英雄。蒙古族的马崇拜与英雄崇拜是密切联系在一起的。马的形象在蒙古民歌中随处可见："他那飘飘欲舞的轻美长鬃/ 好像闪闪发光的金伞随风旋转 /它全身集中了八宝形状 /这神奇的骏马呦真是举世无双/ 这匹天造地设的神驹宝马/ 把那吉祥圣洁的鲜奶涂抹在你的头上。"在古老的蒙古族史诗中，英雄与战马的关系得到充分的体现。史诗《江格尔》是以英雄江格尔命名的，其中有大量对战马形象的刻画乃至神化，如对江格尔的坐骑"神马阿兰扎尔"的描述："如同离弦的箭一样快/像火花似的闪耀/气势磅礴像万马奔腾/像万牛怒吼/让那公牛和大象吓得心惊胆战/人们一看那漫天的红尘就知道是阿兰扎尔神驹来临。"

新时期蒙古族作家小说在对民间文学资源的基础上做了一定程度上的拓展，马不仅仅是人的朋友，更是蒙古人精神形象的传达者。马对草原的依恋表达了蒙古人对以往草原辽阔、自在状态的执着向往和追求，马的自由象征着人精神的自由，马的困顿以及野性的丧失表现了新时期蒙古族作家对草原文明和农业文明接轨后历史进步与精神退步的焦虑。遥远的《白马之死》中，来自茫茫草原的白马受羁于城里成为摄影师的道具，但它血液中始终沸腾着奔跑飞跃的因子。并终于找到机会脱缰而去，在车水马龙的大街上狂奔。"白马只是在飞翔着，飞翔中，它眼前一次次浮现出草原，一望无际的草原。那是它的家，草原在召唤着白马，白马疾风一样的驰骋"，奔跑中的白马最终被警察击毙。白马身上隐喻着作者对草原民族开阔胸襟和自由意志的向往与缅怀。与此文本有着异曲同工之妙的还有阿云嘎的《黑马奔向狼山》。

蒙古民间文学中也流传着狼童的传说故事：从前，一群猎人在克鲁伦河畔狩猎，发现一只母狼带领一个三四岁的男孩奔于荒野，猎人们赶走了狼，带回了男孩，不知他为何人所生，便起名为"沙鲁"。及其能言，沙鲁能听懂各种动物语言；及壮应征入伍，随成吉思汗征战。一次宿营，沙鲁听狼嚎，便告诉头领有洪水之灾，必须易地扎营。果然夜间风雨交加，原营地被洪水淹没。从此，凡夜宿营，头领问沙鲁便知吉凶。狼童的传说可以看出蒙古人存在着狼图腾崇拜。在郭雪波的"狼家族系列"小说中，同样塑造了"狼孩"这样一类形象，如《狼孩》中的我的弟弟小龙和《沙狼》中的无毛狼孩，借他们的形象把人性与狼性冲突写到极致。他们拥有人形，却被命运置换到异质的环境中，在黄沙弥漫、严峻恶劣的大漠环境中与狼一起生存。少了人性中贪婪、猜忌、算计的恶的成分，多了几分野性的桀骜不驯的光芒，虽然生存于动物界，却也懂得滴水之恩、涌泉相报的道理。狼孩的命运演绎了一场惊心动魄、离奇野性的人兽异位回归无路的悲情故事。它们是挣扎在兽与人、人类社会与自然界之间的矛盾复合体，经历着野性与人性争夺中灵魂撕裂的痛苦，也是作品中最具有悲剧性、最为震撼人心的一类形象。

鄂温克族鹿神话蕴含悠远，表现形态多样，题材丰富：或写小鹿受伤，或写怀胎母鹿遭难，还有写到鹿与猎人、鹿与萨满的复杂关系。从内容上看，呈现出由单一形象向多元文化主题过渡的轨迹。这些神话母题元素在《鹿神通天》《坚得勒马》《鹿废掉了两只眼睛》等鄂温克族鹿神话中都有所涉及。乌热尔图在《七叉犄角的公鹿》《胎》《雪》《老人与鹿》等篇什中，我们看到了有着七叉犄角的美丽公鹿，也看到了怀有身孕的母鹿，这些形象和片断的情节在族鹿神话故事中可以找到其踪影。乌热尔图依据其原来的价值取向和感情基调写进了小说，二者骨肉相连、血脉相承的关系显而易见。

（二）民间文学赋予了作家生态书写的民族风情味道

内蒙古少数民族中的神话、民间故事、歌谣、方言土语、谚语等民族性知识话语在汉语书写中得到文学的审美体现，给整个内蒙古文坛的生态书写增添了一道亮丽的民族风景线。

多年耳濡目染的民间文学积淀为郭雪波的生态小说营造了浓郁的民族气息。大量的萨满古歌、蒙古族传说的引入，为其小说的内容和形式注入了新鲜的血液。萨满古歌是萨满在祭祀活动中神灵附体时所唱念的歌，是东北地区古仪式歌中最有代表性的一种绝唱，口耳相传，源远流长，是萨满文化的精髓。郭雪波的生态小说《大漠魂》中写到村民们跳"安代"时所伴唱的萨满神歌："当森博尔达山/还是小丘的时候；/当苏恩尼大海/还是蛤蟆塘的时候；/咱祖先就祭天地祭敖包；/跳起'安代'驱邪消灾祈甘雨!"声带为之唱破的歌声、振聋发聩的乐声和激烈狂热的祭祀舞蹈一起传达着人们对天地的膜拜、对鬼神的愤慨和对命运的呼号。《沙狼》中的金嘎达老汉给狗娃招魂时唱的萨满古曲"招魂歌":"归来吧,/你迷途的灵魂,/啊哈嗨咿,啊哈嗨咿,/从那茫茫的漠野,/从那黑黑的森林,/归来吧,归来吧,你这无主的灵魂!"那缓慢、哀婉、充满人情的旋律,具有极强的感染力和征服人灵魂的魔力。

  传说,是最早的口头叙事文学之一。由神话演变而来,但又具有一定的历史性的故事,是对历史的重新整合和诉说,也是民族最重要的历史记忆。郭雪波小说中不时出现传说故事,如《大漠魂》里关于"安代"起源的传说、《银狐》中关于库伦旗起源的传说、银狐姹干·乌妮格命运的传说、对鹰崇拜的传说等,不仅增添了小说文本的历史文化分量,而且作者更瞩目于唤醒现代人对古老民族艺术形式的记忆与传承的意识。

  民歌作为民间文学的重要组成部分,原本是指每个民族的传统歌曲,以不同的形色承载着先人们对历史、文明的情感表达,是对民族风情最直观的展示。来自东北的少数民族女作家们在创作中不仅运用民歌来传情达意,而且也直观地彰显了对这种民族文化的关怀。

  《飘逝的蘑菇圈》是鄂温克族女作家杜梅的代表作,小说以一首深情婉转的鄂温克民歌拉开了序幕:"森林里悬挂的稠李子哟,/都是你美丽的黑眼睛吗?/那依哟,/黑眼睛里闪烁的是你美丽的爱情吗?/那依哟,那依哟",情重曲缓,一唱三叹,男主人公莫乎日汗被那双稠李子般明亮的黑眼睛所点燃的相思之情缓缓流过读者的心田。

  达斡尔作家昳岚的小说《霍日里河啊,霍日里山》中,也有民歌的引入。例如,"兴安岭的脊梁早已弯弯,/一杆猎枪还是离不开肩。/翻尽了大山小山无名的山,/千回百转他还是没有完的转。/撂倒黑熊掏出珍贵的胆,/火辣辣的老酒一喝几大碗。/喊一声呐依耶学起老祖先,/挺如大兴安岭的脊梁早已弯弯。/一匹烈马还是离不开身边,/蹚过了大河小河无名的泉,/日转星移他还是没有完的转。/风里雨里尝不尽苦和咸,/冰天雪地照样袍皮被里钻。/燃烧的篝火是心中的魂,/生来就和这山林有着血缘"[①]。一支老祖先的民歌、一匹烈马、一个酒壶

---

[①] 昳岚:《霍日里河啊,霍日里山》,《骏马》2005 年第 5 期。

陪伴猎民一辈子，河流和山林见证着他们的生存艰辛；风雨无阻，冰雪无畏，点一团篝火，照亮他们的前程，这整首词曲正是猎民生活的真实写照，传达出他们与山林的"血缘"关系，浸染着浓得化不开的少数民族风情。

## 第三节　宗教信仰与生态书写

宗教是人类社会发展到一定历史阶段出现的一种文化现象，属于社会意识形态。它以虚幻的方式反映社会现实生活，相信现实世界之外存在着超自然的神秘力量主宰自然进化、决定人世命运。人类创造宗教是为了消除对自然界的恐惧，超越现实的困境而获得心理平衡，抑或是为了实现自己在现实中难以实现的理想而寻求的精神寄托。作为文化的一个重要组成部分，宗教也从一个方面折射和体现出人类的精神文化特征。

历史上，身处内蒙古的北方游牧狩猎民族在与自然朝夕相处的过程中，直观地感悟到人与自然水乳交融、密不可分的关系。保护自然生态就是保护人类自己。因此，与"大自然和谐相处"的生态智慧贯穿、凝炼于他们所有的物质和精神活动中。他们敬畏天地、崇拜大自然，认为万物有灵，产生了最初的宗教意识。

本土的萨满教和移植而来的喇嘛教是内蒙古少数民族信仰的两大主体宗教。实际上，萨满教作为一种游牧民族的社会意识形态，在远古时代就已经存在了，该教的最大特色便是宗教仪式与通灵的信念。喇嘛教也称为黄教，在该教的理念中，存在着一种生态哲学，即自然与人的平衡关系对于生存状态的延续非常有益；同时还包含两大法则，即慈悲为怀与因果法则。在蒙古大草原上，不管是萨满教还是喇嘛教，无不展现出极为丰富和博大深邃的生态意识。这些宗教一直在告诫人们要敬畏自然，追求精神与情感，节制欲望，其生态智慧是相当深奥的。

### 一　宗教思想中的生态智慧折光

萨满教中蕴含着的生态伦理观和生态思想突出表现在自然崇拜方面。草原民族将人视为自然之子，敬奉自然世界为万物之尊。"所谓的自然崇拜，就是把自然现象、自然力和自然物当成某种神秘的神性力量和神圣事物，对之进行宗教性的崇拜和祭祀活动。"① 在古代草原民族原始宗教中，这种敬畏自然、尊重自然的观念和情愫表现得更为充分。《多桑蒙古史》记载："鞑靼民族崇拜日月山河五竹之属，出帐南向，对日跪拜，奠酒于地，以酣崇拜，日月山河，天体之行。"② 天体、山川、森林、土地成为他们顶礼膜拜的对象，因为在他们的意识中，土地山川可以保佑游牧部落的幸福和安宁。于是，他们称天为慈祥仁爱的父亲，称地为乐善好施的母亲，认为它们会给世间万物以生命。这种基于"万物有灵"观念的发自内心的自然崇拜，激起了草原民族对自然的热爱并心怀感恩之心，从而萌发了人与自然和谐相处的生态观念。萨满教的自然崇拜对象广泛，具体包括：日月星辰、山川河流、风雨雷电、天地万物，等等。因为把自然事物本身与神灵等同看待，因而草原民族对自然心怀感恩，崇拜敬重。他们所憧憬的理想境界是平安祥和、风调雨顺，没有灾难、没有死亡、永葆青春与美丽。

在萨满教的自然神系统中，天地神系统占首要地位。地神掌握万物生长，对其祭祀是为了祈求丰收，保佑平安；而敖包是多种神灵的聚居地，风神、雨神、羊神、牛神、马神等集聚于此接受草原人的祭拜。为此，草原人民祈求苍天大地、神山圣河、敖包仙地赐他们神力保佑，战胜恶魔，消除灾害，最终获得幸福安康的生活。这种期盼祈求中恰恰表现出游牧人敬重自然的生态伦理观念。

居住在大兴安岭的"三少"民族普遍信奉萨满教，其民族的图腾通常是某种无生命物、植物或者动物。神话与萨满文化的关系非常密切，在鄂温克神话当中，神的种类超过了十种，包括：天神（"那恩纳"）、祖先神（"霍卓热"）、雷神（"阿格迪博如坎"）、火神（"托博如坎"）、太阳神（"希温博如坎"）、山神（"白纳查"）、鹿神（"呼莫哈博如坎"）、熊神（"额特肯劳"）、蛇神（"胡连博如坎"）、婴儿保护神（"奥米博如坎"）、牲畜神（"吉雅奇"）以及始祖女神（"舍卧刻"），等等。鄂温克人以驯鹿饲养为生，因此对于"舍卧刻"

---

① 包斯钦等：《草原精神文化研究》，内蒙古教育出版社 2007 年版，第 116 页。
② [瑞典] 多桑：《多桑蒙古史》，冯承钧译，中华书局 1962 年版，第 78 页。

尤其崇拜，他们始终相信，"舍卧刻"能够以萨满为媒介传达给民众以神灵的旨意。对上述神灵分析得知，其种类差不多包含了自然界的全部。以萨满的服饰为着眼点进行分析，便可以将全部的自然观念展现出来，如帽子类似鹿角造型，长袖口的饰物包括：天鹅、鱼、水鸭、熊、狼、驼鹿、布谷鸟以及野猪等。在鄂温克人中，敬畏自然界的各神已经逐渐形成了特有的民俗习惯，包括：祭火神仪式、篝火舞会以及风葬仪式等。人们受到了自然神灵的规约，理所当然地存在禁忌事宜等，包括：禁止向火中扔肮脏的东西，禁止向火中洒水、吐痰；在捕猎到熊的第一时间应当先敬玛鲁神；当猎人在山神旁边路过的时候，万万不可大嚷大吵；因为鄂温克人的祖先是熊，因此，在吃它的时候应当学着乌鸦哑哑地叫一刻钟的时间，目的是使熊的魂知晓，是乌鸦要吃它的肉，而不是人等。换句话说，鄂温克人便是大自然与这些风俗禁忌的统一体。人类在例行敬畏的过程中，同时也能够获得神灵的保佑和滋养，从科学的角度来讲，还能够起到调理身心的作用。

同样信奉萨满教的鄂伦春人极为崇拜山神。在他们的观念中，高山峻岭、奇峰怪石、悬崖洞窟和苍松古木，都是山神的栖身之所。他们经过那里时，下马礼拜，禁止大声喧哗，表达了对赐予其猎物的山神的敬畏和崇拜。

继萨满教之后在草原上广为接受的喇嘛教也注重在人和自然的协调中寻求内心的安详和平静。它所呈现的因果法则、慈悲心怀、也孕育了一种人和自然维持平衡的朴素的生态哲学。

总之，在内蒙古的少数民族聚集的地带，萨满教与喇嘛教的社会意识形态处于统治地位，在其教义当中，突出自然崇拜意识与图腾崇拜，这些精神早就深深地渗透了社会生活的各个领域。在草原上，人们都会相信，只要能够以宽容、友爱与平等之心对待自然万物，人类便可以与自然和谐地相处下去。内蒙古的很多少数民族作家所持有的生态意识，很大程度上受到萨满教的影响。

## 二 宗教思想对作家生态意识的启蒙

萨满教在科尔沁草原周边存在有着悠久的历史，另外，佛教也渐渐地传播开来。作家郭雪波的家乡是库伦旗（现名"喇嘛旗"），名字当中就体现出佛教在当地的统治地位。郭雪波在接受杨玉梅访谈时指出："我们家族具有双重的宗教文化传统：一是藏传佛教，佛教崇尚以慈善为怀，不做恶事，积善积德还前世之孽、修来世之福；二是萨满教，崇拜长生天长生地，崇拜自然万物。这种萨满文化融入到了平时的我家生活习俗当中。"① 在郭雪波的家族当中，三代信佛。这种生活背景，加之近三十年以来的萨满教研究，赋予他的生态小说以宗教主义的色彩。

在乌热尔图的小说当中，存在着很多处山神与火神的相关描写，那是作者生长在自然至圣心理背景下的使然。每位猎民在对山神的崇拜中，始终坚信：每株草每棵树均具有灵性，它们均会受到山神的保护，正是这种理念，使鄂温克人始终坚守同森林的契约，不随意破坏生态环境。萨满教中，深藏着万物有灵的观念，这对于那些心中怀有担忧及困惑的人们，能够很快地找到认识与面对世界的方向和观念。近千年以来，这种精神和理念在鄂温克民族人的心中逐渐生根，它渗透在了人与自然、人与物、人与人之间的关系当中，并逐渐发展成为一种生存策略或者法则。

在乌热尔图的相关小说当中，他对萨满文化进行了积极的展现，并结合不同的图腾禁忌与崇拜，将自然与民族协调相处的生态观念进行了充分的表达。乌热尔图的笔下，真实全面地呈现了鄂温克人们的思维方式与精神世界。那些最有魅力的内容恰恰与"萨满教观念形态如亲近自然、万物有灵、动物崇拜等有着极切近的联系。作家在写作的时候，已经意识到了这一点而没有点明也好，没有意识的这一点却达到了现实主义创作手法的成功也罢，这种鄂温克民族传统的特质文化的征服力，却实实在在地发挥了出来，为年轻的鄂温克族作家设下了一方走向成功的铺路石。"②

喇嘛教的因果法则、慈悲为怀，以及对万物的整体性把握等观念，促使着少数民族作家依照博爱平等的理念去实现创作。在映岚的《霍日里河啊，霍日里山》中，作者深切地表达出了其本人以及整个族人依赖河流及山川的感情；而杜梅《银白的山带》中，则叙述了卓勒成特与

---

① 杨玉梅：《生命意识与文化情怀》，《文艺报》2010年7月5日。
② 关纪新：《少数民族作家与民族文化传统的关联》，《民族文学研究》1994年第1期。

妻子以慈悲博爱之心待猎马灰依日如同己出；萨娜的《达勒玛的神树》当中，把老人达勒玛对万物虔诚的崇拜心理表达得淋漓尽致，尽显鄂温克族的天人关系。

### 三　宗教氛围在文本中的神秘性营造

宗教和文学都是以想象和幻想的方式去把握世界。文学创作虽然源于现实生活，但是并不是客观现实的实录，而是需要和表现对象拉开一定的距离，以一种想象性的虚幻形式存在。文学接受的过程也是接受者对文本进行想象加工的过程，想象贯穿于文学活动各个环节。可以说，幻想和想象是宗教和文学赖以产生的最重要、最关键的心理机能。这种独特的把握世界的方式决定了二者情感的非理性特征。宗教信仰是建立在宗教情感的基础上的，只有当一种情感与宗教产生契合点时，宗教信仰才有可能发生。当人们的理性的精神生活受挫时，往往会倾向到非理性的精神生活去寻找补偿，而宗教往往就是获得这种补偿的场所。文学的审美情感同样也是非理性的，"诗人是一种轻飘的长着羽翼的神明的东西，不得到灵感，不失去平常理智而陷入迷狂，就没有创作能力，就不能作诗或代神说话"[1]。虽然这一观念并不为所有的人所赞同，却很大程度上揭示了文学创作的心理动机和文学情感的非理性特征。"宗教上的圣书即便不当作文学看待，但与真正的文学里的宗教情感，根本上有一致的地方"[2]，这便是宗教情感和审美情感所存在的内在同一性。

梅多、卡霍的《宗教心理学》中提到了宗教体验的五大特征：统一、超感觉、极强的实在性、难以表达性、异常感觉[3]。赋予了宗教以神秘感，文学也因结缘于宗教而被染上了浓烈的神秘色彩。神秘悠久的萨满教文化为草原增添了神奇色彩。在祭天、祭祀、治病中，萨满的神功与独特演示，无不体现了宗教文化在民间的神秘感。蒙古族原

---

[1]　童庆炳、程正民：《文艺心理学教程》，高等教育出版社2001年版，第151页。
[2]　周作人：《圣书与中国文学》，商务印书馆1925年版，第4页。
[3]　[英]梅多、卡霍：《宗教心理学》，陈麟书等译，四川人民出版社1990年版，第21页。

始宗教文化提供了广阔的想象空间，刺激了作家云谲波诡的大胆想象。郭雪波小说《老树》中贯穿的老树精附体的巫性思维，《狼孩》中人兽一体的奇幻，《天音》中民间艺人的奇遇，《银狐》中原始宗教的魅惑、对萨满教的历史追踪、孛师载歌载舞的祭祀仪式展演、对萨满教传人的揭秘等，丰富的想象都赋予其小说以浓郁的宗教文化底蕴和神秘色彩。

苍天之父和大地之母是草原圣灵的灵性之源。满都麦一次次描写这一图腾下如诗如画的草原自然风光，一次次写到草原英雄和蒙古美女之间的忠贞信义和坚贞爱情，而且活灵活现地编织着发生在草原深处的神秘故事：歪手巴拉丹遭到狼群进攻时，意外得到了被自己女人偷偷放生的四耳狼的保护（《四耳狼与猎人》）；相反，红卫老汉则因为抄狼崽、绝狼后代并且活剥狼皮而于数十年后遭到狼后代的报复：儿子被咬掉了男根，自己也惨遭"剥皮"……（《人与狼》），满都麦呈献给我们的是生命的灵性感应与因果报应的宗教神秘氛围。

乌热尔图作品中对死亡的书写存在浓厚的神秘色彩。其中包含某些非正常死亡类的怪诞描写。与此同时，作品中还存在梦境与魂灵色彩，共同营造了一种亦真亦幻、梦境与现实重叠，人魂交流的语境，独具神话色彩和魔幻感觉。

在萨娜的《天光》中，那指点心灵迷津的老槐树、那从天而降的巨大怪石、与哑女、瘤孩命运相辉映的奇异变幻的天象，萨满法师以及接生巫婆等的出现……在整个小说当中，宗教元素无处不在，构造了一种谜样的神秘氛围。

蒙古族作家黄薇笔下也出现了不少带着"神秘面纱"的人物形象。《血缘》中，有一个处于蒙古包中进行坐化的老奶奶，并且还将通神意念缔造出来，对其不孝孙女进行搅扰，造成孙女寝食不安，直到死于非命，撒手尘寰。在《演出到此》当中，有一位来自水乡泽国的姑娘路梅，她可以施展一种超自然的魔力，致使她的四位男友均死于非命。《樱》中爷爷的生与死从头到尾都是谜，家中的三代十多口人，竟也都因为他的存在而一一死去。虽有孙女幸存，但他家香火已绝。将必然与偶然界线故意模糊后所产生的神秘感不仅有助小说诗化意境的营造，而且也使作家的某些难言之隐得以表征。

综上所述，对于生长于内蒙古的少数民族作家来说，他们小说中的生态书写与所受的宗教熏染是分不开的。无论是现实层面的危机现状审视，还是历史高度的文化传统回溯，读者都可以强烈地感受到宗教思想中绿色生态精神的折光与闪烁。

# 第二章　新时期内蒙古少数民族作家小说生态书写的忧思

大地是人类生存的永恒根基，大自然为人类提供生命的支撑。作为自然的一员，人类的生存和发展是一个对自然生态不断选择和适应的过程。努力寻找和发现人与自然的关系秩序成为很多民族传统文化最初的内容。"人类的文化表述和人文精神如果离开了对自然的认识、见解、启示和物化符号系统的文化表述，人文精神几乎无从生成和传达。"①人类对自然环境的探索和认知，自然世界对人类生存和命运的影响一直贯穿在人类文化中，成为作家文学活动经验价值的来源、情感关注的对象和表达的主体。

从本质上看，人与自然的关系是双重的，自然既给人以恩赐、降福：赐予人类赖以栖居的家园、聊以果腹的食物以及一切生产生活用品，又给人以灾难破坏：山崩地裂、狂飙海啸、滚滚沙暴无不在影响着人们的正常生活。人类对大自然充满着复杂的感情，这种感情在早期的文学作品反映出来。在远古神话文学中，人只是宇宙世界最微不足道的造物。在中国，女娲抟土造人、鞭泥成群；在古希腊神话中，地母盖亚的儿子普罗米修斯用泥土和河水捏成人形；印度神话中，众神则先后用泥土、树木坦和特树、玉米造出不同智慧和情感的人。造人神话的背后都隐含着万物有灵、人与万物同根通灵的本源之意，真诚地表达着人类自己对生态整体的谦卑的认同。然而，随着文艺复兴和启蒙思潮的深入，人类凭借科技的力量实现了实践意义上对自然的控制和统治。自然的神秘面纱被揭开了，文学描写中的自然逐渐成为一个可供人类随意改

---

① ［德］卡尔·亚斯贝斯：《时代的精神状况》，王德峰译，上海译文出版社1997年版，第75页。

造的对象,自然在西方文化世界中的地位和角色已经发生了飘移,被人类置于对手的位置,人类在自然身上可以实现其征服的梦想和展示其主体性的力量。文学作品中的浮士德和鲁滨孙就站在了人类中心主义的立场,在对自然的征服中获得自我成就感的满足。人和自然原本相互依存、命运相连的关系被改写为相互拒绝、各自演绎自己的命运。生态问题成为无法回避的现实,伴随着生态危机的警钟长鸣,生态文学正式亮相。

## 第一节 自然之殇与家园之痛

内蒙古自治区的各少数民族自古以来就生活在大自然的怀抱中。在他们的眼中,青青草原、郁郁森林、茫茫戈壁都是他们朝夕相处的亲人和亲密无间的伙伴。而大自然既是美丽的也是脆弱的,草原并非永远充满诗意,暴风、干旱、雪灾、蝗灾、狼害等也会在草原遭受破坏后不期而至。新时期内蒙古少数民族作家对自然生态具有强烈的忧患意识,神性消隐的大草原正逐渐退化为不能再生养任何生命的颓败之地,曾被称为"地球绿色之肺"的大森林在工业文明之斧的砍伐下正在慢慢死去的现实,让他们感到了深深的疼痛和焦虑。与生俱来的生态责任感促使他们不约而同地以笔传声,批判的矛头直指对生态的破坏行为,在对触目惊心的自然生态危机的描摹中警示人们:人对自然的过度开发很可能造成人类与自然的共同消亡,从而唤起人类的生态自觉,实现对现实生态危机的拯救。

### 一 "哭泣的草原"

草原是蒙古民族世代栖息的家园。"敕勒川,阴山下,天似穹庐,笼盖四野,天苍苍,野茫茫,风吹草低见牛羊",这是北朝乐府民歌中对内蒙古大草原水草丰美、辽阔苍茫美景的赞歌;"草原就像绿色的海,毡房就像白莲花,牧羊姑娘放声唱,愉快的歌声满天涯"。这是现代草原歌曲对"天人合一"美丽故土的深情凝眸。在蒙古族青年作家海勒根那的小说《伯父特木热的墓地》里有着对于昔日草原如诗如画景观的描摹:随着丘陵起伏深浅绿色变换着的草原、蜿蜒的河流、蔚蓝或黛色的苍天、珍珠般散落的羊群、嬉戏的野鸭、成群结队的天鹅、跃动的鱼群……在人们没有想到用草原兑换钞票时,草原是如此丰茂富庶、天人和谐。土生土长的蒙古族作家郭雪波也在文本中多次一往情深地追忆了科尔沁草原曾经的美丽富饶:"莽古斯是恶魔般的沙漠,但是最早这儿还是沃野千里、绿草如浪的富饶之乡。隋唐时期开始泛沙,但不严重,《清史稿》和《蒙古游牧记》上还记载这里水草丰美,猎物极盛,曾作为清太祖努尔哈赤的狩猎场。"① "家乡曾是颇有名气的地方,称为科尔沁草原,绿浪、白云、牛羊、辽阔得让人陶醉的原野,美得都使人灵魂震颤。现在这些都远逝了。家乡现在已改称为800里瀚海——科尔沁沙地,全国十二大沙漠地之一。"② 这些曾令郭雪波魂牵梦绕的美丽画面,如今却成了他永远的遥想。历经百年变迁的科尔沁草原如今却蜕变为荒芜干燥的科尔沁沙地,成为他心中永远不可触摸之痛。他笔下的沙漠恶魔残暴冷酷,无情吞噬着草原和人类的家园:《苍鹰》中烈日下的大漠死寂荒芜,"这是一片黄褐色的不毛之地,茫茫无际,海浪般起伏的沙丘上植物稀疏,烈日炎炎,一切都呈现出毫无生气的灰色调,不断蒸腾着灼热的气浪。大漠,难怪它的高空也灰蒙蒙、死沉沉的";《沙狼》中暴雨下的大漠狰狞恐怖:"那如注的雨线,像无数条皮鞭,抽打着大漠裸露的躯体,这头巨兽好像被驯服了。偶尔,闪出蓝色的电光,勾勒出大漠那安详的狰狞时,才使人猛地感觉到那可怖的轮廓。峭峰般的尖顶沙、悬崖般的固定沙包,还有那卧虎沙、盘蛇丘、陷阱滩……都在那疹人的蓝光中屏声敛气,静等着吸足雨水,待大风起后重新抖落出千百万黄龙黑沙,遮天蔽日地扑向东方的绿色世界。"《沙葬》中黄色风暴摧残的沙原阴气森森:"这些固定或半固定的沙丘,被季风冲刷后怪态百出,犹如群兽奔舞,又似万顷波谷浪峰,显得奇异诡谲,危机四伏。黑色的枯根枯藤在沙土里半露半埋,不见一棵绿草。在沙包区的东边,长着几十棵老榆树。奇怪的是这些榆树全部干死,枯枝干杈七曲八拐地扭结伸展,一个个张牙舞爪,神态各异,似乎是正当这

---

① 郭雪波:《沙狐》,《狼与狐》,中国青年出版社2009年版,第1页。
② 转引自吴曲《牧神呼唤亚细亚的春天——郭雪波与艾特玛托夫生态小说比较》,硕士学位论文,湖南师范大学,2010年。

些树随意生长时,大自然的突变刹那间把它们统统干死枯僵在这儿,脱落去所有装饰的绿叶青皮,唯保留或凝固住了这一个个怪态百出的死枝枯干。像鬼妖,像魔影,令人生出恐怖。"热沙暴所过之处鲜活的生命顷刻间枯焦。

  郭雪波不仅满怀悲愤之情将沙化的草原环境之恶劣和生存之艰难淋漓尽致地展示出来,而且还追根溯源理性分析了家乡草原变沙地的因由。干旱少雨、高寒地带的蒙古高原因其特殊的地理环境和气候条件只能长草,深谙生存之道的蒙古族以游牧、转场的生产、生活方式来保护草原、维护草场与畜类的生态平衡。可历史上,清朝政府的"移民实边"政策严重破坏了草原的生态,农业文明的土地开垦再次摧残了脆弱的草原:"草植被下边的黄沙被翻耕上来,草原如剥光了绿绸衣一般,赤裸裸地日复一日无可奈何地沙漠化了,经上百年变迁,就成了如今这种茫茫无际的大沙地,唯有边缘地带的沙坨子还幸存着稀稀拉拉的野山杏、柠条、沙蒿子等耐旱草木。"[①] 近现代以来,祖祖辈辈依存的生活方式在战火的硝烟、时代的动荡以及人口的激增中被进一步地改变。为了满足不断膨胀的私欲,蒙古王爷们不顾草原生态的脆弱,悍然出荒。中华人民共和国成立后的草原也未能摆脱被滥垦的命运。20世纪50年代末的"大跃进"时期,人们在"向沙漠进军、向沙漠要粮"口号的鼓舞下,一批征服大军呼啦啦开进了沙漠,"他们深翻沙陀,挖地三尺。这对植被退化的沙沱是毁灭性的。没几天,一场空前的沙暴掩埋了他们的帐篷,他们仓皇而逃"[②]。大自然无情地嘲弄了"人定胜天"的妄举,沙地成为人类无知与狂妄的历史见证,草原上铭刻着人与自然生存冲突所留下的伤痕。《沙葬》中写到治沙专家白海在看到沙耙搂出来那些好不容易才植根于沙地的蒿子、艾草、沙蓬等植物的情景,他都心痛得无法呼吸了:"失去植物的土地活似被剥光了衣饰的躯体,赤裸着躺在那里,可怜巴巴,丑陋不堪,惨不忍睹。很快,这种赤裸的印迹扩展、交错,渐渐布满了这片沙坨子,像一道道硕大的网遮盖了裸露的大地。白海似乎听到了身后被搂进耙里的植物在哭泣,感觉到赤裸的土地在颤

---

[①] 郭雪波:《大漠狼孩》,中国文联出版社2001年版,第380页。
[②] 郭雪波:《沙葬》,《狼与狐》,中国青年出版社1997年版,第158页。

抖。"失去了植物的防护,"草地下的沙土被翻到地表来了,终于见到天日的沙土,开始松动、活跃、奔逐,招来了风,沙借风力,风助沙势,从西边的蒙古大沙漠又渐渐移推过来,这里便成了沙的温床、风的摇篮,经几百年的侵吞、变迁,这里的四千万亩良田沃土就变成了今日的这种黄沙滚滚、一片死寂的荒凉世界"①。可见,导致草原沙化的罪魁祸首便是人类的无知与狂妄。

在郭雪波的沙漠世界中,还常常出现一些古城遗址或被遗弃的村落的意象。盛极一时的辽代州府如今静静躺在沙漠底下变成了一座无人问津的废墟(《苍鹰》),零星出没的狐狼穴居之地原来竟是曾经辉煌一时的古城(《大漠狼孩》),与被流沙掩埋的古城遗址命运相似的还有那一个个消失在流沙中的现代小村子如老哈尔沙村、老黑儿沟村等。沙漠步步紧逼下的人类生命家园正在逐渐缩小,随笔《哭泣的草原》中作家尽情抒发了自然之殇所带来的家园之痛:"走在泥石流冲卷过的黑黄色的长长如蛇般的村庄废墟印迹,抚摸着孤儿泥头,我泪眼模糊;眼望茫茫沙地以及村北几棵被风沙吹秃了树冠吹弯了树腰的老柳树,我泪眼模糊;面对啃完这块又去啃那块荒地的蝗虫般涌动的农人和犁尖,我泪眼模糊;我捂着胸口呼问苍天:既创造了如此美丽的草原,为何还创造如此愚昧的垦荒者?"②

总之,郭雪波在作品中无论是追忆茫茫的草原的美景,还是描写现实草原沙化后恶魔般的景象,今昔对比中要唤起的正是人们忘却了的对自然的敬畏与热爱之情,告诫人类要善待草原、与自然和谐相处。

同样,蒙古族作家满都麦也在作品中对草原荒漠化后遍体鳞伤的图景做了令人心悸的展现:"浩瀚咆哮着的沙海,在它铺天盖地想要席卷天边的时候,突然停滞下来,变成了一条条巨大的沙龙环顾四周,寂静得如死一般可怕。天空中没有半点鸟的踪迹,大地上也无半点草的鲜绿,仿佛自盘古开天辟地以来,从没有过生命的气息。然而当你正如此想象时,也许会突然发现烧焦的枯树桩,惨白的人类头骨、盘羊的整只

---

① 郭雪波:《沙葬》,《狼与狐》,中国青年出版社1997年版,第178页。
② 郭雪波:《哭泣的草原》,《森林与人类》2002年第7期。

大角半隐半露地掩埋于沙土,一种鲜活生动的世界仿如隔世的感觉油然而生。"① 往日草原的诗意与灵气已完全被荒漠化后的死寂所代替,这是违背自然规律后人类所必须承受的后果。

海勒根那的小说《寻找巴根那》中一望无际的草原因人类的过度开发而变成了荒无人烟的沙漠,甚至连生命的迹象也无法感知了。为了寻找那记忆中美丽的草原,巴根那不远千里、历尽艰辛奔向远方。在他的另外一篇作品《到那儿去,黑马》中,曾经美丽的科尔沁草原早已变了模样,昔日的天堂草原变作了漫漫黄沙,昔日的美满家庭也支离破碎,巴图竟然找不到家了。小说通过对巴图不幸生活的描述,揭示了人类不尊重自然而遭受的报复恶果。如果驰名中外的内蒙古大草原只能出现在人们的梦中,这无论如何也是件令人不胜唏嘘的事情。

## 二 "呻吟的森林"

大兴安岭层峦叠嶂的原始森林,宛如天然屏障,隔绝了生活在这里的鄂温克人与外界的联系,他们世代追随野生驯鹿生活在茂密的古老森林中,住在由树干和桦树皮搭建的圆锥形"仙人柱"里,由于没有文字,他们以符号刻木记事,记录族群的游猎搬迁。千百年来,鄂温克人怀着对自然万物的敬畏之心,以独特的生存哲学,在霜天寒林中繁衍生息,用生命传承着古老独特的狩猎文化。这种原生态的生存方式直至20世纪60年代,依然让回归的游子乌热尔图兴奋不已:"我被故乡大兴安岭的壮美所折服,挺拔的落叶松,秀美的白桦林,可以说铺天盖地与悠远的苍天相连;而充盈的河流交织如网,河水清澈见底,蓝天碧水交映生辉。还有成群的野鹿,旁若无人的棕熊,难以尽数的飞禽走兽,栖息在这茫茫林海,大兴安岭真是它们的天然乐园。那数十条湍急的河流,经大兴安岭北麓广阔的原始森林,汇入远去的额尔古纳河,鄂温克猎人在此饲养近千只驯鹿,在方圆千余里的范围内自由自在地游牧,与大兴安岭的群峰峻岭融为一体。"② 然而从60年代中期开始,浩浩荡荡的开发大军以时不我待的姿态侵入大兴安岭这块原始美丽的处女宝地,

---

① 满都麦:《马嘶·狗吠·人泣》,《满都麦小说选》,作家出版社1999年版,第163页。
② 乌热尔图:《大兴安岭,猎人沉默》,《人文地理》1999年第1期。

轰隆隆的油锯整容下的大兴安岭呈现的是一张冷峻苍白的脸。成片的密林消失了，稀疏不整残存的孤木，七零八落地点缀着。"游荡在大兴安岭里的人增多了，多得数不过来；山岭却变矮了，有些地方竟变得光秃秃的，林子也变得稀疏透亮了……甚至连鄂温克人饲养的驯鹿也成了人们猎取的对象。"① 驯鹿群曾经自由自在活动着的范围由过去的方圆几百里缩减到现在不到一百里的范围，鄂温克人正在失去自己祖祖辈辈生息繁衍的家园。乌热尔图的作品《你让我顺水漂流》中描写了与人交融的自然的衰败："这是一片糟透了的林子，山上的树早就被砍光了，就像被剃得溜光的死人的脑袋，地上别说苔藓了，就连蘑菇也不长了。"森工企业经济利益的数字背后"是一棵棵鲜活的树木，不堪重负的大兴安岭早已在呻吟、哭泣"②。在人类发展的历史长河中，大兴安岭曾以其丰富的动植物资源养育了多个不同的部族，从稚嫩的童年到魁伟壮大直至雄踞一方或挥戈南下，多种不同的文明在它的怀抱中孕育成长。如今，面对大兴安岭和呼伦贝尔正在失去森林与草原的现状，面对鄂温克、鄂伦春、达斡尔人告别历史的艰难处境，作家乌热尔图只有绵绵的心痛与难抑的叹息。小说《在哪儿签上我的名》讲述的正是这样一个"失去"的故事。作为最后一片原始森林猎场——多勒尼猎场，是猎人们梦寐以求的地方。阔别家乡多年的诺克托渴望重温祖辈的狩猎生活，过把打猎的瘾。因此不在乎走多远的路，与好朋友腾阿道一起寻找没人糟蹋过的猎场，却接连遭遇一连串的打击，结果让人大失所望：在梦想中的圣地却踩了满脚的人屎，驯鹿遭窃、猎犬被杀、寻鹿又遭遇人袭、进入猎场横遭阻拦，遭受了一系列打击的腾阿道和诺克托痛苦不堪，哀叹林子的变异不在于湿度和密度的不足，而是"变得陌生了，变得可怕了，变得再也不属于鄂温克了"。猎场被毁对于猎人来说意味着人生舞台的消失，对于一心向往的猎人来说，其中的痛楚可想而知！

与此同时，乌热尔图在他的文化随笔《大兴安岭，猎人沉默》《走出森林》《有关1998年大水的话题》《猎者的迷惘》等文章中对失去森林的大兴安岭现状表达了同样的忧心忡忡：从大自然中分离出来的人

---

① 乌热尔图：《大兴安岭，猎人沉默》，《人文地理》1999年第1期。
② 同上。

类，淡忘或遗弃了曾有的与自然融为一体的精神联系。森林母体正在遭受一群怪兽的吞噬，人类正在用自己的手来召唤毁灭自身的死亡的到来。作为作家和学者，乌热尔图以生态系统的整体利益为最高价值，对所有地球生命的命运表达了深深的忧虑。

## 三 野生动物的哀歌

野生动物是大自然的精灵。草原上奔跑的苍狼、蓝天上翱翔的雄鹰、草地上轻盈闪现的银狐、丛林中傲然挺立的野鹿……草原与森林因为它们的存在而生机活现，灵气十足。

北方的游牧与狩猎民族向来把宇宙视为一个庞大的生命圈，植物、动物与人类是这个生命圈的重要组成部分。在这个大生命圈中，每一种生物都有着自己的生命韵律，同时彼此之间又存在着相互依傍、竞争而生的关系。作为在自然界中共同生活的生命，只有各种生命种群数量之间保持一定的比例，生态系统的动态平衡才能维系，各种生命之间也才有生存和发展的可持续性。因此，各种动、植物之间遵循着自然的法则，食物链之间的动、植物充满了互为依赖基础上激烈的较量争夺。

对生命之间这种相依相争的复杂关系的理解与认识成就了古代少数民族先民最为朴素的生态意识。他们本着人与天地万物同源共生的直觉意识，认为天地万物都有其存在的合理性，没有高低上下之分，都是神圣而值得尊敬的。因而主张不能随意伤害破坏，善待生命，和谐共处。《蒙古秘史》中记载成吉思汗这样告诫远征的将军速别额台："行军途中野兽必多，勿使士兵追逐野兽，不为无节制的围猎，应应及行程遥远。为补充军粮，只可适度围猎，除适度围猎时外，士兵骑马要脱去鞍靴，脱去马辔，缓慢进行。"[①] 不难看出，这是蒙古族生态平衡意识的反映。蒙哥汗在登基时的诏文中专门凸显了对自然动物的亲密关怀："不要让各种各样的生灵和非生灵遭受苦难。对骑用或驮用家畜，不许用骑行、重荷、绊脚绳和打猎使它们疲惫不堪，不要使那些按照公正的法典可以用作食物的（牲畜）流血，要让有羽毛的或四条腿的、水里游的或草上（生活）的禽兽免受猎人的箭和套索的威胁，自由自在地

---

[①] 《蒙古秘史》，特·官布扎布、阿斯钢译，新华出版社2006年版，第199页。

飞翔或遨游；让大地不为桩子和马蹄的敲打所骚扰，流水不为肮脏不洁之物所玷污。"① 相比于中原帝王登基时大赦天下所显示的仁慈，蒙哥汗对人类之外其他生命的关爱更显胸怀的宽广和心灵的博大。"在他们的生命观中既包含了对生命间及生命与自然之间相互依赖的认识，也包含了对生命神圣性的尊重甚至崇拜及对生命力顽强与伟大的歌颂与提倡。"② 蒙古族先民不只在意个体的生命形式，更关注整个大自然的生命世界相亲相生。古代蒙古族的这种生命观的深邃、神秘和可贵令人震撼。

遗憾的是，蒙古民族这种善待自然、和谐相处的生态情怀到了现代却遭到了无情的抛弃。技术时代的到来助长了人类的狂妄与自大，他们悍然割断了与其他生命间的亲密关系，各种各样的武器和设备的使用使动、植物遭受灭顶之灾，随着人类对大自然过度的开发、掠夺，原来人与其他生命共存的家园被人类大肆侵占，越来越多的野生动物或失去家园而无处栖身，或被人类过度捕杀而呜咽出一曲曲走向消亡的哀歌。

蒙古族作家郭雪波笔下对手无寸铁的动物无辜惨死在人类暴力之下的惨况的描写惊心动魄。《银狐》中狂妄霸道的村长胡大伦以杀生为乐，惨无人道地对村庄附近的野生狐狸家族实施灭绝性的杀戮："如一个杀生不眨眼的刽子手，撸胳膊挽袖子，脑袋上的缠纱布的绷带脱落掉一节，在他的耳旁脑后飘荡着，像日本鬼子又像一个疯狂的土匪……狐狸们一批批倒下去。枪声不断，上来一批扫下一批，如割韭菜，黄狐都成了血狐在土坑中挣扎、狂嗥，在冒着黄白色烟气的大坑中积尸如堆。狐狸的血，如流水般地淌涌，黑红黑红地汪起一片片，浇灭了正蔓延的蒿草暗火，同时新倒下的狐狸身上继续'咕咕'冒着殷红色血泡。"作者对如此血腥的杀戮场面的展示不是为了玩味暴力，而是在于忏悔与反思人性的残酷与黑暗。类似直接描述动物被杀戮的场面在萨娜小说《拉布达林》中也有着惨烈的表现：怀有鱼仔的鱼遭到了捕杀，"当网呼呼

---

① [伊利汗国] 拉施特：《史集》（一），余大钧等译，商务印书馆 1996 年版，第 243 页。
② 葛根高娃、薄音湖：《论当代生态科学理论视野下的蒙古族传统游牧文化》，《内蒙古社会科学》2002 年第 4 期。

地拖上沙滩,它猛然一跃,摔在岸边,接着腹部下方喷射出一股金黄色的鱼卵。一阵水潮涌上岸,卷起那些沾在血泊里的鱼卵,带回河水里。不知谁的手快,顺手抄起地上一根木棍打在鱼头上,那条鱼无力地拍着尾巴,鱼鳃像风箱一样呼哒呼哒地翕动。但是,还没等人把它拣进鱼篓,这条濒临死亡的鱼,突然拼尽最后的力量,银色的身体像白光闪动一下划进水里。它已经来不及游向深处,身体抽搐起来,一股股金黄色的鱼卵随着血水从它的腹部又喷射出来"。人类对动物的肆意虐杀来源于他们以凌驾万物为乐的潜意识,源于对自然万物主权的认同。满都麦的小说《人与狼》中对"灭狼"场景的描述同样惊心动魄:"一声令下,荷枪实弹的边防军武装基干民兵,从四面八方向围场中央惊恐乱窜的动物开枪射击了。枪声如同除夕夜的鞭炮声,一阵紧似一阵,被围困惊吓的动物形成了股股旋风,横冲直撞,荡起了遮天蔽日的滚滚烟尘。被击中的野兽横七竖八地倒在血泊中,母亲发现羔儿被击中,不顾一切地围着孩儿团团转;孩儿发现母亲倒在地上垂死挣扎,依恋着母亲不懂得枪林弹雨的可怕。一些聪明的动物为了躲避呼啸而来的子弹极力奔跑,想冲出重围结果被迎头扫射的子弹打了回去。"显然,作者这里完全放弃了人的主体性地位,而站受害者动物的立场来为其表达不平,来抨击人性之恶。恰如达·芬奇所言:"人类真不愧是百兽之王,因为他的残暴超过一切野兽。我们是靠其他动物的死亡而生存的,我们真是万物的坟场。总有一天人们会像我一样,将屠杀动物看成与屠杀人类一样残暴。"[1]

满族作家袁玮冰的小说《红毛》写尽了一只弱小的黄鼬在人类追杀、自然灾害的威胁下生存的艰难。黄鼬家庭有三个成员:父亲、母亲和儿子红毛。父亲雄壮而彪悍,毛色火红油亮、眼睛深邃冷峻、反应灵敏,是红毛母子心中强有力的依靠。然而,英雄的父亲却未能逃过猎枪,惨遭剥皮、鲜血淋漓;顽强的母亲艰难地带大了红毛,然而之后的人生却充满了艰辛:妻子饿死、山火袭击、母亲被毒死……红毛不得已告别麦田走进了大山,并在孤独中思考了种族即将灭绝的原因——生长了一身好皮毛:"人类之所以大肆地捕杀它们,也正是看中了那身皮毛

---

[1] 王诺:《欧美生态文学》,北京大学出版社2005年版,第27页。

而绝非皮毛里面裹着的同人类本身一样具有的血肉。"最后,红毛也未能幸免于难,死于猎人的枪口之下。小说以动物的视角控诉了人类的贪婪与残暴,动物艰难求生而不得的悲剧命运让读者反思人类滥杀无辜的残暴与肆意切割大自然系统中的生命链的严重后果。

类似的描述在其他少数民族作家笔下还有很多。如活跃在乌兰小说《遥远的阿穆哈河》中的野生动物紫貂神奇、机敏、灵气逼人,白狐晶莹玉洁,雄鹿美丽高贵,可谓大自然的精灵。但最终还是没能逃离偷猎者的枪口,作者不止一次地为这些生灵的消失而感到痛惜。令人发指的恶行都源自人性的贪婪欲望,那些隐隐地渗着血珠、幽幽地散着血腥味的鹿茸却被敬献给大人供其荒淫纵欲,一个个美丽的生命就这样为了满足人类的私欲而殒灭了。乌热尔图的《你让我顺水漂流》中的外来大军不仅砍光了林子,他们带来的灭鼠药也药死了鄂温克人营地的命根——驯鹿。如果人类继续这样的兽行和对生命的肆意捕杀,最终的结局只能是人类与万物同归于尽。

作家们对残害动物场景不约而同的呈现不是炫耀和鼓励,而是忏悔和警示。他们力图以泣血的笔墨、刺目的场景来强化读者的忧患感与危机意识。失去了生态规律的世界是多么的恐怖可怕,正如郭雪波曾经沉重地写道:"没有了流动的河流,没有了飞翔的小鸟,没有芬芳的花朵,没有虎狼牛羊,没有海鱼河虾,以至没有了人这更为复杂妄图称霸宇宙的狂妄生命群体,那这世界是个多么暗无天日的毫无价值的死亡世界!"①

## 第二节 渐行渐远的文化足音

文化生态学认为自然是影响文化产生、发展的第一个重要因素,就像生物有机体的生存和发育取决于其扎根的土壤、地理环境和气候条件一样,文化有机体之所以成为一个特质,与其所萌芽的自然环境有着密不可分的关系。与此同时,也不可否认,已经形成的文化系统也会反作用于自然,自然与文化是双向互动的关系。千百年来,北方游牧民族所

---

① 郭雪波:《银狐》,漓江出版社2006年版,第191—192页。

生活的蒙古高原或特殊的地理条件、气候和植被情况,决定了这些少数民族逐水草而居的生产生活方式,并在此基础上形成了本民族独特而又丰富的传统文化,而这种敬畏天地的生态色彩浓郁的北方游牧民族传统文化又对保护环境、维护自然生态平衡起着重要的作用。但是随着现代化工业文明脚步的不断推进,在追求物质利益最大化的商品大潮冲击下,草原、森林的生态环境却在不断遭受人为的破坏,致使草原沙化、森林锐减、河流干枯、物种减少……恰如著名生态思想研究专家唐纳德·沃斯特(Donald Worster)所言:"我们今天所面临的全球性生态危机,起因不在生态系统自身,而在于我们的文化系统。要渡过这一危机,必须尽可能清楚地理解我们的文化对自然的影响。"① 生态灾难的根源在于人类物质化和享乐主义的价值取向,在于功利主义和发展至上的思想观念,在于人类对自己存在本原的遗忘。从终极意义上讲,生态危机根源就在于我们的文化系统本身。

如果说良好的自然生态是人类生存和发展的基础,那么良好的文化生态同样是人类与自然和谐的必备条件。"所谓文化生态,指人类适应环境而创造出来并身处其中的历史传统、社会伦理、科学知识、宗教信仰、文艺活动、民间习俗等,是人类文明在一定时期形成的生活方式与观念形态。"② 即文化生态强调的是传统伦理、知识信仰、价值理念、风俗习惯等文化元素与其所处的地理环境的和谐统一。文化生态不可嫁接、复制,更不可能死而复生。一旦人类的历史文化链接被隔断损毁,其后果虽然不会在短期内直接呈现,但从长远来看,人类未来的发展面貌会因此而被改变。如历史古迹一旦损毁、传统建筑遭到破坏,它们所承载的文化形式和人文内涵将会消失湮灭,留给人类的将是无法挽回的历史遗憾。"民族文化生态则是一个民族的物质文化、精神文化和制度文化在历史上形成的结构系统,及其与自然地理、社会环境相辅相成,彼此依存关系的综合体现。"③ 因此,作为民族兴衰存亡标志的民族民

---

① Donald Worster, *The Wealth of Nature*: *Environmental History and the Ecological Imagination*, Oxford University Press, 1993, p. 27。转引自王诺《生态批评:发展与渊源》,《文学研究》2002 年第 3 期。
② 张皓:《生态批评与文化生态》,《江汉大学学报》2003 年第 1 期。
③ 包泉万:《民族文化也要建立生态保护》,《中国文化报》2001 年 3 月 7 日第 2 版。

间文化,是人类健康存在的"精神植被",人类应该像保护自然植被一样去保护她。对于内蒙古的少数民族作家而言,面对现代文明喧嚣声浪下渐行渐远的民族文化足音,他们的小说不约而同地传达出一种文化消隐后的哀痛心态,一种身份迷失后的彷徨心态。

## 一 民族习俗的逐渐消逝

内蒙古的少数民族作家将对生态危机的感受上升到文化危机的高度,逼真地描述出人在自然环境遭到破坏后的心理感受、心灵挫败感和文化消亡的悲怆感。

民族习俗作为中国民族文化的一个组成部分,是一个民族在特有的自然环境、经济方式、社会环境等因素的制约下,在日常生产生活过程中所创造、共享、传承的一系列物质的、精神的文化现象。别林斯基说:"我们不可能想象一个民族没有一种特殊的、仅属于它所有的习俗。这些习俗,包括服装的样式,家庭及社会生活的形式等等,一切这些习俗,被传统巩固着,从时间的流传中变成神圣,从一族传到一族,从一代传到一代,正像后代继承祖先一样,它们构成一个民族的面貌。"[1]地缘广大的中国使居住在不同地域的民族各有其迥异的文化特征。

每个民族所特有的生存模式、思维方式、风俗习惯等文化传统都是长期以来与自然环境相磨合、适应的产物。蒙古人长期以来形成了以游牧为主、狩猎为辅的经济模式,草原是他们的天然牧场,狩猎更是对自然物的猎取。在草原生态环境和物质基础上形成了蒙古人崇拜自然、敬畏自然的民族文化心理。草原民俗是在草原独特的地理环境中所形成发展起来的风俗习惯,它不仅仅是草原上各民族为了适应生存环境、满足生活需要而在实践活动中长期承传的行为方式和心理特点,而且在很大程度上折射出草原民族独特的人生观、价值观、审美观和思维模式特征。

蒙古族是与大自然最为亲近的"族群"之一,然而,现代化进程的"侵袭"带来环境变迁的同时也造成了民族文化的流失。随着草原面积

---

[1] [俄]别林斯基:《别林斯基文学论文选》,满涛、欣慰艾译,上海译文出版社1999年版,第25页。

的缩小，蒙古人的历史记忆也正在发生变化。新时期蒙古族作家认为民族传统习俗的遗失是民族文化衰落的重要表征之一。

(一) 居住文化的变迁

每个民族都有自己特定的居住生活方式。居住文化是民族文化的重要组成部分。它既是民族物质文明的显在承载，也是民族精神文化的投射与物化，综合反映出一定社会的经济文化和民族心态。"不同的生态环境、生产及生活方式和宗教信仰，造就了各民族、各地区不同的居住文化传统，并在其各自的居住结构、形式和风格上，显示出明显的空间差异性。一些蕴含民族生存理念、表现不同人文色彩的建筑往往成为一个民族的标识。"[①]

蒙古族历史上一直是散居在草原上，勒勒车载着的蒙古包是其流动的家，这是一种以适应、简约、环保为特色的游牧生活方式，而且也有利于保护草地，避免资源浪费，这种居住方式反映出了蒙古民族的风俗习惯和思想智慧。可在郭雪波的《父爱如山》这篇小说中，我们却看到了这样的事实：70年代，因为跟风"学大寨"，更是为了标榜政绩，村支书萨那带领人们砍掉村里原有的防风固沙的乔灌林带，将依杨西布村河北岸沟坡居住的住户统统搬到村北沙坨林带平地上，设想建设一条整齐划一如大寨般的新农村新砖房。父亲苏克想尽办法劝阻，甚至以嘎达梅林反对出荒的曲子感召都未能奏效，在那个妄想代替理想的时代，新农村还是在村民们的盲目乐观中建起来了。可是好景不长，没有了林木阻挡的沙土开始向人类发动袭击，流沙一来几乎将全村房屋掩埋掉。无奈的人们只好从新农村撤离出来。这便是现代的蒙古人因不懂得尊重自然规律，放弃传统散居的生活方式所带来的严重恶果。

"斜仁柱"（又称"仙人柱"）是鄂伦春人居住的房子，意思是用木杆建造的房屋，汉语又称为"撮罗子"。"斜仁柱"是一种圆锥形建筑，建造方法简单：不用钉不用绳，先用几根粗壮、结实、带杈的松树杆交叉咬合搭成锥形的主架，然后用20多跟粗细相当的木杆均匀地搭在主架中间，形成伞状骨架。然后上面再覆盖上桦树皮或兽皮，一架夏可防雨，冬能御寒的"斜仁柱"就建成了。"斜仁柱"搭盖迅速、拆卸

---

① 王为华：《鄂伦春原生态义化研究》，黑龙江人民出版社2009年版，第79页。

容易。搭建和搬迁过程中不挖坑、不筑墙，不用一锹土和一块砖，不破坏草地，对周边的自然环境干扰极小，具有难得的环保居室的特点。从用料上来讲，所用的料全是因地制宜，就地取材。而且材料可以多次重复使用，最大化地减少了资源的浪费，体现出鄂温克族节俭简约的生活态度。由此可见，"斜仁柱"的设计和建造熔铸了鄂伦春民族的风俗习惯和思想智慧，是集适应、简约、环保为一体的生态型建筑。而如今"斜仁柱"及其所承载的文化正在逐渐消失在人们的视野之中。敖蓉的《桦树叶上的童话》写到了鄂伦春人响应政府生态移民政策告别传统的生活方式而又难舍难分的复杂心态。母亲对祖祖辈辈生活的家园——"斜仁柱"有着无限的眷恋，尤其担心她的宝贝驯鹿的饲养问题，她说："驯鹿又不是牛马，怎么能圈养，天鹅是草地上养大的吗？""斜仁柱"是鄂伦春人的居所，也是他们的精神栖息的地方。

达斡尔族建房的程序在女作家昳岚的《霍日里河啊，霍日里山》里有着极其详尽的、不厌其烦的叙述，寄寓着对祖祖辈辈传统居住方式的留恋与不舍。从黏土奠基到挖坑夯石，从柱子的包皮上油防蛀到檩木搭建弃用钉子而巧妙进行凹凸型槽咬合，从对苦房草选料的精细到铺草的讲究，一一细细道来，如数家珍。"苦房草也不是一般的草。是一种空心坚硬、光滑，土黄色的不易压碎，吸收水分又不易腐蚀的草。"铺草可不是一项简单的体力活，它包含着相当的技术含量："草根向上，草梢向内，一层一层平铺上去。铺一层抹一层泥在草梢上。一直铺到屋顶，房脊会合了，再用梓成的八字草编，一个挨一个扣全房脊。这样，再大的风也不会乱飞草了。"可以说，房屋建成过程的每一步都凝聚着达斡尔族人的心血与智慧。最后一道工序还要以雕有精美花纹的白色木板来保护房两边人字坡沿上的苦房草，实用而美观。那些历经几十年甚至上百年历史风雨的老屋，正是达斡尔族历史文化的形象载体，传递的是岁月流年的厚重记忆。作品通过一对老夫妻无奈搬离故土时复杂心理的描绘，来呈现文化交锋过程中，弱势文化被迫退出历史舞台的悲剧命运。定居的达斡尔族与祖祖辈辈居住的老屋的作别实际意味着他们要与传统的生活方式告别，怀旧悲哀却又没有别的选择："我这样啰哩啰嗦地讲述一个房子的建盖过程，你一定烦了。可是，我憋不住不讲。因为我再也不会讲了，再也不会盖这样的房子了，就连子孙后代，也住不上这样的房子了。"对他们而言，房屋不仅仅是居住的处所，更是民族历史文化的形象记忆，在居所的背后绵延着神话般悠远的岁月，让人想起那"紫貂野鹿满山窜，稷子燕麦处处长，棒打狍子瓢舀鱼，野鸡飞到饭锅里"的自由自在、富足无忧的生活。

达斡尔人突然要离别生活了大半辈子的祖屋，进入一种未知全新的生活方式，他们真真切切感受到了失根的痛苦。他们告别的不仅是传统的屋子，更是离开了民族文化的温暖怀抱，离开了"家"也就意味着精神的流离失所。正如文中的老人所言："一辈子深根于土地的感觉，前所未有地动摇了。脚下的土地在动，草木在动，远处的山脉也在飘摇。一直不服气自己的桑榆暮景的心理，也升出没有远照的馁气了。我徒然成了无家可归无所凭依的流浪汉了。"

（二）传统生活方式的远去

千百年来北方游牧民族形成了特色鲜明的生活方式。他们衣皮革、被旃裘、居毡帐、乘坐骑、食肉饮乳、逐水草而居，衣、食、住、行、用与草原与牲畜须臾不可分离。正像农民依恋土地一样，牧民则离不开牲畜、草原。隆重的那达慕、敖包会、祭典、婚礼和佛事活动成为他们的精神盛宴。然而随着经济全球化进程的加快，民族之间的文化交流与融合日益频繁，不同文化之间的碰撞和冲突更加激烈，而作为民族文化重要组成部分的传统生活方式，也必然发生根本性的变革。市场经济快速发展背景下的内蒙古少数民族传统的生活方式发生翻天覆地的变化，现代化生活介入了草原，大多数牧民告别了游牧生活，摩托车代替了蒙古马，风能发电机在草原上到处林立，电视进入了千家万户，各种电缆也铺满了草原。少数民族家庭开始出现了专用的卫生间、洗澡间，出现了现代化的厨房设备，少数民族青年纷纷开始穿起了牛仔裤、旅游鞋，开始使用移动电话等现代化通信设备。传统的生活方式正逐渐成为草原民族遥远的历史记忆。

蒙古族作家满都麦的小说《他曾经是个骑手》中的阿纳尔君就切实地感受到了传统手工文化遗失的痛楚。阿纳尔君有一手绝活是用熟牛皮条儿做牲畜的挽具，因他的手艺活儿工艺精美又结实耐用，所以曾经赢得了家乡人的尊敬与佩服，每日里都有络绎不绝的人来上门向"阿爸君"求活儿。遗憾的是，如今时过境迁，现代化的生活方式闯入了蒙古人平静的生活。摩托、汽车、拖拉机逐渐进入了草原后生们的视野，草原上的骏马也正在面临被忘记的命运。阿爸君头上的光环早已暗淡，甚至他还受到了年轻人们的奚落和嘲笑。挽笼头、拧马绊的阿爸君在他们眼中俨然成了怪物一般。"就像兔子头上长起犄角一样新奇。"在他们眼中"骑摩托似乎比骑马高出一头，毁坏了骏马换来摩托。嫌长袍大袖的蒙古袍不好看，买回短衣紧身服。三宝之一的肥肉说是有害生命和健康，嫌羊肉膻气说不爱吃，苦重一点的活计都从外面雇人干。嫌自己土生土长的家乡偏僻闭塞，向那些蛆虫似的城市里跋涉、屹蹲，有的就一去不复返跟城市人同流合污了。"今日的蒙古族后生们已经抛弃了蒙古族传统的生活方式，逐渐迷失了方向。就连那展示蒙古男儿豪气英姿与毅力的那达慕大会也更改了传统项目，赛马改成赛摩托。阿纳尔君在深感困惑中一次次张开想象的翅膀幻想着蒙古人人马一体驰骋天下的豪迈英姿，一遍遍地在记忆中回味着马背民族曾有的神勇与深情。

　　当看到电视中的英国骑士白马洋刀气宇轩昂列队亮相时，阿纳尔君心生万般感慨："啊呀！多么英俊的马匹，这才带劲呢！人家不也会制造汽车和摩托车吗？哪能像咱们那帮蠢货，毁掉马群换摩托？从后面的摩天大楼看来，人家才不是那种侉巴头！他们的祖先敢情也是骑士出身吧？真是了不起的国家！"作家满都麦借此情节要表达对于传统与现代关系的一种理想思考：人类对于现代的追求不应该是以对传统的毁灭为代价的，也不是浇灭生命中那些曾有的诗意和豪情，更不是放弃正义和道义，而是在守护民族传统文化的同时去实现。

　　满都麦《祭火》中写到了祖宗三代人对传统的祭灶仪式的不同态度。老父亲扎米彦老先生是一个地道的蒙古人形象，住在依据古老习俗摆设的蒙古包里，是传统文化的忠实传承者，他不厌其烦地给孙儿讲述祭灶的一些规矩，祭灶时老人和老伴诚心合掌，真心祈祷，低头叩拜，完全沉浸在对老祖宗磕等身头到拉萨朝圣的荣光的感戴和敬仰中；相比而言，儿子呼尔乐远没有那么虔诚，他更多关注的加卡·热门·鲍拉斯卡斯的斗牛作品中所展示的现代文明中生命的、壮劲的、富有攻击性质的精神或力量，叩头时，"他们俩谁也没有像父母那样竭诚膜拜，就像鸡啄米似的，敷衍了事地点三下头就算完事了"。如果说儿子还算知道祭灶的仪式和意义，那么孙子小浩日娃感兴趣的是祭灶的新奇仪式。小说从爷爷对传统习俗的虔诚膜拜到孙子的陌生好奇真实地勾勒出了传统文化在族人心中日渐衰落的轨迹，表明了作者对保留传统与追逐现代之间关系的密切关注。

在内蒙古东北茫茫的林海雪原上，"狩猎"是生活在这里的少数民族的主要生产生活方式，也连接着民族文化的历史记忆。商品经济冲击下的鄂温克族的社会形态，开始由原始、封闭走向现代、开放。传统的狩猎生活方式、森林经济形态逐渐被慢慢遗弃，狩猎文化在现代文明的冲击下已经无可挽回地走向了解体。对于森林民族来说，这种生活方式的变异无异于是掘根之举，时代的变化带给他们的是灵肉分离的痛苦。

乌热尔图的小说《沃克和泌利格》中，鄂温克部落的生活已经完全变了模样。村里早已没了萨满先知的存在，唯一的一流猎手和造船能手泌利格也死在了沃克的枪下。在青年人的眼中，狩猎规矩中的平均主义早已成为过去的皇历，甚至很多人在外来文明诱惑下对狩猎的生活方式开始嗤之以鼻："现在扔下猎枪，干点儿别的什么，照样活得痛快。"而《雪》则反映了鄂温克人面对传统生活裂变的彷徨和痛苦。世代以打猎为生的鄂温克人，居然要像蒙古族养牛养马那样养起了鹿，就连有名的猎人伦布列也肩负起了到围场撵鹿的重任。在传统的鄂温克人的眼中，只有夹着尾巴的狼才会用这种法子捕鹿。错误的行为导致了惨烈的后果，那只被撵到石砬子上的公鹿，毅然选择了坠身悬崖来维护生命的尊严与自由；甚至连一只怀了崽的母鹿，在与伦布列斗智斗勇整整一天后，终于被逼到冰湖上绊住了。然而让人意想不到的是，一场大雪的及时而降给了它逃走的机会。申肯大叔讲的傻瓜在林子里生火的故事，十分恰当地反映了传统生活方式的生态特性。"谁也不能小看林子，不能小看林子里的一棵草，一堆石头。只有傻瓜才不把林子放在心上。"《灰色驯鹿皮的夜晚》通过巴莎老人在幻觉的趋使下光着脚丫在大雪降落的夜晚梦幻地驱赶驯鹿最后被冻死的故事，折射出了老人对森林、对狩猎生活的眷恋和痴迷，这种间接的描述，更能深刻反映出当事人内宇宙发生着的激烈的矛盾和斗争。老人身上发生的一切被一个梦游者见识了，那个梦游者其实就是"我"，尽管"我"对老人死亡的过程视而不见，但"我"无时不在心怀自然，可是面对现实的变迁，"我"只能选择无奈和哀伤，聊以慰藉的是通过梦里在森林游荡而去追忆失落的一切。小说的故事委婉含蓄，蕴含着深刻的寓意。

狩猎经济的解体不是一种激烈的社会革命或阶级斗争的过程，而是经济变革和现代进程的冲击下的自行解体，这样的过程所产生的冲突不是一种外在动作的冲突，而是一种内宇宙的冲突，是内在价值的冲突，文化心理的冲突。在乌热尔图的小说中，萨满被熊吃掉了。驯鹿、猎场、营地，有的被吃掉，有的被毒死，有的消失，有的找不到了。赖以依托的生存环境没有了，原始古朴的生活方式失去了生存的根，眼睁睁看着狩猎文化遭遇到的不幸和摧毁，作家大概难以超越现实而进行空灵的叙述。乌热尔图通过这一系列的描述，淋漓尽致地刻画了自己对于民族命运深刻的思考和对生活的理解。他在小说中把这一阶段民族文化的历史走向彻底地定格了，人们对曾有的原始文化模式的触摸也只有在记忆中找回了。作者通过对一个文化群体所承受的心理体验和精神创伤的生动展示，从另一个角度向我们描述了"狩猎经济的最终解体"的过程。正如雷达所言，这一过程是"涌现前所未有的痛苦、苏醒和诗情"[①]。

鄂温克作家杜梅的《木垛上的童话》讲述了鄂温克儿童的心灵变迁故事。打猎能手阿爸曾是他们的骄傲，可随着猎人一次次地空手而归，猎枪的地位开始下降，渐渐地，城里的玩具枪取代了猎枪曾有的辉煌。作品从一个儿童的视角，描述了在外来文明冲击下，鄂温克人对原始生产生活方式的质疑和迷茫，也包含了作家对民族未来发展状况的深深担忧。在现代文明的冲击下，昔日固守着原始狩猎方式的猎人怀着深深的纠结与痛苦，无奈地搬迁到城里。类似的主题在杜梅后期的作品中仍然延续着。《那尼汗的后裔》中，哈拉大叔把挑女婿与挑选民族文化优秀传承者合二为一，在他看来，只有把呼烈（最优秀的猎犬后代）驯服的人，才可以做他的女婿。然而，那个符合条件的佳婿那丹却给了他致命的一击，因为没能在山里狩到猎物，那丹到城里卖了猎枪和猎犬呼烈，用换回的四千块钱回家开店做起了生意。那丹的行为，隐喻着鄂温克族狩猎文化输给了商品经济。哈拉大叔和年老的阿拉嘎却始终守望在山冈上，一心企盼着呼烈的归来，梦想着再做山林的主人，活在那尼汗

---

[①] 雷达：《哦，乌热尔图，聪慧的文学猎人》，《文学评论》1984年第4期。

的传说中。作品深刻反映了那些坚守原始经济生产生活方式的鄂温克人既无奈又逃避的心理。

出于对人类文化生态系统恶化的隐忧,以及不满单一正统的主流工业文化对自然生态的损毁,内蒙古的少数民族作家们以极大的热忱关注着不同文化形态的生存状态。

(三) 丧葬仪式的更改

丧葬也是民族民俗的一个重要组成部分,在很大程度上反映出该民族对生命的理解以及人生观、价值观的取向。北方游牧民族的丧葬习俗,有天葬、野葬、火葬、树葬、水葬,等等。虽然草原民族丧葬风俗各有特色,但总体来讲他们历来是重生轻葬的,追求死后回归自然、回报自然,蕴含着丰富的生态伦理思想。在由生到死的生命旅程中,丧葬仪式就是当之无愧的终极礼仪,它"充满着人类对生命的思考和幻想,饱含着人类对自身最终归宿的关怀,蕴藉着人们在迷雾中的徘徊和探索"[①]。

但随着时代的变迁,这些原始的丧葬仪式有的被改变,有的甚至无法存续了,这些变化反映出民族文化难以存续的危机所在。达斡尔族作家萨娜在《达勒玛的神树》中,描述了一位身患重病的老人达勒玛,她多么希望自己死后可以体面地被送上高高的风葬架,安静地躺在阳光下,灵魂顺着阳光的指点,漂游在蓝色的安格林河流。随着这条清澈而古老的河流,她就可以升到天堂了。然而伐木工人的到来彻底改写了达勒玛安详的晚年生活。森林中像样的树都被一棵棵伐倒了,找到一幅好的风葬架已经成为一种难以企及的奢望,她希望在死后风葬的夙愿已化为泡影,最终老人只能蜷缩在树洞中凄然离世。达勒玛老人一生与人为善,却对伐木工人充满了敌意,缘由便在于现代工业行为对传统民俗的破坏及对民族心理的伤害。工业化进程在发展了经济的同时,却破坏了生态、改变了民族习俗。作品中充满了理性思考,表达了对民族文化渐趋消亡的深深忧思。与达勒玛有着同样遭遇的还有乌热尔图小说《你让我顺水漂流》的卡道布老人。老人是部落里最后一个萨满,是"一个智慧得见过自己的生、摸过自己的死的萨满",却因找不到一个像样的

---

[①] 彭书麟等:《西部审美文化寻踪》,湖北教育出版社1999年版,第145页。

林子风葬自己或者说找不到一个宁静的存身之地，只好让生命终结在族人的枪口下，让灵魂顺水漂流。因而小说的标题包含着失传的鄂温克文化可能随水飘逝的未来命运的深刻寓意。

在外来环境的干扰下，民族传统习俗正在面临着渐渐消失或被遗忘的命运，坚守传统的人们精神上正在遭受着进退失据的痛苦，达勒玛老人和卡道布老人都在深重的心理煎熬中走向生命的终点。作家们对笔下人物"死无葬身之所"悲剧命运的安排有意预示了民族文化失传的可怕结果——不知来自何处，也不知去向何方。

## 二 宗教信仰中的生态伦理思想的隐退

随着现代工业化步伐的加快，在现代科技与理性精神烛照下，自然内在的神秘性和魔力遭到放逐，人类的主体性意识不断高扬、膨胀。滚滚的现代化洪流，更加膨胀了现代人的主体意识，人们从内到外的一切指向，就是对物欲的控制和利益的攫取。自然神性世界的消隐不仅使宗教信仰的生态理念逐渐淡出人类的意识，同时也使人类精神的世界摇摇欲坠了。

郭雪波的小说《天音》便是萨满教传承人最后的"天鹅绝唱"。小说讲述了作为萨满教凤毛麟角的传人之一的老字爷天风，在敖林屯整体迁移的前夜被村长请来为村民说书。老人不顾徒步30里路的旅途艰辛，一腔热情全力演出，但却意外遭受村民们的冷遇：老人使出浑身解数倾情拉出的一曲曲古朴悠扬、浑厚动听的民间歌谣，却不能让村民们浮躁的心沉静下来，屋子里的听众很快散去，去追求打扑克、看录像等现代娱乐方式，偌大的房子似乎只剩下一个等着拿老字爷屁股底下的毡垫子的男童，这让老人感到民族传统文化幻灭的悲哀。好在还有一位真正的古曲知音——耄耋之年的达日玛老奶奶，这位萨满教另一支脉幻顿·列钦的唯一传人还一直静静坐在角落中用心聆听，两位年迈的老人在荒寂的冬夜、寒冷的小屋中合作演唱了萨满教的千古名曲《天风》的完整版后，达日玛老奶奶永远地闭上了眼睛。而老字爷在回家的途中遭遇狼群，索性放弃抵抗，吟唱起心爱的古曲《天风》。老字爷如痴如醉的忘情歌唱感染了企图进攻的狼群，狼群一夜静听以后悄然离开。人类自身对自然的疏远还不如狼群等野性生命对自然天籁的依恋，被物质利益和世俗快乐遮蔽了心灵的人们已失去了纯净而自然的心境，已完全听不懂来自荒野、来自大自然的天籁之音，这也是作家对民族文化失传的无奈悲叹。老人唱完后坐化而终，至此，《天风》失传、《天风》最后一位传人谢世，这对蒙古族传统文化来说是一个不可估量的损失。《天音》是郭雪波为蒙古萨满老调而作的挽歌，这"最后一个"的苍凉姿态直击读者的心灵，这是人类的悲哀，更是蒙古民族文化的悲歌，警示着人们要重视母族文化的保护，避免更多的民族文化精粹从地球上彻底消失。

长篇小说《银狐》中，开篇以关于银狐的谚语作为引子来营造蒙古文化的神秘色彩："银狐是神奇的，遇见它，不要惹它，也不要说出去，它是荒漠的主宰。"作者在文本中以蒙古族萨满教孛师的命运作为故事发展的副线，力图把真正的蒙古族文化传统原原本本展现出来，从孛师的悲剧结局中挖掘草原沙化的历史文化根源。在元代，萨满教处于蒙古帝国的国教地位，萨满巫师在朝内都享有国师之类的尊严和地位，"成吉思汗对萨满教非常推崇和信仰，萨满教的法师'孛'，更是成吉思汗的一种强有力的精神支柱和号召众族的统一的神明"，"成吉思汗的许多著名战将和智囊人物，也都是'孛'师"[①]。然而存在了两千多年的蒙古萨满"孛"到了现代却因为阻止草原出荒而遭到了毁灭性打击的悲剧。达尔罕旗王爷为了满足自己的奢靡之欲，不顾草原的生态破坏，执意要把别尔根塔拉草原出荒卖给奉天府的军爷们以换成银子补贴开销。深谙草原之道的百姓集体反对开垦草原，孛师们临危受命，走村串乡做宣传搞活动联合牧民反对出荒，为此深得牧民拥戴，学孛信孛的人日渐增多，而反对王爷出荒卖地的反抗活动也渐起。十万牧民联合写信恳求王爷收回出荒打算，而王爷感到了孛的威胁，阴谋策划一起"烧孛"事件。王府的人打着比赛"火炼"功力的幌子，要求草原上的孛全部参加比赛以获得所谓资格证书，于是科尔沁草原上所有的孛们都赶来参加比赛，结果出现了科尔沁草原历史上最残忍最冷酷的惨绝人寰的"烧孛"事件，千儿八百多孛的精英在一场大火中被烧杀歼灭了，残存的13名大孛从此在草原上隐姓埋名，销声匿迹，永远地流散于民间了。

---

[①] 郭雪波：《银狐》，漓江出版社2006年版，第120页。

孛和草原的命运紧紧联系在一起，呵护草原的孛被集体屠杀焚烧，草原也被出卖出荒，草原民族文化和草原生态就这样一同遭受着致命的毁坏。"烧孛"事件暴露的正是宗教信仰淡出蒙古上层社会精神领域的现实。宗教信仰是一个民族的精神文化的重要组成部分。一个人和民族没有精神的寄托也就会变得不择手段、唯利是图，因此郭雪波通过自己笔下的人物省城社科院萨满教研究者白尔泰沉思："也许正因为失去了这种萨满教的教义，人们失去了对大自然的神秘感和崇敬心理，才变得无法无天，草原如今才变得这样沙化，这般遭受到空前的破坏，贫瘠到无法养活过多繁殖的人族，这都是因为人们唯利是图，急功近利，破坏应崇拜的大自然的结果！所以现在，大自然之神正在惩罚着无知的当代人族。"[1]

同样，居住在大兴安岭的"三少"民族普遍信奉的萨满教的衰落与困境，在作家乌热尔图的笔下也有着真切的表现。在鄂温克文化中，萨满是沟通人神鬼三界的使者，是本民族文化的主要载体。因为他们深信萨满是始祖女神"舍卧刻"（sewenki）的附体，是神的旨意的传达者，因而萨满在鄂温克文化中享有崇高的地位与威望。但时代的变迁，严重动摇了萨满的崇高地位，使他们面临着尴尬境地，有的甚至陷入了悲惨的际遇。因为萨满承载了特殊的文化内涵，他们的没落也预示着部落文化陷入了的艰难的境地。

在《萨满，我们的萨满》和《你让我顺水漂流》中，我们可以看到对萨满命运及其精神状况的描绘。《萨满，我们的萨满》中，那个深谙部族传说和习俗的达老非萨满，在鄂温克人看来，是他们的精神领袖，可以说他代表了整个族群的灵魂。因为他和"整个部族的命运纽结在一起，江河一样存在了千百年"。可千百年神圣的传承又如何呢？在现代文明的冲击下，"萨满"在人们的口中仿佛是一夜之间就消失了，甚至"萨满"这个曾经神圣的称呼，现在居然成了新的禁忌。昔日辉煌的达老非为了生存，也不得不去过隐居无言的生活。现代旅游业的发展揭开了古老民族神秘的面纱，民族文化被游客视为猎奇的对象，曾经风光的"萨满"老人重新闪亮登场了，当他披着满是虫蛀和鼠粪的萨

---

[1] 郭雪波：《银狐》，漓江出版社2006年版，第207页。

满神袍再次出现时,却不再是被顶礼膜拜的对象,而是被当作能够代表萨满文化的"活化石",成了人们进行拍照留念的展示品。"达老非萨满被紧紧地挤在那些人中间,一双又一双手在他的肩、在他的背、在他的胸、在他的肘,拍着摸着捏着。""达到高潮的那一天,人群来了一拨又一拨,像早春洄游的鱼群,让你数不清一百还是五百。"而老人为自己争取空间的唯一有效方法居然是把一脬臭屎拉在裤裆里。在这里作者彻底幽默了一把,说这是达老非萨满"绝无仅有的最富有智慧性的成功反抗"。而这种反抗的背后包含了多少无奈与心酸啊!神圣民族文化竟然成了无聊游客们娱乐消费的对象。特别是他在乡长的压力下披上神袍用母语宣布自己是熊时,其承受了怎样的精神凌辱。这部力透纸背的小说不仅反映出商品经济条件下民族文化受到的强烈冲击,在被物化的同时更面临着被侵蚀和改造的命运,作者的焦虑忧患之情在此尽览无余。在《你让我顺水漂流》中,卡道布老爹的萨满神袍,竟然被偷走并廉价卖给了城里的博物馆。此一情节的设计暗示着萨满文化成为博物馆的文明,成为一种历史的记忆。

"鄂伦春"意为"山岭上的人",以狩猎为生,郁郁葱葱的大兴安岭森林是他们的家园。他们祖祖辈辈也信仰萨满教,敬畏自然万物、珍爱一草一木。现代化的大规模开发不仅使他们的衣食之源受到破坏,更严重的是对自然敬畏意识的消失使他们失去了灵魂和生命的诉说对象。动物遭到猎杀、树木惨遭砍伐,水源受到污染,与山林相伴世代的猎人们正在体会着失去灵魂归宿的痛苦。鄂伦春女作家空特勒作品中有这样的描述:"世世代代生活在林子里的鄂伦春人,依靠他们的生态知识和传统文化保住了这一片自然圣境,而现在,鄂伦春人定居五十年的时间,仅仅五十年,不仅是传统文化失落,生态环境已经严重恶化,森林减少,水土流失,夜夜都能听到这些树木在哭泣……"[1] 一个生活在植被覆盖率近百分百的原始森林中的古老民族,仅半个世纪的时间里,因外来文明的冲击、自然崇拜意识的丧失,就变成了无根一族。对于鄂伦春人而言,森林绿色不仅是生命的颜色,还有着更丰富的传统文化的意义。对自然的信仰造就了鄂伦春人,造就了它们的生态知识和行为

---

[1] 空特勒:《自然之约》,《民族文学》2007年第9期。

模式。

而在达斡尔作家萨娜的眼中，这种依托于少数民族与自然之间亲缘关系的信仰与其说是一种宗教信仰，倒不如说是对自然万物发自内心的敬畏和崇拜，人只有在主动回归自然的基础上才能走上回归自我心灵的旅程。《天光》是一曲关于达斡尔历史文化信仰的挽歌：达斡尔族民族信仰的流失造成的民族心理空缺以及由此而带来的灾难。作品具有强烈的隐喻和象征意义。文中出现的哑巴女人隐喻着无言的历史，那个浑身长满瘤子的男孩其实是"智者"的化身，历史记录着过去，而"智者"只能静静地客观冷静地注视着发生的一切，注视着人们糊糊涂涂、浑浑噩噩地生活。面对这样的群体时，"智者"的努力不但没有任何效果，甚至因此而丧生，相应的村民也因自己的愚昧无知而付出了惨重的代价。萨娜要痛心疾首地指出，民族融合过程意味着民族文化裂变与重新整合。盲目地遗弃历史和祖先遗留下来的非物质文化是一场无法弥补的灾难；浮躁地抛弃固有的民族文化传统最终必然会遭致民族精神萎缩退化的恶果。信仰的衰弱和丧失，极有可能会使一个民族渐渐走向衰微。

### 三 民族精神的萎缩

民族精神是一个民族的精髓和灵魂，指的是维系一个民族生存和发展的精神和理念。这种精神就像血液流淌在民族的血脉中一样具有历史的延续性，从而主宰着民族的生存与发展路向。自古以来，蒙古族生存的自然环境恶劣，皑皑雪地、漫漫戈壁、干旱灾害、风暴交错，一场白灾或黑灾的突如其来，可能使牧民在一夜之间倾家荡产。这种充满危机和挑战感的环境所磨砺出的开拓进取、英雄乐观、团结友爱、崇信重义、轻利重义等民族性格特征，被推崇为蒙古民族最优秀的民族禀性之一，也是始终高高飘扬在草原文化阵地上的精神旗帜。

新时期以来，随着计划经济转型为市场经济，人们的商品经济意识得到增强和普及，随之而来的是竞争意识和物欲意识的激活。功利主义的价值体系使人更多依赖于物的存在而存在，人对自身价值的衡量标准往往与可以计量的商品货币资本相连接，人的心灵不再是一个怀揣神圣和敬畏、谦逊和高贵的精神殿堂，而成为堆放物欲与其附带的产品的储物仓库。物质诱惑对人格人品的拷问以及人性之暗，都在日常生产生活中暴露出来。

　　伴随着经济机制的调整，内蒙古少数民族地区的经济方式也在发生变迁。传统游牧经济方式向现代商品经济转变必然会对人们的心理秩序、道德操守、价值观念形成强有力的冲击，从而产生失落、反感、无所适从等普遍的心理情绪。少数民族居住地域辽阔，自然资源也极为丰富，但大多数少数民族地区经济发展缓慢，不少民族长期从事单一的生产活动，商品经济基础薄弱，自给自足的自然经济还十分顽强。尤其是蒙古民族历史上一直有着重义轻财、轻商贱利的文化传统，一些不良奸商利用牧民的纯朴和善良对他们进行欺诈，使蒙古民族长时间将对"奸商"的看法转移到对"商品"和"经商"的评判上来，认为在市场经济中因商而富的那些牧民背离了固有的文化传统，对这些人的看法往往是不屑和鄙视。《沉寂的昭谷敦》中的迦丹巴因为有了大把的钞票，而使原先那粗犷耿直的本性变成了贪婪刁钻，他不但撞死了吉日嘎拉的马，还夺走了他的草原，原来那个善良耿直的迦丹巴因为金钱而成了恶人。《期待》中也讲述了那些原本相安无事、和睦共处的牧民因为金钱利益而摩擦冲突，明争暗斗，就连温都苏和图力吉尔这两个儿女亲家，也因为买卖利益几乎撕破了脸皮。现代的商品意识已经潜移默化地渗透草原上，受此影响，曾经不齿于从商的纯朴牧民也开始变得精明和贪婪了，原有的淳厚善良离人们越来越远，心理的单纯明朗被罩上了一层阴云。传统和现实的冲击反映到精神上，更多的是一种无奈和惆怅，一种难以名状的沉甸甸的感觉纠结于人们的心头。在现代工业化、商品化大潮的冲击下，曾经被蒙古人引以为豪的优良的精神传统却遭受了严峻的挑战。很多蒙古民族子孙在利益和欲望的驱动下，人格萎缩、精神委顿、人性扭曲。郭雪波的小说反映了一些蒙古人为满足经济利益，无视草原生态与宁静，无视动物的灵性与珍贵，随意开山挖矿、破坏植被。欲望的膨胀不仅蒙蔽了他们对自然美的发现，而且使他们深陷其中无法自拔。因此，他在小说中把生态的破坏和道德的败落联系起来，集中体现在一些既是生态破坏者又是道德沦丧者的人物形象身上。《大漠狼孩》中的胡喇嘛村长，横行乡里，仗势欺人，贪婪龌龊，无恶不作。放任儿子纵狗咬人，强迫伊玛嫁入家门，谋夺他姓坟地，染指疯癫儿媳，可谓恶贯满盈；娘娘腔金宝逢迎拍马，恃强凌弱，自私卑弱，嗜杀狼族。《银狐》中的人物胡大伦贪婪卑鄙,下流无耻,不仅双手沾满枪杀狐群的鲜血,而且诱奸疯癫的珊梅,丑陋猥亵。《金羊车》中夏尔乡长及其侄子努克依仗权势欺压乡民,吃喝嫖赌,胡作非为,为了获取经济利益,不顾民众对敖包的崇信,炸山采石,最终受到报应,膨胀的欲望遮蔽其人性的最后微光。在现代化进程中,蒙古民族中的很多人的心态不再坦荡真诚,而是变得眼光狭窄、唯利是图,蒙古民族精神优良传统受到了前所未有的冲击。

随着新时代草原生存状态的演变,游牧时代渐渐成为历史,草原上的牧民心态也正在悄然发生着变化。牧民定居、草原包产到户的现实使族人与游牧经济下的草原和草原人的情怀渐渐疏离,民族传统价值观发生了巨大的变化。阿云嘎《野马奔向狼山》中说道:"草场分到户已经好多年了,而且好多牧户用铁丝网把分到自己名下的草场围起来,把大草滩分割得奇形怪状。牧户们的草场突然在无形中变小了,随之牧民们的心胸好像也变狭窄了,成天为草场闹矛盾。"显然,阿云嘎认为是辽阔的草原养育了草原人宽广的胸怀,草场被分割直接影响了牧民们的精神世界,导致蒙古人的心胸越来越狭窄。这也是黑马为什么会屡次遭到桑嘎等人攻击,那音太骑马在草原上奔驰会遭到邻居们埋怨的深层原因。在满都麦《戈壁深处》中矮黑子和高红脸谈话中与此有着类似的表述:"看来每个人的心态是随着生存环境的改变而改变的。因为草原萎缩到了极限,每家每户常年不挪窝定居在巴掌大的一片草场上,畜群一年四季天天都在原地来回拉锯。使脆弱的植被逐渐地板结退化。草场就跟患了秃疮的脑袋一样,越来越秃,最终溃疡成沙漠了。由此受制的牲畜体格变得越来越小,今年的二岁牛犊,还没有过去的齐口揭羊个头大。所以牧民们的心态也随着草原的萎缩而萎缩。个个都变得鼠目寸光、心胸狭窄、极端自私、心眼毒狠了。"显然,小说认为草原退化对蒙古人的生活产生了很大的影响,草原的萎缩导致牧民生活空间的狭小,进而造成畜类体格的减小,而牧民的心态也随之萎缩,变得鼠目寸光、心胸狭窄、心眼狠毒,丧失了蒙古牧民原有的豪放、坦荡、真诚和善良的民族精神。草原生态的破坏、人口的增加,猎场越来越小,而人性的私欲却因此更加膨胀。《四耳狼与猎人》中当同为猎人的瞎子嘎拉森和瘸子海达布死去后,巴拉丹非但没有同病相怜的难过,反而幸灾乐祸，为猎场上少了两个竞争对手而暗自高兴。

草原退化、机械轰鸣、雇工普遍、蒙语中充斥着大量的汉语词语，牧民们尤其是年轻一代的牧民已经适应了定居而不愿意迁徙，他们迷恋摩托与啤酒，他们坦然接受了这种外来商品热潮的冲击，甚至他们也摩拳擦掌跃跃欲试要脱贫致富。《巴图的发财梦》中那个渴望发财的巴图，引狼入室，致使元代遗址在一夜之间成为废墟，甚至不惜变卖老祖宗的尸骨。当他心安理得地数着钞票的时候，我们悲哀地发现那些曾经被蒙古民族视为立身之本的善良、纯朴、信义和忠贞现在早已消失得无影无踪了，代之的是一种近乎冷酷的冷漠。

满都麦试图告诉我们不仅是人性恶欲，而是整个现代人文价值取向导致人与自然、人与世界的深刻分裂，人失去了理性良知的自律，失去对于自然和世界的看守和监护，变成自然和世界最凶恶的敌人，从而成为人自身的敌人，自取灭亡即在眼前。

阿尤尔扎纳的《绝地》同样讲述了被欲望蒙蔽良心的蒙古人——巴德拉奇。怀揣淘金梦的主人公巴德拉奇在沙漠深处挖苁蓉准备满载而归时突遇致命沙暴，巴德拉奇困在沙漠中依靠背上的苁蓉活命，就在苁蓉吃完的生死一线，沙漠中的一只母驼用自己的乳汁挽救了他的生命，并带他走到高地看到回家的路。可获救后的巴德拉奇却恩将仇报，背信弃义，意欲以母驼的驼绒弥补吃掉苁蓉的损失，甚至想要牵走嗷嗷待哺的幼驼换取金钱。大自然最终以狂风大作的公正判决让他永远找不到回家的路。小说最后以巴德拉奇和幼驼被掩埋沙漠结尾。迷失在财富欲望中的灵魂终将得到自然的惩罚。正如台湾蒙古族诗人席慕蓉所说："草原文化某种程度上讲是将心比心的文化，成吉思汗的祖训就是让我们善待行旅。"①

内蒙古东部少数民族作家同样也注意到现代文明的冲击或不可避免的失误对鄂温克民族精神特质的破坏，与人为善、助人为乐、真诚无私等优秀民族品质渐渐消失在变动的社会生活中。乌热尔图在短篇小说《越过克波河》中通过蒙克和卡布坎出猎中的冲突矛盾，为鄂温克民族

---

① 席慕蓉：《草原文化的美》，2004年6月13日，http://bbs.3hlb.com/thread-19635-1-1.html，2013年12月10日。

传统美德的流逝献上了一曲挽歌。60多岁的老猎手卡布坎秉承着鄂温克民族的传统美德，心地善良、待人宽厚、懂得谦让。他主动放弃了选择好猎场的机会给年轻人蒙克，出猎带新手是毫无保留的培养。而年富力强的蒙克却自私狡诈、心胸狭窄。无视尊老爱幼的民族传统，接受原本属于别人的猎场而忘却感恩，抢占徒弟的猎物而毫无愧疚，破坏了鄂温克的传统规矩，越界狩猎，最终落得被误伤的因果报应，这似乎也是蒙克"把鄂温克的规矩踩在脚下"而遭受的报应。面对鄂温克人遵循了几百年的规矩逐渐被丢弃的现实，作家的心情正如老猎人卡布坎"眼神中隐约闪过一丝哀愁"，充满了悲哀和无奈。如乌热尔图所言："人类精神的偏执、破碎，导致地球生态系统的失衡、断裂；而地球生态的恶化，则又加剧了人类精神的病变。"[①]

在鄂温克作家的笔下，现代文明冲击下的原璞世界在伦理道德、人际关系等诸多方面发生了变异。传统的鄂温克狩猎规矩（如一只松鸡的战利品也要共享的）早已被人们所不屑或鄙弃。鄂温克作家涂志勇《黎明时的枪声》中，日常的狩猎活动已经演变为不择手段的争夺。为了显示个人狩猎的战绩，开丰田车的小伙子竟然不顾受伤的同伴驱车追赶黄羊。优秀民族品质的流失意味着鄂温克人与传统的文化轨道已经越来越远了。

恰如蒙古族作家阿云嘎的感慨："在如日中天的工业文明和商业文明前，我们民族的传统文化就是那轮正在下沉的落日和那面正在逐渐暗淡的晚霞。但别以为凡'过时'和行将'消失'的都是不好的东西。我的家乡在鄂尔多斯西部的荒漠草原。我记得小时候我们那里的牧民出门几乎都不锁门。一顶顶毡包或者一座座房子就那么永远地为路人敞开着。还有，草原牧民之间很少发生买卖关系，'自己缺什么，别人会给你。看到别人缺什么你也得给人家送过去'，这是老人们常说的一话……"[②] 民族传统文化的逐渐消失对于内蒙古的少数民族作家而言，也恰如"落日"和"晚霞"给予的启示，这是一种深刻的悲剧。

---

[①] 鲁枢元：《生态批评的空间》，华东师范大学出版社2006年版，第21页。
[②] 阿云嘎：《有关落日与晚霞的话题》，《民族文学》2007年第7期。

## 第三节　失重的灵魂无处安放

随着现代科学技术的发展，人类进入了一个全新的文明时代。现代文明是一把双刃剑，它在给人类带来便捷和舒适的同时，与之结伴而来的还有恶化的环境、失控的欲望、遗失的良知、苍白的人性，如同阳光下的阴影一直伴随着人类前进的步伐。"这似乎是人类永远无法摆脱的发展之痛——固守纯朴而简陋的生活既不现实，追求现代的舒适生活似乎又难以避免时代的精神阵痛。这种发展不可承受之痛在中国当代生态小说中得到了非常深刻的展现。"①

鲁枢元先生在"生态文艺学"领域的突出贡献是对"精神生态"的关注。"日渐深入的生态危机已经提供了充分的征兆，地球上人类社会中的生态失衡、环境污染正在不知不觉地向着人类的心灵世界、精神世界迅速蔓延，下一个污染，将是发生在人类自身内部的——精神污染。"②地球生态系统严重失调的根本原因在于人类精神世界中价值取向的偏狭。当代著名散文家王英琦也有类似的表述："人类一面对地球对自然尽情勒索吃干榨尽，一面又把垃圾废物扔向大地河流海洋。不妨说，人的心态污染才是最大的污染源！没有人心的污染，岂会有生态的污染？拯救人心，改造人性，才是当代人类走出生存困境的最根本出路。"③

生态文学创作的旨归应该就在于透过伤痕累累的自然危机表象捕捉到其背后隐藏的人与人、人与自我日益疏远分裂的社会生态危机和精神生态危机的本质，进而吁求"人性与自然的和谐"。生态危机说到底是人性的危机，是人自身的异化、自然本性丧失所带来的危机。

从精神生态视角审视现代都市人，特别是离开草原、森林走入城市的都市人的生存状态和精神处境，一直以来也是新时期内蒙古少数民族

---

① 龙其林：《生态文明的呼唤——中国当代生态小说》，硕士学位论文，湖南师范大学，2007年版。
② 鲁枢元：《生态文艺学》，陕西人民教育出版社2000年版，第149页。
③ 王英琦：《愿地球无恙》，高桦主编《"碧蓝绿"文丛》第一辑，中国环境科学出版社1997年版，第7页。

作家的写作重点取向。黄薇、倪学礼、肖龙、萨娜等作家笔下的现代都市人精神世界困境重重：欲望膨胀、缺少信任、沟通缺失、道德滑坡、价值虚无……体会不到信仰的纯度，感受不到情感的温度，触摸不到理想的高度——灵魂处于一种失重的状态。他们浑浑噩噩地活着、随波逐流地走着、孤独无依地飘着。城市化、商品化背后的人性的扭曲、精神的荒芜、情感的枯竭等精神生态问题被作家们发掘了出来。

## 一　生命不能承受之重

老子言："上善若水"，其实生命亦若水，水本是清澈的，然而，当往水中滴下一滴墨时，水被染黑了。生命如水，那么墨汁便是生命不能承受之重。这"重"可能是名是利是贪欲，它压垮的不仅仅是人的肉体，还有人的理想和精神。

在中国的传统社会中，"学而优则仕"观念影响深远，成为知识分子生活最高的人生理想追求。"士"被列为"四民之首"，生活相对惬意。虽然近代废除科举制度以来，知识分子的地位逐渐被边缘化，但动荡的时代风云也给他们提供了重头戏演出的历史舞台。在中国现代的社会和思想变革中，知识分子也发挥了举足轻重的作用。应该说在他们身上依然可以看到士大夫的落日余晖。可是，进入20世纪90年代，在商品大潮的冲击下，知识分子的精英地位彻底沦落，他们对中心位置的幻想早已放弃，认同社会的安排是在现实摔打中的无奈选择。贫困的物质生活与沉重的工作压力将他们置于家庭角色与社会角色的巨大矛盾之中，一方面君子"喻于义"和"罕言利"的传统文化精神依然影响着知识分子的精神气质，不愿轻易"失节"，但另一方面残酷的现实像一张"网"裹挟着他们，知识分子远大的梦想在"网"的威胁下被迫走向虚无，在梦与"网"的无奈对决中，世俗的物质追求成为压倒一切的目标。梦的陨落带来底层知识分子精神世界的荒芜，他们拒绝诗意浪漫、并逐步丧失了独立和批判的主体精神。

出现在新时期内蒙古少数民族作家笔下的都市知识分子，他们在物欲的刺激与精神的操守、理想的光辉与现实的无奈等多重矛盾纠结中疲惫地活着。

世俗的欲望是生活中的不能承受之重。蒙古族女作家黄薇的小说集

《生活像条河》，大多数写的是受过文学艺术类高等教育的知识分子在物质生活高度发达的当今社会环境下，价值理想、精神追求与物质现实的矛盾使他们每时每刻都处于物质利诱和自我良知矛盾的尴尬处境。《生活像条河》这篇小说中，曾经作为科学知识与人文精神的殿堂的大学校园已经褪去了其神圣的外衣，现实中的大学裸露的却是尔虞我诈、权钱交易的肮脏。形如谦谦君子的学者们都在为编教材、评职称、当主任而钩心斗角、患得患失。坚守道德底线的知识分子只落得被边缘化无人问津的无奈与悲哀。主人公房代对爱情不再怀有任何的玫瑰色幻想，而是现实地把婚姻与交易画上了等号。因为志斌可以帮她出版她的诗集，而她又是志斌最合适的结婚人选，"这一切就像人做生意，要互惠要利益均等，赔本当然不干"。"一种刻骨铭心的孤独和恓惶不由期然而生，紧紧地攫住她整个身心。"历史上的文人的风标傲骨之举如"陶渊明不为五斗米折腰、朱自清之不食美国面粉"已经成为往日故事。生命已经弱化了的知识分子，面对现实生活中弱者受欺凌的现实也只能选择以灵魂深处的自我谴责来代替路见不平的出手相助：生活本就是由纵横交错的欲望与失望交织而成的网，人们很难有机会去思考梦想的意义。"人多像一颗芥子一粒尘埃一丝蛛网一只蝼蚁"，悲欢离合、荣辱成败都将被生活的大河裹挟着滚滚东逝。黄薇对知识分子生活中的琐碎与无望有着深入骨髓的洞悉。

世俗的生活取代了爱情的诗意，情欲同样也成为"生活不能承受之重"。在爱情的天平上对男性情欲的考量成为达斡尔作家萨娜的书写重点。在她的笔下，爱情不再诗情浪漫，婚姻也很难温馨如意，感情与家庭生活中充满了算计与交易、玩弄与背叛、利用与欺骗。《多事之秋》中的四个男人由于放纵自己的情欲粉碎了女性对家庭对爱情的所有梦想。马德利风流成性，处处留情；褚成见异思迁，抛弃妻子；海民自私背叛，用爱情来交换前途；程老板重利轻义，置生命垂危的情人性命于不顾。同为有妇之夫的这些男性，无一例外都放弃了曾有的承诺；而作为家庭中的另一方女人却为男人的欲望埋单，付出的是失去感情与尊严的代价。几位无辜的女性，或为了尊严选择与丈夫离异，如褚成的妻子；或为了家庭，折损尊严为丈夫摆平情事，如海民的老婆；或为了婚姻，三番五次容忍丈夫的不忠。她们忠实于婚姻却屡受背叛之苦。萨娜以一种反浪漫主义的姿态，拆解了对爱情与婚姻的诗意想象，还原了婚恋中千疮百孔的世态真相。对男性被情欲扭曲了的人性给予了犀利的批判，同时也彰显出女性主义的写作色彩。

新时期内蒙古少数民族作家还发掘了权欲泛滥背后人性的暗伤。倪学礼的小说《站在河对岸的教授们》《一树丁香》，黄薇的小说《鸡蛋壳》和《系里的故事》在描摹知识分子挣扎在道德与欲望并存两难境地的同时，也寻根溯源勾勒出校园里权欲熏心的学霸的可怕嘴脸。他们无意治学，"钻营代替钻研，权术代替学术"，在职称评定上人情运作、扭曲公平、扶持善于钻营者，排斥坚守学术道德的人。作者借一树丁香的高洁来反衬出大学校园空气的污浊。同样，伊德尔夫的短篇小说作品如《分房前后》和《考核》也揭露了官场的腐败。

物欲、情欲、权欲等欲望便是都市人不能承受的生命之重。对欲望的放纵，扭曲了都市人的生存观念，和谐的人际关系的丧失导致了对生命、尊严和情感的践踏。良性的精神生态因素如尊重、理解、关爱、信任、诚意等正在渐渐淡出人们的生活空间，而人性的黯淡、欲望的无度、诚意的放弃最终导致了都市人精神世界的危机。

## 二 喧嚣中的孤独

城市与草原是两个完全不同的知觉环境。草原带给人的是天地人相依相存的完整感、和谐感和静态感，浸染着浓郁的地域与民族色彩。而城市则是一个充满竞争、矛盾张力与不确定性的动态空间。城市中的一切都是陌生而多变的。鳞次栉比的高楼中，个人的生活与工作空间却相对狭小拥挤、人际关系敏感而复杂。都市环境重压下的城中人，物质生活充裕便利但精神上却难以摆脱孤独与心力交瘁感。从草原进入城市的空间，城市就像是宇宙空间中稠密浓厚的黑洞，草原上辽远博大的空间、亲密无间的人际关系、清澈透亮的心灵世界、豪放旷达的民族性格、自由奔放的情感，统统难以抵挡其巨大的吸力而消失得不见踪迹。

当地球成为一个村落，世界在指尖落户，现代化、高科技的交通与传媒缩短了空间的距离，但人与人之间的沟通和交流却受阻于现代化的快节奏生活，心与心的距离却在不断拉远。城市中的人们逐渐忘却了自己的祖先曾与自然的亲缘关系，忘记了精神归属感的追寻，迷失在物欲的旋涡中。孤独与焦虑成为我们精神世界的常客。正如黄薇所言："现代化的确为我们提供了简陋的游牧生活无法提供的文明生活，但这种生活又因其文明的高度发展而给我们带来人际关系的冷漠和疏离，空间的嘈杂拥挤及环境生态的污染破坏等。文明的每点进步都必然伴随着相应的退步，人类最初的古老、质朴的情感在城市文明中被温文尔雅的现代情感方式研琢磨砺，而变得周正规范，因此，凝眸注定要成为过去的那渐渐息弥的旧潮，'我的笔下将出现一片牧场'（顾城）。"[①]

达斡尔作家昳岚的小说《太阳雪》以一个来自草原的老人奎勒的视角对都市人的生存状态和精神世界进行打量。城市里人多如蚂蚁、空气中弥漫着刺鼻的烟味，看不到蓝天和星星的，"人们都昂着头匆忙走路，谁也不看谁的脸孔，没人看她一眼。更没人招呼。仿佛她不存在似的"；操一口流利的汉语的孙子虽然亲近但老人总感觉隔着一层什么。中年的儿子和儿媳为了生活也要整天工作无暇陪伴老人。孤独的老人只能靠上街看人看车或回家看电视剧来打发时光。城市中的人们一方面忍受着城市的拥挤，另一方面却感受着前所未有的孤独，一种身处闹市的孤独。孤独不是一种简单的心境，更多的时候，孤独感是因与社会环境隔绝而产生的。

都市是一个充斥着形形色色强烈物质诱惑的世界，身处其中的人们很难摆脱控制，对物的无止境的追求却让人们的精神普遍处于"失重"的状态。蒙古族作家乌日嘎的小说中常常写到离开草原生活于都市中的人们内心的孤独与寂寞。《城市那边是草原》中写到了草原画家哈丹人群中的"孤独"。在城里，他有着广泛的人脉，有着庞大的朋友圈，酒肉朋友可以带给他场面的喧嚣与热闹，生意伙伴表现的永远都是对孔方兄的热情，他的内心始终找寻不到平静与安宁，找不到心灵的归宿感。"我想回草原"成为他的一个情结。《独门小院》中制作民族工艺品的老斯可以忍受日子的清苦，却对城市的无根无法释怀，因而最终踏上了南下寻根之途。

黄薇小说中的主人公往往是灵魂的孤独者，他们似乎永远和周围的

---

① 黄薇：《蒙古族小说中的几点现象谈》，《民族文艺报》1991年第3期。

人隔着一层，他们无法理解别人也不苛求别人理解他们。小说《请不要让我孤独》里的林宛素就是这类人物形象的典型代表，林宛素性情孤傲、正直、有原则，是一个淡泊名利的科研人员，她的朋友、同事包括她的丈夫都无法消除她灵魂深处的孤独感和漂泊感。小说结尾处林宛素觉得"自己仿佛一个失重的什么物质，不晓得会飘到哪儿去"。

类似表达都市人个体内心的寂寞与孤独的体验在萨娜的小说《多事之秋》和《额尔古纳河的夏季》中有充分的表现。家原本应是心灵的港湾、情感的归宿地，马德利（《多事之秋》）和白津（《额尔古纳河的夏季》）选择了人性的放纵而放弃了家庭责任，从而导致夫妻间情感的背叛与信任感的消失，家成了无可挽回的伤心地带，留给女性的是受伤后的无助与迷惘。

## 三 无根的漂泊

在全球化时代，民族文化交流日益频繁的情境下，民族之间界线的模糊和民族文化的汇流已经成为大势所趋。随着社会的发展，资讯越来越发达，世代聚居在草原上的蒙古人也开始走向城市，接受现代文明的洗礼。在与城市的磨合中，曾经固有的草原心理基因一次次被消磨着，时间和环境的雕刻刀毫不留情地修饰着他们的过去，使他们在阵痛中完成了由"自然人"到"现代人"的转型。其实世界上本来就没有所谓的"自然人"，在文化这个模具面前，所谓的人性就如同水一样被模塑成各种形状。在城市文化面前，融入这个城市的蒙古人已经远远不是走出草原之前的蒙古人了，他们除了有一个"蒙古族"的代号外，无论在传统习俗，还是母族认同方面，都与"草原蒙古人"不可同日而语。应该说，在这个过程中，他们经历了彷徨、挣扎与无奈，除了那些"成功"转型者外，一些人往往挣扎在远离了固有文化和尚未接纳新文化的夹缝中，于是，在灵魂的寄托上，他们表现出来的往往是一种漂泊状态。

一部分新时期蒙古族作家就属于这样一个群体。他们或者是父辈或者是自己幼年时期就已经告别了浩瀚开阔的草原，草香奶味奔马畅饮的草原生活对他们来说更多是海市蜃楼。如作家阿城所说的一句话："一个民族的过去,是很容易被忘记的,也是不那么容易被忘记的。"① 虽然城市文明的濡染和熏陶使他们在饮食起居等生活方式上已经远离了过去的生活,但是繁华喧嚣、纷繁多变的都市生活又常常会让他们感到迷失,客居者身份的不断闪现和提醒又会让民族归属感不自觉地在他们的意识深处得以激活和强化。就像人的某个器官失去功能,另一些器官就会因此而变得格外敏锐一样,当城市蒙古人身上的显性特点式微、削弱甚至消失,他身上的隐性特点会格外强化。当这种被强化的心理因素和精神特征不能通过生活方式、风俗习惯等外在形式因素去证明自己的异质性时,民族自我寻根意识便得到了扩大和强化。

黄薇就是一个生长在北京的城市蒙古人。虽然她的生活习惯、生活方式、所使用的语言都是标准城市化的,但她却说:"我绝不承认'蒙古族'对我只是意味着几个不同的字,我又用什么去证明我是个蒙古人。我无法说清这些纠缠在我心里的情绪和感觉,它们像个阴影,时不时冒出点失去旧属的不伦不类的尴尬。如果这种现象仅是我个人也就罢了,但问题在于像我这样的人很多,而且会越来越多。我不想探究造成这种现象所有的历史的、现实的原因,也没有回天之力改变它,我只能写出缠绕其中的感受和体验,也许别人不这么看,但我确实把这种心里的苦闷和失落看作今天我们这群——城市蒙古人的民族情感和绝不同于其他民族的心理差异。"② 这段话充分体现了作家在民族身份缺失方面的焦虑,而且这种焦虑在作家的小说中也有明显的表达。虽然完全割断与母族的关系是不可能的,但如果试图穿越历史与现实的墙壁,最终将会被母族的传统和融合后的开放所撕裂,不可避免地走向一个悲剧式的命运,渴望皈依与皈依无路构成了一对无法解决的矛盾,纠缠着主人公漂泊的心灵。她的小说《血缘》中正是通过女主人公对血统与民族意识的偏执性的强调,来实现作家对少数民族后裔无根可据、孤独漂泊的精神状态的关注。女主人公的名字"无根"显然寄寓着作家的表达意图。在现代城市文明之风的沐浴下长大的无根拥有蒙汉双重血统,这种

---

① 转引自韩少功《韩少功随笔》,知识出版社1994年版,第13页。
② 转引自李晓峰《从诗意启蒙到草原生态的人文关怀》,《民族文学研究》2004年第4期。

混血儿的身份成为常常困扰她的午夜惊梦——身体被撕成两段,梦境的设置与"无根"的取名异曲同工,隐喻的是主人公在两种文化血缘的拉锯战中灵魂深处所经历的那种辗转、迷失、分裂的痛苦。无根的潜意识中血统意识强烈:"蒙古男人可以娶其他民族的女人,因为生的孩子仍是蒙古人。可蒙古姑娘却不能嫁出去,否则不仅孩子是其他民族,连姑娘也会因丈夫和孩子这双重关系而稀释了自己的血。"这种强烈的血统纯度意识使她的情爱生活充满了悖谬:她离开了自己深爱的汉族丈夫赵烨,却为了让她身上的蒙古血液更加浓稠而与自己不爱的蒙古男人宝育怀了孩子,于是她陷入了爱情与血缘的矛盾纠葛中:愈是深爱丈夫,意识深处的草原和那个巨人般高大的蒙古男人愈是牵引、折磨着她,内心的负罪感就越强。对于城市中的草原人而言,草原空间距离上的遥远恰恰对他们在心理情感上形成极强的召唤力,从而构成了现实处境与血缘想象的悖谬:身处于现代都市却厌恶都市,甚至故意凸显族属意识来呈现与都市的精神异质性;远离草原却害怕同族的疏离,甚至为了血缘的归属牺牲爱情、以肉体的结合来保证血统的纯正,从而来实现内心矛盾的调节与缓解。但事实上,他们又无法在任何一个文化圈真正"在场",无论面对的是"草原"还是"城市",他们始终无法停下漂泊的脚步。

显然,我们可以强烈感受到作者在全球化浪潮中蒙古族文化不断消解的语境中产生的一种焦虑和无奈,以及对自己无以表现和证明自己民族身份的惶惑和失落感。魏占龙曾评价黄薇的小说《血缘》《冬天的风》等作品:"都有一个共同的主题,那就是表现古老的草原文明向现代文明演进的过程中,在两个民族文化不断交往、融合的状态下,主人公对于自身血脉里的那种原始文明精神的失落的痛苦以及寻找皈依的过程里自身内部处于的悖逆、矛盾的两难处境。"[①]

这种无根的漂泊感在《蚁群》(肖龙)主人公达奔那身上表现得同样异常强烈。达奔那大学毕业后离开了生养自己的大黑山而定居在现代化的大都市,生活表面上看来过得春风得意。有自己的公司,有温柔能干的妻子,还有岳父雄厚的财力支持。但他却常常觉得生活索然无味、

---

① 魏占龙:《走出历史的轮回》,《民族文学》1992 年第 6 期。

若有所失、缺少激情。作者有意凸显的是达奔那无根的惶恐与不安。故乡意味着人类童年的记忆、情感与心灵的港湾，达奔那百无聊赖的情绪和远离草原家乡有着不可分割的关系。后来他在昭君酒吧（仿蒙古包的建筑）里"体会到了一种久违了的草原的感觉和家的味道"，猎人家族坚韧、勇敢、强悍的东西在体内渐渐复苏，那晚的达奔那不仅仗义出手为受客人骚扰的女服务员解围，而且好久不再有的激情和性欲也重新找回来了。但我们也忧虑地看到，达奔那的满血复活依赖的不过是一种假象（昭君酒吧仿蒙古包的建筑），现代化的复制与模仿物为他注入的强心剂又能维持多久？

而"出城"是否就意味着灵魂的安置与平静呢？昳岚的《太阳雪》的深刻之处在于将奎勒老人出城后愿望落空的无奈、无"家"可归的悲哀淋漓尽致地表现出来。当远离了城市的喧闹与污浊，奎勒老人满怀向往之情回归故乡时，却痛心地发现故乡已经变了模样。村里因大规模的搬迁已经人烟寥落，曾经高大、充满温馨的老屋已破败不堪，冬夜里熟皮子的嘎吱嘎吱的声音、炕上蒸腾着的晾稷子的潮热气浪、院子里老狗、奶牛和牛犊子的亲昵情景……这些往日时光只能在老人的回忆中重现，她再也找不到家的概念了。城市是那样的面目冷漠，乡村也在现代文明冲击下失去了原有的纯朴与温情。"还乡无路"的悲哀呈现的是现代化进程中人类精神迷失之痛。

城里的草原人想念草原，而草原上的年轻人却对城市文明充满了向往。相对于牧民重复单调、简单原始的生活样态，城市充满了刺激、新鲜与冒险的味道。城市文明以其五光十色的物质世界与充满速度与变化的多样面孔诱惑着年轻人不安分的灵魂。于是"走出去"的强烈愿望使他们成为"追梦人"。默尔特夫的《牧村》中，女孩子杜特在失踪半个月后突然回到家中，不顾父母的极力阻拦，以"被强奸"为由离乡入城，其表情的淡然与语气的平静让人觉得这只是一个离开的借口；作者的另一篇小说《大草原》中的女主人公乌云格甚至为了进入城里的美容院不惜自投罗网、以身相许。可意味深长的是，两位女孩子最终都又悄然回到了草原：在草原上第一场雪飘落的时候，杜特怀着身孕站在家门口哭求入门，而乌云格也在经历了W城和北京的生活后，"神不知鬼不觉回到了花塔拉草原"；而希哥在送别另一个誓死要进城的人——

额时，"眼睛里分明出现了水一样的东西"。在城市与草原的某个盲点上漂泊，这一切让"进城"与"出城"带上了许多难以言说的沉重与悲凉。如此"进城"与"出城"的故事是否也让我们体会到了钱锺书《围城》中所揭示的人生的悖谬与虚无？

城市化进程中，草原人的进城与出城包孕着复杂的情感纠葛：既欣喜于自我的新变，又满含着失去自我的焦虑。这是当前随着民族壁垒打破、民族交往加深时，每一个民族都面临的问题。在这个问题上，内蒙古少数民族作家对他们精神生态的关注与探微，表现出知识分子的精英意识。

## 第四节 危机寻根：对现代性的反思

生态危机最直接的体现是人与自然关系的紧张，生态危机内在层面的根源在于现代人信仰价值的危机。安东尼·吉登斯指出："粗略一看，我们今天所面对的生态危险似乎与前现代时期所遭遇的自然灾害相类似。然而，一比较差异就非常明显了。生态威胁是社会地组织起来的结果，是通过工业主义对物质世界的影响得以构筑起来的。它们就是我所说的由于现代性的到来而引入的一种新的风险景象（risk profile）。"[①]此语触摸到了生态危机发生的深层文化机理。

"现代性"是充满开放性和意义缠绕性的话题，迄今为止，对现代性的认知和阐释呈现出多重维度。从历史学角度而言，现代性是相对于传统的一种变异与断裂；从社会学角度而言，现代性指工业革命和法国大革命之后西方世界建立起来的资本主义政治经济和社会制度体系，表现为工业化的大生产和公共权力的民主化和契约化；从心理学角度讲，现代性乃是现代人对现代（时间意义上）变异的种种体验和认同；从文学角度讲，现代性则指由19世纪末20世纪初一个特定文学艺术流派"现代主义"扩大为泛指所有精神文化生产领域的现代概念；哲学意义上的现代性指的是现代人主体性的获得以及相应的功利性追求。"现代性"内涵多重解释的可能性的存在，揭示出现代性意义的宽泛与复杂

---

① ［英］安东尼·吉登斯：《现代性的后果》，田禾译，译林出版社2000年版，第96页。

性，但借此也形成了对现代性内涵维度的几点共识：主体性的张扬、工业化扩张模式、传统的异质性……笛卡儿的"我思故我在"，强调主体人的地位；康德"理性启蒙"的提出为的是用人类的理性重构人与世界的关系，霍克海默认为人的"社会主动性"是人类获得解放的主要动力，哈马贝斯提出"生活世界的理性化"以及利奥塔的"宏大叙事"等，都是从不同的视阈出发来阐释现代性的多重精神维度：主体性、自我意识、理性、启蒙、自由等。面对与现代性发展结伴而来的自然恶化、文化衰落、精神困厄的重重危机现状，内蒙古少数民族作家们在表达深刻忧虑的同时，也对一路高歌猛进的"现代性"给予了质疑与反思。

## 一 对人类主体性的拷问

人的主体性是现代性最为突出的本质特征。追求主体的"至高无上"、张扬人的独立精神和自由意志是现代性的精神灵魂。"所谓人的主体性首先指的是一种与前现代的以上帝为中心的意识形态模式相对立的'人类中心主义'。"[1] 20世纪60年代的美国学者蕾切尔·卡逊是第一位对人类中心主义进行质疑和批判的生态思想家和文学家。卡逊在《寂静的春天》一书中指出人类对自然肆无忌惮地竭泽而渔的行为，背后的思想主宰便是"人类中心主义"。人取代了上帝的位置成为世界的主宰，成为一切价值体系的建构者和评判人。正如普罗泰戈拉所说："人是万物的尺度，是存在者存在的尺度，也是不存在者不存在的尺度。"[2] 人是主体和价值的中心，自然万物是人类的消费品，成为人类征服、支配、改造的对象。"近代和现代生活的弊病可以直接或间接地溯源到人类中心学说和主观主义的扩张以及对思想主体的注重。"[3] 在现代性精神中，人的主体性一方面使人的自然天性得到张扬，另一方面过于膨胀的主体性意识也逐渐导致了人在自然面前的狂妄自大。人类主动切断了与自然世界的亲缘关系，把自我包装成无所不能的万物主宰，

---

[1] 隋丽：《现代性与生态审美》，学林出版社2009年版，第43页。
[2] 北京大学哲学系：《西方哲学原著选读》（上卷），商务印书馆1999年版，第54页。
[3] 汪民安：《现代性》，广西师范大学出版社2005年版，第79页。

人成为世界上孤独的绝对主体,最终导致自身与自然、社会及自我内心的疏离,因而引发了人类生存的生态家园、文化家园、精神家园的多重危机。

作为一种全球化运动的现代性,它在传统文化与现代工业文明之间构成一种对立关系,以破旧立新的精神曾许诺给人类物质与精神文化双丰收的美妙图景。然而,现代化进程在实现了预想中的物质文明急速发展的理想的同时,却发现付出的代价是不可挽回的古老的自然生态的破坏和人类精神生态的荒芜。因而对现代性的质疑与反思也成为一种全球性的文化精神。海德格尔的"诗意栖居"设想、马克思对资本主义的批判、米歇尔·福柯对理性与秩序的批判及对人的自由和尊严的倡导,马尔库塞对机械文明中人的异化的反思……现代性发展中所造成的人与环境、人与人、人与自我、甚至人与神的多个领域的矛盾与冲突,成为亟须解决的重大问题。在文学艺术界,从波德莱尔、梭伦、福克纳、卡夫卡的文学作品,甚至一直到电影《阿凡达》的问世,对现代文明的质疑始终没有停歇过。中国作为发展中的国家,经济现代化是多年来国人的梦想和追求。但现代化发展的负面效应同样也如影随形,直到21世纪初,"生态文明"理念经由国家权威意识形态领域的提出而逐渐引发普遍的重视。而来自内蒙古的少数民族作家因历史与地缘关系上的封闭自足性,面对改革开放的现代性大潮的冲击,其创作从新时期以来就表现出对家园生态的强烈关注。一方面出于对本民族经验的依恋、执着与坚守,另一方面深受家园生态日益恶化的切肤之痛,他们开始了对现代性的质疑和批判,生态文学和反思现代性主题的文学便成为重要的文学书写。

新时期以来内蒙古少数民族作家把批判的矛头指向了作为人类主体性表征之一的"人类中心主义"观念。他们痛斥人类在草原上、森林中为了满足一己私欲而大肆破坏大自然的行为。对于人类不计后果的征服行为,大自然的报复同样来势凶猛:沙尘雾霾、暴雨干旱、水土流失、动物消亡……这是以主体性自居的人类在自然面前失度失礼、忘却自省反思的代价,也是大自然对人类的无度开发所敲响的警钟。人类应该清醒地放弃对主体性中心主义的迷离幻觉,正如海德格尔所言:"存在者的整体中,我们没有丝毫的理由说恰是人们称之为人以及我们自身碰巧成为那种存在者占据着优越地位。"①

(一) 对征服自然的批判

内蒙古少数民族作家中，最早关注草原生态问题的是蒙古族作家郭雪波，他在1975年发表的处女作《高高的乌兰哈达》中充满了对不合理游牧方式的质疑，倡导人工种草，表现出了敏锐的生态洞察力。尽管作者创作当初并没有非常清晰的生态文学意识，但客观上这篇小说已经开启了作家生态小说写作的先河。之后虽然处身于现代化的都市三十多年，然而他的目光始终关注着故乡自然生态与文化生态的变化，倾情书写大漠、草原以及发生于其中的人与自然、人与动物、人与人之间的故事。在郭雪波的眼里，大漠始终是其关注的焦点，揭露与批判是其作品的主题。从早期的《沙狐》《沙灌》到后来的《大漠狼孩》《银狐》，包括近几年来的《天风》《树上人家》《腾格尔山的一只兔子》等作品莫不如此。这些作品深刻反映了人类不尊重自然而带来的恶果，当曾经的美好家园化作茫茫沙海时，人们的选择也只有背井离乡了。郭雪波在小说中一再反复咏叹着科尔沁草原失落了的历史上的美丽，现实的科尔沁面目全非、沙化严重：要么黑蒿压地、全无生气；要么狂风大作、飞沙走石。愚昧而狂妄的人类却以"人定胜天"的痴念违反自然法则破土种田，驻扎定居，掏獾洞，打沙斑鸡，伏击狐狸和狼，结果造成了草原荒漠化的局面。面对伤痕累累的故乡，作者痛彻心扉："面对苍老的父母双亲，面对日益荒漠化的故乡土地，面对狼兽绝迹、鸟兔烹尽的自然环境，我更是久久无言。我为正在消失的美丽的科尔沁草原哭泣。我为我们人类本身哭泣！"② 李·额勒斯的《圆形神话》中人物矛盾斗争的焦点也是因荒而起，在满都麦《马嘶·狗吠·人泣》《戈壁深处》等小说中死寂荒漠的出现正是人对自然规律悖逆而导致的草场退化、沙尘频发的恶果。正如恩格斯所言："我们不要过分陶醉于我们人类对自然界的胜利。对于每一次这样的胜利，自然界都对我们进行了报复。每一次胜利，在第一线都确实取得了我们预期的结果，但是在第二线和第

---

① [德]海德格尔：《形而上学导论》，熊伟、王庆节译，商务印书馆1996年版，第6页。

② 郭雪波：《大漠狼孩》，中国文联出版社2003年版，第380页。

三线却有了完全不同的、出乎预料的影响,它常常把第一个结果重新消除。"①从20世纪90年代开始,乌热尔图以其一系列的理论批判文章对现代中国"人类中心主义"的盛行给予了严厉的批判。乌热尔图在文化散文《有关1998年大水的话题》中阐述:"当我们怨恨无情的洪水之时,更应该深刻地反省我们自己,反思我们那并不光彩的过去、反思我们头脑中隐含着的愚昧的观念、反思我们一贯对大自然采取的以自我为中心的态度,还有我们那与长远利益相矛盾、相冲突的行为。"这些生态思想的阐述高举的正是对"人类中心主义"思想的批判大旗。作者认为现代社会"求发展"但并不可以"唯发展",人类对自然的索取不应该无度无节制,否则人类将面临大自然更大程度的惩罚。在《猎者的迷惘》一文中他向人们发出了诘问:"人类确实走得太远了,在海洋、陆地、森林、沼泽、草原、湖泊,在一切可插足的领域毁损其原貌,将一切可发现可占有的资源急剧地占有和消费,很少有人关注早已面目全非的大自然,是否处于难以自我调整、自我修复、濒临失衡的临界点?究竟有多少人真正关注人类的未来?"②作为作家和学者,他对所有地球生命的命运感到深深的忧虑,尖锐地指出如果人类继续狂妄自大破坏自然法则,如果人类继续走变卖资源求发展的道路,人类将与整个地球一同陷入灭顶之灾。

(二)对人类欲望的批判

著名经济学家戴利曾说:"贪得无厌的人类已经堕落了,只因受到其永不能满足的物质贪欲的诱惑……贪得无厌的人类在心理和精神方面的饥渴是不会饱足的……备受无穷贪欲的折磨,现代人的搜刮已进入误区,他们凶猛的抓挠,正在使生命赖以支持的地球方舟的循环系统——生物圈渗出血来。"③欲望一度成为人类"主体性"建构的重要维度,欲望的冲突一度被视为主体意志觉醒的标志。可是现代时期随着欲望话语核心地位的稳固和极度膨胀,"欲望"的意义更多呈现为对"事件"

---

① [德]恩格斯:《自然辩证法》,于光远等译,人民出版社1984年版,第304页。
② 乌热尔图:《猎者的迷惘》,《南方文坛》2000年第6期。
③ 戴利·汤森编:《珍惜地球——经济学、生态学、伦理学》,马杰等译,商务印书馆2001年版,第179页。

的破坏性，内蒙古少数民族作家小说中对人类欲望的否定与批判构成了其生态书写的重要维度。

老子说："罪莫大于可欲，祸莫大于不知足，咎莫大于欲得。"① 人类在物质利益的诱惑下，生命的纯真与灵光已渐渐被人性的自私、贪婪、冷漠、势利的阴影所遮蔽。"现代人征服了空间，征服了大地，征服了疾病，征服了愚昧，但是所有这些伟大的胜利都只不过在精神的熔炉里化为一滴泪水。"② 人类精神的堕落与人性的迷失腐化才是人类生活环境最大的污染源。

人类贪欲的肆意横行是草原沙化的根本原因。郭雪波小说《哭泣的沙坨子》中，写到了人们不顾草原生态在沙坨子上种瓜，为的是一斤八毛七分钱的利益，而种瓜对土地的破坏作用并不是他们所关心的对象。物质的贪欲完全掩盖了对草原脆弱性的认知。郭雪波笔下出现的一些被欲望蒙蔽了人性的人物，如胡大伦（《银狐》）、金宝、胡喇嘛、二秃子（《大漠狼孩》）、铁巴（《沙葬》）、大胡子主任（《沙狐》）等，这些人在作品中都是以草原生态的破坏者形象出现的。在他们眼中，狐和狼不再是有血有肉的活生生的生命，而只是变成了狐皮和狼皮的经济价值；大自然也不再是朝夕相伴的亲密朋友，而成为其释放贪欲和征服欲的场所。他们缺乏对生命的审美眼光，忘却了对生命共同体的心灵感受，物质欲望是其生活的指挥棒。大胡子主任用枪来回应沙狐的频频示好，铁巴对沙漠中的小动物从不放生，胡大伦导演和实施了对狐群集体灭绝的惨剧，这些生态破坏者的视野只停留在个人与家族的生活圈，目光短浅、利益至上，欲望的追求已经彻底遮蔽了其人性的微光。《沙葬》一文中，云灯喇嘛对人性之恶有着清醒的认识："人就像一群旱年蝗虫，吃完这片田地又飞往那片田地，一片一片地吃干吞净，最后啃自个儿的脚丫子。"而沙漠专家白海说："依我看呀，人们像一群蚂蚁，掏完了这块儿地，再搬到另外一块儿地去掏，全掏空拉倒。"在作家的眼中，欲望就像是从渔夫瓶子里释放出来的魔鬼，没有了理性与智慧的

---

① 老子：《道德经·第九章》，熊春锦校勘，国际文化出版公司2007年版，第15页。
② ［法］詹姆斯·乔埃斯：《文艺复兴运动的普遍意义》，《外国文学报道》1985年第6期。

约束，一旦失控，结局便是与地球一同毁灭。

满都麦小说《四耳狼与猎人》中，歪手巴拉丹因贪欲而陷入狼群的围攻，在死亡边缘遭遇四耳狼的救助，由此引发了痛苦的反思："具有同一生存环境的狼与人，为了各自的生存，都同样去侵害别的生灵。不过狼只要吃饱了肚子，就不再去贪食。可是人吃饱了肚子，还要贪得无厌地去积攒，乃至把狼的食源也杀绝荡尽，不留一丝繁殖的机会，然后还会说'狼是天敌'。看来某些极端自私和贪得无厌的文明人，在维持生态平衡方面，似乎还不如四条腿的野生的狼。"

贪欲不应当是生命中的健康存在。欲望的适度与正当构成其价值合理性的基础，也是人的欲望与动物欲望的重要区别。对欲望的呼唤，在生命原初意义上是一种积极的推进剂，人类正是由于欲望的存在才使文明得以推演、生命达到了延续。而"贪欲"则是欲望主体个人私欲的无限膨胀和对生命实现私欲的手段不加考量，贪欲的本质决定其对需要主体所产生的负面价值所在。贪欲毁灭了人类生存的家园。贪欲毁灭了人与人之间相互依存的关系，最终毁灭了人类自身。正如恩格斯所言："最卑下的利益——庸俗的贪欲、粗暴的情欲、对公共财产自私自利的掠夺——揭开了新的、文明的阶级社会；最卑鄙的手段——偷窃、暴动、欺诈、背信——毁坏了古老的没有阶级的社会制度，把它引向崩溃。"[1]

内蒙古少数民族作家在生态书写中对人类欲望的解剖与批判，充分显示出作家们已经能够穿越现代性的众声喧哗，清晰而准确地捕捉到被遮蔽了的声音——欲望的魔声，这让我想到了历史学家汤因比等人的结论："人类如果要治理污染，继续生存，那就不但不应刺激贪欲，还要抑制贪欲。"[2]

## 二 对工业化和科技文明的质疑

突飞猛进的工业化进程是现代性最为直观的外在显现形式，而日新

---

[1] 《马克思恩格斯选集》第四卷，人民出版社1995年版，第123页。
[2] [英]汤因比、[日]池田大作：《展望21世纪》，荀春生等译，国际文化出版公司1984年版，第429页。

月异的现代科学技术则是工业发展的最强有力的动力源泉。19世纪以来，工业和科学技术的飞速发展将自然裹挟到冰冷的机械结构中，人类进入技术文明主宰的模式化发展时代。但科技的发展并不一定能顺应自然规律，给人们带来幸福安康和心灵的平静。事实上，科技的高度发展，在给人类生活带来物质财富和便利条件的同时，也造成自然生态的恶化和人类心灵的荒芜。

20世纪两次世界大战使人类遭受了空前灾难，以科技创新为核心的生产力发展却意味着"自然的终结"和生态的恶化。社会心理学家弗罗姆在《占有或存在》（1976）一书里指出："人类文明是以人对自然的积极控制为滥觞的，然而这个控制到工业化时代开始就走向了极限……工业的进步强化了这样一个信念，即我们正在走向无限制的生产，因而也就是无限制的消费；我们正借助技术无所不能；借助科学日趋无所不知。我们曾想成为神，曾想成为一种强有力的生物，他能创造一个第二世界，在那个世界里，大自然只需为我们的新创造提供材料而已……技术进步不仅破坏了生态平衡，而且带来核战争的危险……可能给每一项文明，甚至可能给每一个人带来末日。"[①] 在技术主宰科学图腾的时代，原本和谐、宁静、相互关联的生命世界被贴着金属工具标签的工业文明强行进入并扰乱了秩序，对利润最大化的追求刺激着人类的自我膨胀意识，环境因素间的复杂关系被技术文明简单化地处理，人类中心主义所造成的生态整体裂变让人的心灵在孤立无援的处境中走向危机。因而，对以知识理性、科学至上为主旨的工业科技文明的反思和批判便成为现代社会自觉的生态书写。

新时期以来内蒙古少数民族作家深切感受到了工业文明对草原、森林生态自然美的强大破坏力，不少作品以历史与现实对照的画面切换与闪回来表达作家对工业发展的质疑与反思的态度。《骏马·苍狼·故乡》《到那儿去，黑马》《重耳神兔的传说》等作品对人类在草原上过度开采煤矿、破坏自然的恶虐行径进行了强烈的质疑和批判。

工业化世界的冲击毁坏了草原的诗意。满都麦笔下工业文明的足迹随处可见：现代化的交通工具摩托车、现代化的农用机械拖拉机、现代

---

[①] ［美］弗罗姆：《占有或存在》，杨慧译，国际文化出版公司1989年版，第1—2页。

化的家用电器太阳能发电机、电视机已经介入草原牧民的生活,给他们的生活带来了舒适与便利。但作者更关注的是工业化进程对草原原有诗意美和自然美的损毁。《老苍头》中满山遍野均匀插满的红白分明的"小花旗"不仅是开凿矿山的标志,更像一把把利剑斩断了老苍头和坐禅法师用一生的智慧和心血守护的家园。他们的消失是对草原诗意的殉葬与皈依,也是对现代化工业文明的质疑与反抗。

  草原地下丰富的矿藏也为草原带来了灭顶之灾,每一次矿藏的发现和开采都使青青绿草披上了黑色的丧袍。希儒加措在《风骨》里写到了巴彦吉如和的青山绿林在现代化能源开发中遍体鳞伤的惨状:青青山头被豁开,东面挖铅锌矿、西南挤石油,树木被砍去,神山变秃子。现代工业科技成为人类实现财富欲望的帮凶和工具,最终毁掉了巴彦吉如和原本长着郁郁葱葱的自然之美。工业文明的入侵越来越让人们看到草原牧人真实、自然、纯朴、热情、自由的精神是如此的难能可贵,而随着草原以惊人的速度迅速缩减退化,工业文明所带来的自私、贪婪、冷漠、虚伪也在悄然侵蚀着草原文明,也许真的会有那么一天,草原和草原文化成了真正意义上的"遗产",我们再也找不到一块草原来净化我们的心灵。

  城市是工业和科技文明的集中展台,城市工业文明对自然的巨大改造和城市工业生产带来的各种环境问题,使城市成为现实生态危机境况下的一个重要意象。韩少功说:"城市是人造品的巨量堆积,是一些钢铁、水泥和塑料的构造。标准的城市生活是一种昼夜被电灯操纵、季节被空调控制、山水正在进入画框和阳台盆景的生活,也就是说是一种越来越远离自然的生活。"[1] 蒙古族作家格日勒其木格·黑鹤在其作品《魅影》中,对工业化阴影渐趋渐近的北方小城有着这样的描写:"粗大的树木被履带推土机推到一边,折断的树根在阳光下白得耀眼。那是一条将要修到森林深处的公路。在现代化的机械面前,森林显得如此脆弱。"表现出他对工业化破坏自然美和人与动物诗意生存的深深忧思。黑鹤在《驯鹿之国》中借芭拉杰依老人之口坚决对城市文明进行了否定:"孩子,你已经去过山下的城市了,那里有那么多的好东西呀。但

---

[1] 韩少功:《遥远的自然》,百花文艺出版社2003年版,第1页。

你试着看了城市里的树了吗，它们已经被叹息压弯了腰。……孩子，你没有看到城市里的人太累了吗？城市中的人心上都是皱纹啊。"因为对城市工业文明和科技主导下的流水线生活的厌恶，芭拉杰依坚定地留在了森林里。

利奥波德在《野生动物管理》一书里分析说："两个世纪的'进步'给多数市民带来了一个选举权，一辆福特，一个银行账户，以及一种对自己的高度评价；但是，却没有带给人们在稠密居住的同时不污染、不掠夺自然的能力，而是否具备这种能力才是检验人是否文明的真正标准。"[1] 工业科技的发展在总体进程上无疑标识着人类的进步，退回到蒙昧时代人类与自然的低层和谐显然是不现实和不理智的。但人类发展的最终指向，是要不断地调整人类与自然的关系，在工业科技发展中追求低物质能量运转的高层次的生活，最终走向理想中生命的和美。

## 三 现代性语境下民族身份的建构

新时期以来，现代性社会文化思潮以其不可抗拒的力量席卷而来，与经济全球化的浪潮结伴而来的是文化的全球化。多元文化之间的碰撞与交融、交流与冲突必然冲击影响到地处边缘相对封闭自足的少数民族地区。一方面，现代工业文明带来的物质与科技成果极大地改善了少数民族地区的生活生产条件；另一方面，现代性的"模式化""趋同性"文化理念又必然与民族文化的"独特性"内在本质形成难以消弭的矛盾冲突，从而导致了现代性语境下民族文化的生存困境和焦虑存在。"现代性总是试图将所有的异质文明，包括民族性纳入其带有西方化色彩的文化版图，甚至企图淘汰和湮灭弱势文化和民族特性，实现全球文化共同想象体的构建，即赛义德所说的建构一种文化霸权和'文化帝国主义'，而民族性则在现代性发生的过程中，始终处于无法完全接纳却又不断自我矫正的被迫性演变当中，由此形成了所谓的'文化滞差'——现代性的理性启蒙还未完成，但现代性内部的文化弊端，诸如人沦为理性奴隶、技术奴隶、感性异化等，则在民族性的文化自守中得

---

[1] Aldo Leopold, *Game Management Charles Scribner's Sona*. 1933, New York, p. 423.

到退守式的补充,最终造就了现代性与民族性之间既有内在统一又不可能同位的不一致关系。"① 现代性的入侵与同化在显性层面上表现为对少数民族生存家园的生态环境的破坏,在隐性层面上便是对少数民族文化传统历史之链的拆裂以及对传统社会人与自然和谐一体圆融状态的摧毁。

内蒙古地处祖国的北疆,从历史传统华夏中心主义文化观看来,处于北部边地多民族格局中的"四夷"位所。新时期以来,现代化、都市化进程以摧枯拉朽之势从我国中东部地区席卷而来,以强劲的"外迫性"力量对北部边地的民族地区文化形成冲击与挤压、甚至"同化"的趋势。面对"现代性和民族性"这一对纠结不清的文化难题,少数民族作家在对民族文化现状表达深切关注的同时,更多地思考着如何以民族文化身份的抉择和建构来缓解、释放和解决文化主体的焦虑。

在民族学领域,文化身份是族群或个体的自我界定,也可以理解为是文化认同。是指社会成员对自己民族归属的自觉认知和感情依附,强调的是个人与群体或者群体与群体之间的血缘渊源或文化认同,即对本民族价值观念、行为规范文化传统的归属感。新中国成立之后的 17 年时期,内蒙古少数民族作家如玛拉沁夫、扎拉嘎胡、敖德斯尔等人的创作深受国家意识形态的影响,以强烈的共和国公民意识与主流汉族作家一起完成国家共同体的认知与凝聚,呈现的是"政治文化"的书写状态,而本民族文化意识是沉潜的;进入新时期后,内蒙古一批少数民族作家体崛起,郭雪波、哈斯乌拉、满都麦、白雪林、甫澜涛、海泉、黄薇等作家创作了一批草原文化气息浓郁的小说,在对民族历史文化和族属特质的书写中,来传达对草原民族迁徙演变历史的群体性记忆,以及传统文化遭遇社会转型所呈现出的尴尬、裂变与困惑。文化觉醒的意识强烈,表明内蒙古少数民族作家已经具备了主体的自觉性,逐步由民族自我意识的确立而转向民族文化身份的认同。

(一) 抗拒与守护

面对现代化蔓延的北部边地,部分少数民族作家面对现代化的"文

---

① 金春平:《现代性语境下民族文化焦虑的生成与消解》,《华中科技大学学报》2012 年第 4 期。

化趋同",出于对民族特色文化的保护意识,他们的第一反应是抵触和抗拒。这是因为他们认识到"在全球化境遇下,多元文化之间的冲击必然会带来文化认同的危机,民族精神与文化认同感、生存归属感是密切相关的,如果一个民族的生存归属感被削弱了,那么民族精神也被消磨了"[1]。简言之,越是被迫卷入文化同化,民族本位意识越是强烈。蒙古族作家对现代性的反思是借助于游牧文明渐行渐远的背影而展开的。在情节模式上,草原上的马嘶、草香、情暖、意诚已经成为往日记忆,现代化的机械装置和家电装备如空调、电视、冰箱、摩托车在今日牧民家闪亮登场。工业文明在物质生活上带给牧民们舒适便捷高效生活的同时,也在生活理念、伦理道德、精神追求方面带来了强烈的冲击波。功利主义、效率至上、物质利益等商品经济观念正以强劲的力量在松动着游牧民族曾有的内宇宙的集体认同。在强势文化的步步紧逼之下,传统的民族美德却在悄然谢幕。当大多数人欣然沉醉在现代化的声光电色中时,作为民族文化精神代表的作家以文本中呈现的受挫的情感体验、忧伤的挽歌气息和蔓延的悲剧美感来表达对现代性的忧心忡忡。当然,作家们不是历史复古主义者,而是以对传统民族文化的守护和缅怀来传达出对现代社会"唯经济发展观"的怀疑和不安。在现代化席卷世界的潮流中,每个民族和地区不应该盲目跟风,不应该简单套用发展模式,而是应根据自身历史特点作出相应的调适。正如著名人类学家费孝通所言:"若不把这种进化的趋势视作是上帝的主义,或不可追问的自然铁则,我们不妨在此探究一下何以有这趋势产生?何以有时候,有地方,这种趋势非但不存在,而且有相反的趋势产生?"[2]蒙古族作家阿云嘎以"落日"与"晚霞"的余晖之美来表达对渐进消失的民族文化的不舍之情,海勒根那不倦"追寻者"的姿态寻找着梦想中的天堂草原——文化与民族的根;乌热尔图以"鄂温克文化守灵人"的身份出现来对现代工业文明冲击下逐渐逝去的狩猎文化唱一首挽歌。作为弱小民族文化的代言人,乌热尔图坚守鄂温克文化血统的纯正,坚持民族文化"自

---

[1] 吴兰丽、潘斌:《"全球化与民族精神"国际学术研讨会纪要》,《华中科技大学学报》(社会科学版) 2004 年第 5 期。

[2] 费孝通:《文化与文化自觉》,群言出版社 2007 年版,第 8 页。

我阐释权"的不可剥夺，激烈拒绝对母族文化的猎奇和盗用。《雪》一文叙述者以阅尽沧桑的眼睛、以民族主体身份的视角去审视"外来人"浅薄滑稽的审美表演："有人真舍得时间，特地从城里赶来，像发现什么宝贝，在那花掉好些好些币子搭起来的鹿圈外面转，还有人干脆像鹿似的钻到里面，瞅冷子搂住一头挣来挣去的小鹿崽儿，使照相机咔嚓咔嚓乱照。那些没见过林子，没瞅过动物的城里人，真没见识。"面对现代旅游文化中鄂温克文化被"切割采样""改头换面的占用"的现实，作家也同样表达了不满和愤怒：死气沉沉的实物陈列室、东拼西凑的狩猎用具、三流工匠的仿制品、装模作样的民俗表演……古老的狩猎文化被庸俗的时尚旅游产品替代，这是真正的鄂温克人心底的悲哀。

作家们深知民族文化的那点脆弱的美好在战车隆隆的现代化进程中无异于以卵击石，这种强弱博弈的结果总是归于无奈和臣服，以文学想象的诗意之笔回顾过去、描摹现在、想象未来可能是作家表达留恋的唯一方式，因而作品中总是弥漫着一种挥之不去的宿命的悲剧色彩。这类作家质疑的就是"发展至上"的现代工业神话，他们力图以多样化、地方性、民族风来形成与现代化的模式化、同质性和霸权主义的对抗，应该说他们的创作提供了对现代性较为深刻成熟的反思文本。

(二) 反思与超越

面对不可抗拒的现代化文化浪潮，内蒙古少数民族作家中的一部分作家在其生态小说创作中试图做出理性辨析与选择。他们没有一味地沉溺于民族性与现代性的内在悖论或对抗的旋涡，而是在对现代性反思的基础上实现超越，构建人性、生命、精神等普遍性的文学命题，以实现民族性和世界性、本土性和人类性、独特性与普泛性等方面的开掘融通。既要体现本民族文化的独特性，也要得到非本民族的价值认同，从而体现了"越是民族的，越是世界的"这一文学法则。

蒙古族作家满都麦的名字虽然鲜有在中国当代生态小说作家的名单里出现，但他创作的几乎全部是关于受伤的草原的故事。他的作品不仅表现自然生态的恶化，而且也关注民族文化的传承，更有在哲学意义上的对人类诗性存在意义的思考，他的生态理念在生态文学中达到了相当的高度。"一般地说，满都麦的生态理念是超越于现代和后现代话语的……满都麦不仅控诉人类对于草原、对于生态的一系列破坏行径及其贪婪与无知,尤其是在探求民族和人类前景的同时进行着不同凡响的思辨:由于无视生态和环境本身的神性,肆意破坏,恣肆妄为,生存环境遭到严重破坏的同时,自身道德体系和良知体系也遭到异乎寻常的践踏,人类将不仅被驱逐出诗意的国度,而且必将遭到报应,来自神秘和神性的报应。"[1] 他的作品中没有回避工业文明对草原蒙古族传统生活的冲击,也有着对蒙古族文化近代以来渐渐式微的感慨,但他的小说主旨并没有仅仅停留在对外来文化的拒斥和对民族本位的文化的强调,而是超越现实与历史的层面在人性生命、道德良知、生存诗意等形而上的层面进行建构。

首先,满都麦的小说对于人性的考量是基于对原始生命力和原欲冲动的充分认同。

《圣火》中女孩对英雄巴特尔雄性魅力的爱慕感、冲动感与被土匪喇嘛奸污的羞耻感、恶心感的对比充分说明了蒙古民族对于原欲生命美的礼赞和肯定,他们价值体系中的人性是重视自然感受和肉体快乐的,纯粹的原欲不是封建礼教中宣扬的罪恶和耻辱的恶行,而是充满了欢乐和圣洁的生命仪式。

其次,满都麦小说对于道德良知的建构是基于人类自我审视的理性意识。

《碧野深处》中,纳吉德由执意要追杀一头受伤的黄羊到不惜牺牲自己去护卫黄羊的生命,这是纳吉德作为人的良知的觉醒和复苏。在与狼的对峙中,他对自己和整个人类做了理性的审视:"哦,任何其他动物并无两样,对于自己只有一次的生命,都是如此地眷恋不舍。刚才它只怕我,拼命地向前蹿;现在更怕狼,惊恐不已地企图逃命。对于它,我和狼都是一样的。只不过刚才是一只狼,现在是两只狼罢了。怎么?我竟跟狼同流合污,变成了狼的同类?……他因意识到这一点而不寒而栗,毛骨悚然。他的脑袋嗡地沉了下去。他发现自己已经不是什么男子汉了,而是一个卑劣的屠夫和刽子手。"良知和爱是蒙古民族的立身之本。在满都麦的笔下,人类对自我的规约不是靠外来文明的立法,而是

---

[1] 马明奎:《试论满都麦小说传统重建理路中的生态美学意义》,《民族文学研究》2004年第4期。

蒙古民族自我的道德自律和良知内诉。这时的纳吉德已经成了一个回复了良知、信义和道德的人。

再次，满都麦小说追求的生存诗意是一种人与自然生命关联、人与世界爱意回报的神性与智性的感悟。

这是一种共构生命、同居世界的认同感和慈悲心，一种超越利益纷争与恩怨情仇的亲睦和平的爱的宣言。这种生存诗意说到底是一种无穷思爱和上善若水。爱的撒播和人性向善的回归是人类救赎的唯一通道。爱与善二者在深层次上是同一的，爱源于善良的人性，善构建起弥漫世界的爱。小说《瑞兆之源》可以说是爱的宣言和纲领。老额吉苏布达用她羸弱的身躯和博大的爱心饲养牧民们走失了的牲口，关爱孤苦无依的老姊妹。"瑞兆之源"是人类生存的生命之源、爱之源、希望之源。苏布达老人不计任何报酬地做着善事。这种善是博大而平凡的，它不同于佛家的善，佛家的善实际上隐含着来世的功利性，而苏布达老人则完全剔除了势力倾轧和利害得失，成为一种巨大无边的生命关怀和道义承担，是一种神性领悟、一种诗意情怀、一种人性的博大和完美。《马嘶·狗吠·人泣》描写了人对自然之爱；《人与狼》充满了大自然的生灵——狼与狼之间的爱。当爱弥撒于人间，心灵向善回归之后，生命会获得灵魂的安妥。在这个意义上，满都麦的小说所思考的命题已经不再是民族本位主义文化，而是人类普遍意义的终极关怀；不再是民族生存现实问题，而是人类拯救的形而上沉思。因而满都麦表达的是一种爱意点燃和诗性生发基础上的人类心理和灵魂的生态化。

蒙古族著名生态文学家郭雪波也曾说过："创作生态环境文学，作家需要思考的不仅仅是自己家乡的环境恶化问题，而是需要反思整个人类的生存意识和状态，人类与自然的关系。"[①] 他几十年来用自己手中的笔把蒙古草原生态的恶化展现在人们的面前，不断批判人类的错误生存方式，呼吁人类要重拾遗弃了的信仰和对自然的敬畏之心。《银狐》为我们展现了科尔沁草原沙地动人的异域奇观以及萨满教的宗教和历史底蕴，呈现出现代人利益至上的"现代性"追求中人性的迷失和找寻。正如著名作家王蒙对《银狐》一书所作的推荐语："越是现代性越是需

---

① 郭雪波：《生态环境文学不应当是边缘》，《光明日报》2001年12月22日，第2版。

要郭雪波，需要他把我们带进另一个世界中去，更纯朴，更粗犷，更困惑，更浪漫，更有想象力，也更温柔。"[1]

在现代文明前行的过程中，少数民族作家对民族文化身份的选择与建构，本身就是对现代性与民族性复杂关系的思考与纾解。对于内蒙古少数民族作家来说，如何在保持本民族的文学特色的基础上对北方游牧文化做深度开掘，但又不能因为过度强调民族独特性而陷入狭隘的民族主义窠臼，这是一个亟待解决的时代问题。笔者认为，"折中"型的身份建构似乎是一条可行的途径，即将富有民族特色的意象和文化符号在文化多元语境中加以呈现，以凸显民族文学的美学魅力。在深入挖掘民族文化资源中所蕴含的生态思想的同时触及人性、生命、精神、灵魂的观照这类普世性的人类文化命题，将本民族文化发展的路径探索与人类生存意义的终极命题思考相结合，构建共同的文化和价值认同，只有这样才可以让民族生态文学在普遍的文化意义和人类学价值方面与世界文学进行对话和交流。

---

[1] 郭雪波：《银狐》，漓江出版社2006年版，封底。

# 第三章　新时期内蒙古少数民族作家小说的生态救赎之途

人类社会的发展是必然的，但生态危机却不应该是发展的必然，人类的发展让自身陷入越来越多的矛盾危机中：自然环境恶化、民族文化衰落、精神状态困厄。这些现实促使我们思考现代化发展的合理性与可行性，并在人与自然关系的调整、历史与现实关系的续接、人类如何诗意栖居等方面展开苦苦的追问与探索。正如卢梭所说："大自然向我提供一幅和谐融洽的图像，人所呈现的景象却是混乱和困惑！自然要素之中充满谐调，而人类却在杂乱无章中生活。动物是幸福的，惟其君王很悲惨。啊！智慧，你的法则在哪里？"① 为处于危机的世界写作，作家们需要战胜与自然、与传统、与自身分裂的痛苦，胸怀对和谐世界的渴望，承担起拯救苦痛灵魂的重任。新时期以来的内蒙古少数民族作家并未局限于生存困境的客观呈现，而是怀着文人的高度责任感，以文学方式回应了这个时代问题，从现实、文化、哲学等多个层面来探索对生态危机的救赎之路，以期引领人类走出发展与生态的二律背反的困境。

## 第一节　自然神性的重塑

自然是一个完整的生态系统，是各种生命诞生、成长、繁衍和死亡的舞台，是整个地球生态系统的核心。从具象来看，自然中的每一种物象和生命景观，又是我们人类生命的参照，是人类生活的近邻和伙伴，不受制于物和某种中心或霸权之下的纯然，关乎每个生命存在的价值、

---

① 转引自［德］狄特富尔特等编《哲人小语　人与自然》，周美琪译，生活·读书·新知三联书店1993年版，第157页。

尊严和意义。对生态文学的写作而言，自然写作一直是一个重要的向度。生态文学倡导人类的双耳应该能够听得到自然的声音，人类的心灵应该学会与自然的交流对话，人类充满关爱的目光应该扩展到人类以外的自然生命万物身上。换言之，自然万物应该成为生态文学的主角。

然而，伴随着人类文明从原始文明、农业文明、工业文明到如今的生态文明倡导的历史演进，人与自然的关系也相应地经历了从依赖、敬畏、征服到和谐共生的关系变迁与调整，在某种意义上，人类文明演进的历史就是人与自然关系变迁的历史。反映到文学创作中，自然在文学中的地位与命运也经历了从"附魅""祛魅"到"返魅"的沧桑巨变。在人类的原始蒙昧时期，人类生存的衣食住行完全依赖于自然的提供与恩赐，人类自我意识混沌未醒，自然在人类眼中是神圣和令人崇敬的。所谓"魅"，就是赋予自然现象以神异的色彩，即"万物有灵"。远古的神话"魅色十足"，自然神几乎都居于主导地位。如古希腊的太阳神、海神、大地女神、森林女神……基本上说，在传统的民间社会里，自然力经常被想象、塑造成为神；这些由人类创造出来的、又"异化"到人类对立面的"神"给予人类许多的压力和庇护。当时的人类对自然感情复杂：既感激敬畏又满怀恐惧和渴望征服的梦想，这种矛盾的感情也是早期人类生态意识的表达。这也是自然在文学中的"附魅"阶段。18世纪以来，人类大踏步地迈入工业文明，人类的机械论自然观的形成增强了人类主宰自然、征服自然的野心，自然成为人类意志的演练场，而且还要承受人类文明发展带来的一切负面后果，比如环境污染、资源枯竭等。这一时期被称作"祛魅"时期。"祛魅"（Disenchantment）一词源于马克斯·韦伯所说的"世界的祛魅"[①]，通俗地讲，"祛魅"是指对神秘性、神圣性、魅惑力的消解，"祛魅"自然即人类在科技与知识的武装下以理性精神解构自然的神性与魔力，以自由的意志重新认识和安排世界。而文学领域中，随着文艺复兴运动和启蒙思潮的深入，自然的神秘面纱被揭开了，自然在人类眼中的神圣光辉渐渐淡去。然而现代性的世界"祛魅"同样是一把双刃剑，它在最大限度地

---

[①] [德] 马克斯·韦伯：《社会科学方法论》，杨富斌译，华夏出版社1999年版，第27页。

发挥着人的本质力量的同时,也带来了新的危机。后现代主义者大卫·雷·格里芬指出:"'世界的祛魅'所产生的另一个后果是人与自然的那种亲切感的丧失,同自然的交流之中带来的意义和满足感的丧失。"①处于"祛魅"精神烛照下的自然世界,其原初的神秘感与神圣性已经被逐出了理性的视野。人离自然越来越远,人与自然之间的审美联系早就在欲望的统治、征服、占有的沟壑中被渐渐遗忘,人们由此也失落了对大自然的谦逊与敬畏的情怀。如舍勒所说:"世界不再是真实的、有机的家园,而是冷静计算的对象和工作进取的对象,世界不再是爱和冥想的对象,而是计算和工作的对象。"② 一旦从感官和心灵上失去了自然的母体依托,人类的力量即使再强大也无法摆脱"高处不胜寒"的孤独,最终导致现代社会成为一个物质丰富、精神残缺的畸形社会形态。因而修正人类对待自然的错误,为自然"复魅"——重塑自然的神性,就成为新的文化语境下生态文学创作的责任和义务。人类要继续生存,就必须重新燃起对自然之神圣伟大的信仰。

当代生态理论家大卫·雷·格里芬以强调人与物、物与物、整个自然、宇宙间有机联系的内在整体论来对抗现代性的机械论世界观,认可宇宙万物间多元性、差异性、自由性以及神秘性的存在,主张为自然"复魅",实现由自然的人化向自然的自然化的转变,以求得人与自然的和谐相处。所谓"'自然的复魅'不是回到远古落后的神话时代,而是对主客二分思维模式统治下迷信于人的理性能力无往而不胜的一种突破。主要针对科技时代工具理性对人的认识能力的过度夸张,对大自然的伟大神奇魅力的完全抹杀,从而主张一定程度的恢复大自然的神奇性、神圣性和潜在的审美性"③。在"祛魅"的世界中,现代性的偏执将事实与价值推向绝对二分的极致。工具理性将自然世界看作可以精密计算和分析的对象,而将人类的精神内容放逐。显然,与工业革命"祛魅"完全对立的格里芬的"复魅"说,强调的是对自然神秘性与敬畏

---

① [美]大卫·雷·格里芬:《后现代精神》,王成兵译,中央编译出版社2005年版,第220页。

② [德]马克斯·舍勒:《死与永生》,刘小枫《现代性社会理论绪论》,上海三联书店1998年版,第20页。

③ 曾繁仁:《当前生态美学研究中的几个重要问题》,《江苏社会科学》2004年第2期。

感的恢复。自然作为一个统一的有机整体的形象出现在后现代的生态伦理学视阈中，它既不应该是人类生存与发展的原料基地，也不应是木然无灵性的一片荒原，而应是一处给人类提供精神庇护与灵魂栖息的温暖家园。法国当代生态学家塞尔日·莫斯科维奇在《还自然之魅：对生态运动的思考》一书中谈到，人类自近代以来对自然界的非公平对待，引起了自然界的愤怒反抗，自然界悲怆地用滚过大地之躯的各种灾难提醒人类它们依然存在。他肯定地指出，"自然问题"是 21 世纪的"世纪问题"，21 世纪人类的良知和公平将以"还自然之魅"为己任。"自然的魅力来自生命的魅力。当我们努力捍卫自然时，我们也在试图拯救生命。"① 自然是人类生存的依据和最终的归宿，它的生机与活力直接影响到所有生命体的存亡，人的集体无意识的深处有着对自然的最亲密、最原初、最直接的情感。人类只有挣脱现代物欲利益链条对自我心灵的束缚，恢复人类意识深处对自然的最亲密、最原初、最直接的情感，重新赋予自然主体以生命的血肉，在人与自然万物的性灵沟通与精神互动中找回失落已久的灵魂的自在生成之美。

传统的文学理论一般将"人物、情节、环境"定义为小说的铁三角，自然环境往往以次要的身份出场，或成为故事发生的场景，或成为人物心境的衬托或情绪外化的载体，或承担隐喻与象征的功能。生态文学的环境想象中，自然由"幕后"走向了"前台"。生态批评家劳伦斯·布伊尔在论述环境倾向的文本构成时指出："非人类的环境不仅仅是作为背景工具再现的，而是作为一种在场再现，表明人类的历史是镶嵌在自然史之中。"② 在生命中心主义的视野中，自然由幕后走向了前台，如同活跃在小说中的人物一样，成为有生命、有灵魂、有独立性格和主动性的审美对象。

正是基于现代性"祛魅"所致的生态破坏恶果的考虑，"复魅"自然——重拾自然的神性便成为新时期内蒙古少数民族作家现实层面生态

---

① [法]塞尔日·莫斯科维奇：《还自然之魅：对生态运动的思考》，生活·读书·新知三联书店 2005 年版，第 87 页。

② Lawrenee Buell, The Environmental Imagination: Thoreau, Natrual Writing and the Rormation of American Culture, Harvard University Press, 1995, p.7, 转引自宋丽丽《生态批评：向自然延伸的文学批评视野》，《江苏大学学报》（社会科学版）2006 年第 1 期。

救赎的集中努力。即重新恢复大自然的魔力、威力和魅力，确定自然万物的价值、尊严与生命意义，从而重新唤醒人类对自我之外广阔世界的谦逊和敬畏情怀。

## 一 自然本真的还原再现

即还原自然独立自在的生命景观，恢复自然主体性地位。作家不再一厢情愿地去为自然戴上渲染烘托或象征隐喻的面具，而是以恭敬的态度邀请自然本色出场——努力呈示大自然原生态的浑朴与粗粝以及自由自在的本性。新时期以来，内蒙古少数民族作家在自然生态的书写中呈现出一些新的叙述策略：草原牛羊、瀚海戈壁、大漠驼铃、高山森林、干旱奇寒等自然景观，已经全然摆脱了过去的草原风貌的标识或情感心理的寄托的辅助功能，而一跃成为作品的表现对象与审美主体。作家的想象和描摹带给我们的是一种全新的审美体验和生存远景，大自然那无比瑰奇的自在原始样貌，具有了灵魂、性格、意志和力量，得以"复魅"，氤氲着浓烈的神秘，慑服人的心灵。这种叙述策略主要从两个层面展开。

（一）凸显自然的神秘、狞厉、伟力、不可侵犯的一面

草原文明、森林文化、高原雪域文明等是我国少数民族地区在社会历史进程中形成的独特的文化样态，长期在自然怀抱中的感受、领悟、分享与体验，使人们的生命记忆、生存智慧与自然生态息息相关。敬畏自然、感恩生命的意识主导下，对自然的文学表达也便充满了神圣的敬意。在他们的笔下，大自然展露其庄严、肃穆、雄伟、神奇的原始的巨大力量。内蒙古少数民族作家小说中的大自然景观如戈壁、荒林、大漠、风暴、白灾……很多时候带给我们的是震撼的体验："所有一切极至的存在，包括极至的美、极至的静谧、极至的荒芜、极至的广袤，带给人们感官刺激之余引发的是身临其境者对于终极问题的思考。"[①] 面对大自然的如此声威，与自然有着一种异于常人的亲和力和感受力的少数民族，只会感到人类的渺小与脆弱，只会生发出来自心底的敬畏与叹

---

① 吕豪爽：《文化超越与审美创新——中国新时期少数民族小说精品论》，博士学位论文，山东师范大学，2007年。

服甚至还有恐惧。大自然以其无法洞悉的神奇与威力征服着人类的心灵。内蒙古少数民族作家的小说对此进行了真切的传达。

出生于科尔沁的郭雪波被称为"大漠之子",有着丰富的蒙古草原和沙地生活体验,他以如椽之笔穷尽了大漠的多副面孔:狰狞与美丽、暴烈与温情、单调与炫目。沙暴袭来时天地变色,生命遭遇万劫不复的摧残;沉寂下来的大漠却又是变得像做错了事的淘气孩子一样,温顺、安静、听候大人发落;烈日下的大漠死气沉沉、了无生机;暴雨下的大漠狰狞恐怖、张牙舞爪;黑夜中的大漠却又幽深、神秘而不可捉摸……还有郭雪波笔下多次出现的漠北莽古斯大漠(莽古斯,意即魔鬼之域),灰色的天地、苍苍莽莽、没有边际,《狼孩》中有这样的描述:"苍凉得令人生畏";草木凋零、鸟兽绝迹,"静谧得又如临死界"。立足于如此的荒漠戈壁,莫名的压抑、惆怅悲凉、孤独无助,"隐隐生出一辈子也走不出这荒原的恐惧"。

郭雪波一手描摹着大漠的狰狞和恐怖、一手也在书写着大漠落日的壮丽与辉煌。《大漠狼孩》中有这样的描述:"我真没想到此时的大漠落日是那么漂亮,那么壮观!它变得硕大而滚圆,却去了金色的光环,却去了所有的装饰,此时完全裸露了自己,火红而毛茸茸,和大漠连成一体,好比一面无边的金色毯子上浮腾着一个通红的大茸球,无比娇柔地,小心翼翼地,被那美丽的毯子包裹着,像是被多情的沙漠母亲哄着去睡眠。此时的大漠也一片安谧和温馨,又是那样庄严而肃穆地欢迎那位疲倦了的孩儿缓缓归来。于是,天上和沙上只残留下了一抹淡红,不肯散去。"茫茫大漠的落日竟是如此的温暖、恬静而迷人,大漠并不是仅仅意味着黑色的死亡,大漠落日彰显的是生命的重量与质感,其恢宏磅礴的气度简直可以与大唐诗人王维的诗句"大漠孤烟直,长河落日圆"媲美。

可以说,郭雪波的大漠书写既保持了自然的"原始性",又赋予其新的生命意义。作者笔下的大漠拥有对生命的强大破坏力,但不可否认它也是一种生命的存在,也有着独属于自己的朝夕晨辉、日月美丽。它的出现有着自己存在的独立意义与审美价值,而并不仅是作为小说的背景来展示。它正是要告诫人类:我的出现是你们肆意妄为的结果,人类要为自己的消费买单。

(二) 描绘自然的广阔、宁静、优美以及充满诗意和谐的一面

内蒙古地域辽阔，地貌丰富多样。大漠戈壁的暴烈与壮观带给人的是震撼与心悸，而辽阔的大草原和素有"林海雪原"之称的大兴安岭林区在作家们笔下呈现的是另外一种美感。

蒙古民族是一个诗意的民族，传统的蒙古族文学在自然景色的描写上充满浓郁的诗情画意：生活节奏的长调式浪漫与舒放、生活环境远离尘嚣的宁静与平和。在蒙古族文学构筑的草原风光中，充满静谧与和谐，体现着蒙古民族心灵与自然的息息相通。在蒙古人的心目中，苍天为父、大地为母，他们眼里的草原就像哺育其生命的慈母一样胸怀广阔、安详宁静。孛·额勒斯《布敦阿拉坦》以饱含温情的笔触描述了父亲的安葬地——布敦阿拉坦："这是一块平坦而开阔、缓缓地隆起的高地。站在那里可以眺望不远处的伊克陶的郭勒河。河水湛蓝，轻悠悠地在绿草如茵的草原上流过，犹如一条蓝莹莹的哈达，飘飘扬扬。河边相隔不到几里地，便挤着一片片牛群、马群。太阳已经升到可以明显地感觉出暖洋洋的地方。在河水中或嬉戏或静立的马儿甩动尾巴，一起一落，更多的牛则安然卧于河边的沙地上，牛角在阳光下发出白晃晃的光。再往远一望无际的草原连天而去。"河水湛蓝、绿草如茵、牛马悠然、草原辽阔静谧，父亲的生命回归到这样一幅安宁和谐的图景中，马背民族的生与死都在与大自然耳鬓厮磨中静悄悄地完成。满都麦笔下描摹的草原生活是诗意和谐的。《雅玛特老人》中老人、动物、自然共构了一幅天人合一的诗意生存的画面：

山羊喝饱了。

在远处稍候片刻的岩羊，小心翼翼，彬彬有礼地鱼贯而来，把嘴伸向水槽，喝饱了水，离去了。

身体庞大的盘羊，艰难地拖着快着地的大犄角，真够可怜的，怎么紧赶总还是落在人家的后面。

山羊、岩羊、盘羊全都喝足了水。他们三五只结伴围着井转了转，有的舒展开了四肢，舒服地卧在地上，有的站着，懒洋洋地休息着。没多大一会儿，它们都把耳朵伸向盘腿坐在井边的慈祥老人，滴溜溜转着眼睛，默默地看着她，仿佛求她再哼唱那首优美动

听的歌。

　　……

　　她眯着眼睛，将混浊的目光投向一只只岩羊、盘羊、山羊。看着看着，她终于露出了没了牙的齿龈，笑了。

静谧的草原、彬彬有礼的羊儿鱼贯而来、脉脉含情地注视、老人没了牙齿的笑意……

这是一种人、动物、自然之间心有灵犀、相知相融的默契和同一，是一种超然而悠然的诗意存在，如此诗情画意的场景流淌着吉祥、宁静与优美的格调。

与满都麦的诗意描写有着异曲同工之妙的还有策·旺色莱《在故乡的天鹅湖畔》中我和班迪大叔忍不住赞叹杭盖草原的美丽：

　　翠绿的山坡上果然有一群盘羊。有的悠闲地在吃草；有的安然地卧在山坡上。就像牧放在牧场上的羊群，平静而安稳。其中有一只很漂亮的头羊，站在口的一块岩石上，傲然地抬起头来环视四周。许久，又爬上那筑有瞭望塔的高高的山顶，伸出它的毛茸茸的嘴鼻左右活动着，贪馋地吸着青草清新的气味。

　　"呵，多好的动物！"班迪大叔欢喜地说，"瞧瞧它多聪明，吃最鲜的草，饮最净的水。天下哪儿有比杭盖草原更丰饶、丰美的地方呢！"

策·旺色莱笔下的盘羊在这里完全处于一种自由的状态，它们在草原上安闲自在地活动，远处的牧民陶醉在它们聪敏贪馋的吃相中，草原、盘羊、人在自然中达成了和谐的统一。

美丽的草原不仅有声有色，而且也是有生命有灵魂的。萨娜眼中的草原："只要夜晚坐在草地上阖闭眼睛静静地倾听，你会听到生命旺盛的勃动。而外面来的人总是抱怨草原太寂静了，像掉进海水里那么可怕。外来人没有草地人的耳朵和心灵，他们当然什么也听不见，什么也看不见。"[①] 草原人心灵的纯净正是来自草原的安宁与静谧，二者之间

---

[①] 萨娜：《巴尔虎草原》，《天涯》2010 年第 2 期。

是有着奇妙的精神互动和心灵感应的。

如果说广阔的大草原是蒙古族代代延续和传承着民族生命的家园，那么森林则就是内蒙古"三少"民族的栖身之所、衣食父母。他们是"森林的儿女"，从居住的撮罗子到烤肉的篝火，从孩子的摇篮到他们唇齿间的黑莓、山丁子……衣食住行统统离不开山林。桦树、山榆、黑松、白杨郁郁葱葱，森林就是地球绿色的肺。达斡尔作家苏华的小说《偷猎》中的森林描写让人陶醉向往："他喜欢森林，每次走进大自然的怀抱，都会引起他一缕深深的渴望和朦胧的愉悦之情。踩着粘草腐叶，走在灌木丛中，拨开挡路的树枝，呼吸着森林中流淌的清新湿润的空气，他会感到自己轻松得像一缕山风，走来转去无声无息，似乎变成了一个精灵在飘荡。"森林对他们而言，俨然已经不仅仅是衣食之源，更重要的是灵魂的依托、精神的故乡，生命的家园，森林的广阔与静谧抚慰着每一个生命的心灵。鄂温克作家涂志勇的小说《最后的猎人》中也有着对人与山林水乳交融、和谐美好场景的描摹："四周一片静谧，静得出奇，静得反常，他咂咂苦涩的嘴，伸手抽过身边的几根阔叶草，心不在焉地吮吸着叶片上晶莹的露珠。呼吸着清晨山林特有的花草气味的空气。仰望清澈的碧空，俯瞰山间羊肠子般的小溪，心绪开始好起来。"这里，山林、花草、树叶、露珠、小溪……与猎人有着同样的生命律动和呼吸，都在平等地享受着大自然的赐予，人和林子就是一个大家族，谁也离不开谁。

（三）凸显自然对人的模塑作用

现代性话语强调的是人对自然单向度的挑战与征服，新时期以来的内蒙古少数民族作家在人与自然关系重构上的重大突破是在恢复大自然的魔力、威力和魅力的同时，还凸显了自然对人的模塑作用，这无疑是对现代性"祛魅世界"的一股寒流逆袭，同时也是"复魅"自然篇章的一笔强有力的书写。

肖龙的《蚁群》描绘了东蒙地区森林草原猎人家族的故事，故事在祖孙两代、山林与城市生活扭结对比中展开。独特的"大黑山"形象成为作品突出描绘的"主角"，它模塑着山林中的猎人的气质与精神：黑色的山土、岩石、树林、沟壑，再加上从它脚下默默地流淌过去的黑色锡伯河，构成了它沉稳老练、倔强强悍、亘古不变的特有形象。它用男人般的血性和刚健影响着山林，用女人般的细腻和灵性教导着山兽。大黑山像父亲一样给了猎人们繁衍不息的生命之源和血脉，也铸造了猎人们坚韧的脾性和脊梁：坚强如钢铁，沉默如山石，机敏如禽兽。同时大黑山又是陌生的，它像一个烟缠雾绕、扑朔迷离的神秘巨人。让人感觉到它近在眼前却又无法接近和了解，就像是一个有着无限磁力的旋涡，不断地创造和吸引着人的欲念，同时又不断地破坏和毁灭着人的欲念。在它面前，猎人们显得过于渺小，就像是锡伯河滔滔东去的水流中一截漂浮不定的木棍和草屑。它以其神秘与威严迫使猎人们与它签订无字的契约，恪守森林狩猎的规矩。

而离开了大山的猎人后代们已经失却了祖辈的智慧、力量与勇气，就像草木离开泥土一样失去了根基，变得委顿、意志消弭；巴根那已经遗失了爷爷巴特尔的英姿，身影矮小、难敌风寒、走路呼哧带喘、肠胃疲软、野性和骨气磨损消失，可头脑里却对县城里卖艺的性感女郎念念不忘；彻底离开大山的"城市蒙古人"达奔那，由于失却了山林的精气神的锻造与磨炼，全然要蜕变成一个沉湎于快餐、网络和无聊的娱乐中的软体动物，流淌在体内的猎人后代的血性与激情已经渐渐淡去，他只能在电视节目《动物世界》的狂野追杀中聊以自慰。作者有意安排这样的对比正是要呼唤人类回归自然并与之同生共荣，要凸显生机勃勃、充满艰险的自然对人类生命与精神的淬炼意义。

显然，在这些小说中，自然不再是作品可有可无的修辞比附，而是成为作品的主要角色，承担着对人类的"养育"与"统治"的双重功能。它以自我丰富的资源和宽广的胸怀提供给人类生存的保证，同时又以其天然的野性与不可忤逆的威严来警示着人类的无礼。自然的两面性交叠在一起，成为显示自然魅力的内在隐喻。

内蒙古的少数民族历史上崇拜自然，信奉"万物有灵"，以谦卑崇敬的情怀与身边的山川树木、敖包毡房、花草鸟虫、雄鹰苍狼和谐相处，现代工业科技的祛魅浪潮推动下，他们渐渐远离了曾经朝夕相处的自然，穿梭在钢筋水泥丛林中的人们将目光过多停留在物欲追求上的同时，却又要承受灵魂无所依傍的精神痛苦。因而作家对自然之魅的强力渲染是要唤醒人们在喧嚣功利的现代社会中被麻痹了地看待世界的诗性感觉。

总之，在内蒙古少数民族作家小说的生态书写中，自然作为一个活生生的生命个体出现在人们的视野中，雄伟奇峻与优美温柔的多副面孔使其立体多姿、血肉丰满。在文本中，自然实现了从幕后到前台的华丽转身，由文本中的"配角"升为"主角"。自然不再是刻板僵死的故事场域或发生背景，而是充满了奇异的生命能量与丰富的感觉神经，与人类有着心灵上的交感和情感上的共鸣，成为宇宙中与人类一样拥有自身内在价值的生命主体。

## 二 动物精灵的诗意书写

在广袤无垠的大自然中，与人类毗邻而居的还有动物家族。它们与人类一样拥有着丰盈、多姿多彩的生命世界：有生命、有灵性、有血缘、有家庭、有性格、有尊严。在人类的艺术史上，史前考古发现的岩画、壁绘已经昭告动物形象最早进入了人类审美视野、参与了人类远古生活与文化的建构。但是自人创造文明后，就总是试图自外于动物世界，标榜迥然相异的新身份，并一直致力于对动物的征服和利用。在人类的暴力侵袭下，动物世界也慢慢地在人类面前隐去了真相，沉默无言。反映到文学作品中，动物的本真形象很大程度上被遮蔽或误读。"通观古今中外的文学作品对动物形象的塑造，有一个主流的共同价值归趋，就是以工具型的动物形象作为其显要特征，表现为形态上的兽形人格。"[①] 即忽视了它们本身的感情世界和本原的生活状态，让它们带着动物的面具来演绎人类的情感故事、表达人类的价值理念。在人类中心主义的视角下，对动物的书写策略或者是寓言化、童话式的拟人化描写，或者是人类精神意志的象征、映照或者比附等。前者如《格林童话》中的青蛙王子、狼外婆、兔子新娘、怪鸟格莱弗等形象，后者如麦尔维尔笔下的白鲸、海明威笔下的马林鱼、卡夫卡笔下的甲壳虫形象。虽然作家笔下的动物形象千姿百态，但一个共有的特征是：它们自身的主体性特征被悬置，而被动地成了作家叙事的修辞工具和人类意志愿望的符号化身。

---

① 雷鸣：《危机寻根：现代性反思的潜性主调——中国当代生态小说研究》，博士学位论文，山东师范大学，2009年。

生态意识全面觉醒后，动物形象从外观到内涵都发生了前所未有的根本变化。在新时期内蒙古少数民族作家的小说创作中，动物形象浓墨重彩的集体亮相成为其中的一道独特的风景。这种强烈的印象我们首先可以从小说的题目中轻而易举地获得：仅出自郭雪波之手的就有《大漠狼孩》《沙狼》《狼子》《狼子本无野心》《公狼》《母狼》《银狐》《沙狐》《狐啸》《苍鹰》《沙獾》《一只老蝈蝈》《腾格尔山上的一只兔子》《日落的地方有青鸟》《元大都遗址的鹊巢》《杀了屠夫的猪》等，此外满都麦的《四耳狼与猎人》《骏马·苍狼·故乡》，哈斯巴干的《野马》，阿云嘎的《狼坝》《黑马奔向狼山》，路远的《白马之死》，千夫长的《红马》，乌热尔图的《七叉犄角的公鹿》《鹿》，苏华的《母牛莫库沁的故事》，格日勒其木格·黑鹤的《黑狗哈拉诺亥》……形形色色的动物形象奔聚眼前，给人以目不暇接之感。更为重要的是，作品中的动物们突破了传统文学的动物叙事模式，它们不再简单地被拟人化去充当工具角色，也不再被动地接受动物的面具成为童话或寓言中的象征体，而是作为真正的和人类一样平等的生命主体进入了生态小说的伦理视阈。它们大都具有浓郁的灵异魅性色彩，拥有与人一样的爱恨情仇，情感世界宽广丰盈；亦有是非清晰的"兽道兽格"，一样有自己的生命价值和尊严，它们是荒野的精髓，是博大、深邃、神秘的大自然的化身，传达着自由、平等、互爱的生态精神，成为反观人类文化的一面独特镜子。

（一）突出动物情感世界的鲜活瑰丽、丰盈博大

新时期以来，内蒙古少数民族作家的生态小说中，动物被置于与人类平等的生存地位，它们不但生命形式独特精彩，而且情感丰富充盈，通情晓理、爱憎分明、知恩图报，有时甚至比人更通人性。

郭雪波的生态小说创作改写了生物学的"狼形象"。在他笔下，狼拥有了远比"凶残"更复杂得多得多的特征，摆脱了人武断赋予它们的惯常形象：残忍、凶暴、不可接近，它们只是生态系统中生机盎然的生命形式之一，与人类一样有着生老病死和种属内的爱恨情仇的生命体验，其浓烈、执着的父爱、母爱有时让人类都自愧不如。《大漠狼孩》中公狼所彰显的父爱的崇高和伟大令人震撼。为救被人猎走的狼崽，公狼沉着冷静，以惊人的耐力与村民们周旋，适时出击营救弱子。落入圈

套后壮士断腕般咬断自个儿的脚腕以摆脱铁夹子的控制，其救子无畏的决心和决绝的行动充分显示出狼族坚毅凛然的生命态度。在意识到逃生无望时，放弃挣扎，在从容享受亲情中慷慨赴死。相比于狼族的英勇慷慨、气势如虹的英雄气概，人类的怯懦自私、鄙陋猥琐相形见绌。如果说公狼的父爱突出的是狼族的血缘亲情，那么母狼的爱则是超越种属的更为高尚博大的爱，因为它的爱对应的是自己的天敌——人类的孩子小龙。母狼对小龙视如己出，悉心养育，倾情照顾，生死关头，举身赴水拼命相救，其身上所散发出来的母爱的伟大，让常以"万物灵长"自居的人类自愧不如。

野性生命之间的真情令人动容，而当他们获得了来自人类的关爱时，同样懂得滴水之恩、涌泉相报，有时甚至比人还通人性。《沙葬》中的"白孩儿"机灵、懂事、通人性。它由云灯喇嘛和白海精心抚养长大，朝夕相处中人和动物建立起了纯真质朴、刻骨铭心的深厚感情，在云灯喇嘛被囚禁接受教育改造时，"白孩儿"对其牵肠挂肚，它常趴在老喇嘛的铺盖旁低沉地哀号；它凭借灵性感觉到云灯喇嘛处境不妙时，挨家挨户寻主而备尝艰辛；找到主人后一直在暗处进行保护；在不得已离开人类回归荒野后，仍然心怀感恩之情，保护曾经施恩于它的人和牛，甚至不惜与同类反目成仇、昏天黑地地恶斗。在毁灭性的热沙暴中，"白孩儿"受云灯喇嘛所托，艰难不屈、忠贞不渝地把原卉带出了沙漠，那份对承诺的坚守和捍卫诚信的执着精神撼人心魄。《大漠狼孩》中的狼崽白耳维护着家里的每一个成员，它在关键时刻挺身而出协助主人挫败胡家谋占坟地的阴谋，危急关头从疯狗嘴下救出了与它情意深重的小主人阿木，甚至在阿木的朋友伊玛遭到龌龊的公公胡喇嘛的侮辱时，它也义不容辞地出手相救，咬胡喇嘛的裤腿，龇牙咧嘴进行威胁。作者从通人性、晓事理等特性方面对这些可敬可亲的狼形象给予了肯定。郭雪波的生态小说站在非人类中心主义的立场上反视狼与人、狼与狼的关系，他看到的是狼族中最基本的天性，也是最为可贵的品质：坚毅不屈、舐犊情深、大爱无界、知恩图报。

郭雪波小说中狐狸的形象同样流光溢彩。他笔下的银狐充满了神奇色彩：通身白毛、灿如银雪，融入月色；行走如云，倏忽无声；它的尖吠勾人魂魄，它的气味致人癫狂。但在作品中，作者颠覆式改写人们赋予它的惯常形象，不再是狡猾、狐媚的代名词，而成为集灵性、神性、善性、母性为一体的吉祥物。在珊梅绝望自杀之际，它出手相救；在大漠深处，悉心照顾怀有身孕的珊梅，人狐相依；在老铁头和白尔泰被掩埋于流沙下，银狐把他们从死亡线上拉了回来。作者笔下的狐类呈现的是一种风姿绰约的美丽。同样写狐狸的《沙狐》中，那只火红美丽的老沙狐，为了保护嗷嗷待哺的幼崽竟然向射杀它的大胡子求饶："支撑在后腿上站立起来，袒露出花白美丽的胸脯，冲着人们挥舞了几下两只前爪"，"两只发红的眼睛反而满含爱怜，乞求地瞅着人们"。但是人类无视于沙狐的美丽和乞求，用文明的武器枪杀了它。沙狐使出最后一丝力量，仍然安详地把奶头靠近饥饿的幼崽。伟大的母爱浸透着直逼人心的情感力量。

除了狼、狐之外，内蒙古少数民族作家笔下的其他动物如鹰、马、狗、獐子等非人类生命同样在生命舞台上演绎着有情有义、感恩图报、大爱无声的故事。郭雪波笔下的《苍鹰》中那只母鹰在风暴来临之前，居然把血肉之躯奉献给三只小鹰，为的是使它们能扶摇而上逃脱风暴魔爪。布林的《青色的萨力恒》讲述了一匹叫萨力恒的青马不顾重伤忠勇救主的故事。鄂温克作家杜梅《银白的山带》表现了一匹马和女主人之间生死相依的深厚情谊。女主人那兰没有孩子，把全部的母爱给了猎马灰依日。意外受伤的灰依日在临终前一步一个血印向家艰难走去，心目中亲人的怀抱才可以让它的灵魂安息。

狗是人类忠实的朋友，尤其在游牧生活中，狗是主人的好帮手，白天可以看护畜群，晚上可以看家守院。蒙古族女作家包建美的小说《生灵》表现了动物身上所具有的母性和忠诚。为了哺乳，那只名叫大头的狗可以连续几个小时保持同一种姿势，因腿脚僵硬常常在出门时把自己绊倒。"母亲，母亲都是这个样子的。"动物和人类一样富有无私奉献的母爱！动物的忠诚一样应该赢得人类的尊重。狗不仅是生活中的好伴侣，还是主人及其家产忠实的守护者。《生灵》中的母犬大头以生命护卫主人席勒玛老人，虽遭到主人儿子的误解被暴打致残致死终而无怨无悔。动物的忠诚与重情拷问人类的道德与灵魂，引发我们思考生命的尊严和永恒的命题。

这些动物没有人类复杂的情感纠缠，也没有人性的矛盾多变，但却拥有大朴未雕、厚实自足的野性，拥有鲜活生动的血肉与丰盈博大的情感，它们的生命是如此晶莹夺目，同样值得我们凝视与敬畏。正如生态文学理论家史怀泽所言："我们意识到：伦理不仅于人，而且与动物也有关，动物和我们一样渴求幸福、承受痛苦和畏惧死亡。那些保持敏锐感受性的人，都会发现同情所有动物的需要是自然的。这种思想就是承认：对动物的善良行为是伦理的天然要求。"①

（二）以生态位的视角塑造动物形象，凸显其生存智慧、生命价值和特有的"兽格"

以往对动物的价值评判，是以人为的道德律作为唯一的标尺，物种的优劣与形象定位完全拘囿于以人为中心的价值衡量。如人们对狼的憎恶的主要原因在于狼对人类及其财产资源构成的威胁。但是，若置狼于草原的整个生态系统中来考察，传统文学中的"狼"的形象便会遭到颠覆。满都麦的《四耳狼与猎人》对"动物报恩"故事进行翻新：被救的主人公巴拉丹借着一个学者的话来表达其对狼的全新认识："'从生态平衡的角度讲，狩猎最终危害人类自己。尤其在草原上，猎狼绝对是错误的。狼为机警之师。没有狼，马群和牲畜都将变得迟滞、怠惰和没有精神。'能有几个人懂得大千世界上的生灵万物相互依存的千丝万缕的联系呢？不过我明白了狼不是人类的天敌这个简单道理。"由此可见作家的生态书写向"人类中心主义"的伦理观发起挑战，以自然律作为评判动物的标杆，从生态位的角度肯定其在维护生态平衡方面的巨大作用，展示其特有的"兽格"内涵以及生存智慧和生命价值。

人类一旦颠覆了对这些野性生命的先入之见后，代之以生态中心主义视角，就会发现更为充盈丰沛、多姿多彩、生气淋漓的生命世界。作为大自然的精灵，文本中更多突出它们一种"荒野品性"：长于奔突、敢于惨斗，群居善于团结合作，独处更显敏锐坚韧，雄性强悍勇猛，雌性舐犊情深，是荒野赋予其如此优秀的自然品质。

郭雪波的《狼孩》中，有一场狼豹恶战的精彩描写。母狼和狼子精诚合作，母狼故意激怒沙豹，狼子有心崖边诱敌，沙豹恶扑，狼子抓藤

---

① ［德］阿尔贝特·史怀泽：《敬畏生命》，陈泽环译，上海社会科学院出版社1996年版，第88页。

巧避崖壁，莽撞的沙豹就这样跌入了万丈深渊。动物界智取胜强攻的游戏规则让人类也自叹不如。为了争夺生存的权利，狼族的野性凶残和智慧全都展现无遗。甚至在与人类的周旋中，它们故意隐身"最危险的地方"——人类生活的城市，展露出其不意的斗争智慧。《银狐》里描述的灵狐与人类不断周旋以及挖洞的本领，真是令人惊叹。作者笔下的这些狼狐形象，让我们看到了更真实的动物本身，并且发自内心地为它们身上无穷无尽的智慧所折服。

对于荒野而言，野性才是生命的根本，而人性则往往意味着生命的溃败。郭雪波笔下通过驯养狼的形象塑造从另一面表达其对"兽格"的维护。驯养狼是被人类从荒野世界强行拉入人的空间的一种具有特殊意味的狼形象。其虽然还具有与生俱来的原始自然野性，但又在人类的调教指导下染上了人类的气息，是介于野性狼和家狗中间的一个独特的审美形象。郭雪波作品《沙葬》中的"白孩儿"、《大漠狼孩》中的"白耳"、《狼子本无野心》中的"黑子"等就以驯养狼的形象出现。小说屡次写到了它们在驯化后回归大漠的悲剧处境。它们因为缺乏荒野里弱肉强食的生存磨炼，无法应付那个充满了厮杀和血腥角斗的野性世界，所以遭到人类抛弃后的白耳，就成了无家可归的荒漠生灵。在小说中，多次写到白耳想回到母狼身边却遭到了拒绝。可能是因为白耳的身上沾染了太多人类的气息，背离了动物界的野性原则。如果我们摒弃"人类中心主义"观念，从宏阔的生态视野出发，关注野性对野生动物的价值生成作用，我们会发现人的介入在一定程度上减弱了狼的狂野嗜血本性，使其无法适应荒野，从这个角度讲，人的驯化对于狼来说，意味着生命的溃败，野性对人性也构成了强烈的质疑。

蒙古草原牧羊犬是作家格日勒其木格·黑鹤动物小说世界中一道炫目的闪电。他笔下的牧羊犬完全颠覆了人们传统观念中狗的概念，已经不再是普遍意义上的工作犬，它们极其凶猛、强悍，毛色黑如暗夜，"眼睛在黑暗中像狼一样发出荧荧的绿色火苗，其间闪烁着一种冰冷而荒悍的光芒。它们站立的样子像极了冬天觊觎羊群的狼远远地站在地平线上瘦削的剪影"[①]。"它们高高跳起，浑身硕重的毛片飘然而起，像雄

---

[①] 格日勒其木格·黑鹤：《黑狗哈拉诺亥》，接力出版社2011年版，第95页。

狮一样嗷叫着，一次次地攻击倾注全部的热望要将入侵者拉出来，撕成碎片……仿佛是来自地狱的穷凶极恶的猛兽。"① 他们是猛兽，是流淌着现在已经稀有的荒野气息血液的史前猛兽。内蒙古草原夏日蚊虫成灾、冬日严寒彻骨，夜晚抵御群狼侵袭的残酷环境造就了它们的性格秉性。它们坚守职责，刚毅冷静，对主人不谄媚也不亲昵。清晨阳光下在毡包门口带着前晚与狼搏斗的疲惫和伤口迎接主人，残酷的草原生存环境和与生俱来的优秀基因决定了它们勇敢、坚韧、不屈的秉性，它们不再是附属人类的产物。在黑鹤的笔下，我们看到了真正的草原王者。借此类形象塑造，黑鹤表达出自己对于即将消逝的蒙古游牧文化和充满血气野性的自然力量的渴望与呼唤。

鄂温克人对自然生命的自由自主的欣赏和热爱，在作家乌热尔图笔下得以充分表现。《七叉犄角的公鹿》就叙述了一个鄂温克少年到森林中去打猎，却被一头野生公鹿的勇敢和美丽所打动，因而不忍杀害它，虽说自身也因此受到伤害，但他痴心未改。尤其是他最后一次为公鹿纾难解困，实在让人震撼。人能如此为另一种生命付出，实在是动物品性的伟大和美丽的最好证明。小说这样描写少年眼中的美丽公鹿："公鹿走下石崖，从我眼前慢悠悠地走过。我躲在它的下风，它嗅不到我的气味。我着迷地瞅着它，它那一叉一叉支立着的犄角，显得那么倔强、刚硬；它那褐色的、光闪闪的眼睛里，既有善良，也有憎恶，既有勇敢，也有智慧；它那细长的脖子，挺立着，象征着不屈；它那波浪形的腰，披着淡黄色的冬毛，真叫漂亮。四条直立的腿，似乎聚集了它全身的力量。啊，它太美了！"这种欣赏并保护自然动物生命之美的行为，让人性在生态维度上更加生机盎然。

鄂温克作家乌热尔图对动物品性的彰显不仅体现在"兽格"对人格的生成作用上，甚至赋予"兽格"以民族精神象征的崇高地位。乌热尔图的封山之作《丛林幽幽》中构建了一个神熊的意象。它气味特殊、气势坦然、眼神威严、不可触犯。藐视猎手，袭击营地肆无忌惮。面对强悍的气场，奇勒查家族的猎手竟然无论如何也攥不紧猎枪、握不住猎刀了。"好像它有意让营地里的人记住，只有它才是林子的主人，在森

---

① 格日勒其木格·黑鹤：《王者的血脉》，中国少年儿童出版社2010年版，第4页。

林里的任何一块空地都享有同样的自由。"① 作者正是通过对巨熊外在雄强的体魄气质和内在强悍的精神意志的双重表述，来寄寓民族精神复活重塑的愿望。

作家们把动物作为有生命意识和人类的共同体来书写，在对生命普遍尊重的基础上，赋予每一种生命以情感和尊严的诗意怀想。"宇宙中的每一个显示出来的主体性都是真实可爱的，因它们在广大体系中广泛参与也一样是真实可爱的。"② 文本中这些具独立价值的动物形象，尽管形态多样、性格各异，但它们一样都拥有鲜活的生命色彩和兽格魅力，与作品中的人物形象并肩处于主体位置。而且动物生命的神奇、灵性和捍卫生命的惨烈、悲壮让我们感受到自然的无穷魅力的同时，也反思到人类肆意的掳掠和征服中彰显出来的人类中心主义立场的狭隘与偏执。

总之，新时期以来的内蒙古少数民族作家的生态书写力图通过对自然神性的重塑方式来修正人类对待自然的错误，在现代语境中重新唤醒人们与自然和谐共处的生态意识。让我们在阅读作品的时候，既能体味到自然生态曾经的威力、魔力与魅力，也能在对人类自身生存的真实状态的幡然醒悟中重新审视人类的思维和行为方式，最终在人与自然、传统与现代、征服与顺从、文明与落后等多重矛盾对峙中求得和解，颠覆这些话语中反生态的取向。

## 第二节　传统之链的续接

生态批评家乔纳森·莱文说："我们的社会文化的所有方面，共同决定了我们在这个世界上生存的独一无二的方式。不研究这些，我们便无法深刻认识人与自然环境的关系，而只能表达一些肤浅的忧虑。"③ 1967 年，美国科学史家林恩·怀特指出基督教所持的二元对立思想是造成生态灾难的元凶，姑且不论这种观点是否客观公正，但此文是真正

---

① 乌热尔图：《丛林幽幽》，《收获》1993 年第 6 期。
② 杨通进、高予远：《现代文明的生态转向》，重庆出版社 2007 年版，第 68 页。
③ 转引自王诺《生态批评：发展与渊源》，《文艺研究》2002 年第 3 期。

意义上从文化视角切入生态批评的开山之作。"我们拯救自然的行为取决于我们对人与自然关系的观点和信仰。"① 因此,生态危机的解决和救赎应从文化入手,必须进行文化诊断、文化治疗,如此才可能从根本上缓和或消除生态危机。

在现代文明浪潮席卷全球的攻势下,弱小民族或"落后"地区的民族文化正在逐渐被淹没。文化的生态平衡正在遭到破坏。"保持其他族群的生活方式与文化特性,就如保护濒临绝灭的稀有种属一样,是为了人类全体文化的永续存在而保存。"② 正如生物的多样性为生物之链的稳定和生态系统的平衡提供保障的基础一样,文化的多元性对于维护文化生态平衡同样是至关重要的。但严峻的现实是,少数民族文化就面临着传承的困境,或者说,其历史文化的"传统之链"正在遭遇碎裂的危险。少数民族文化的消失意味着文化多元的消失,文化多元的消失必然导致生态多元的消失,最终预示着自然的终结与人类的末日。因此积极寻求多元文化的保护、努力实现对碎裂了的历史传统之链的续接,就成为少数民族作家们文化危机救赎的不约而同的选择。

具体到内蒙古的少数民族作家而言,他们虽然大多数置身于城市生活并享受着现代文明所带来种种便利与舒适,但充裕的物质生活并没有钝化他们关注本民族文化的目光,相反他们更加敏锐地捕捉到本民族的历史文化传统在现代文明冲击下的步履艰难的现实:全球化、现代化的背景下,少数民族文化的历史和精髓正在逐渐被淡忘和遗失,民族精神也在物欲化的现实面前而被更替或异化。肩负文化薪火传递责任的作家们,面对这种文化承传过程中的困境,自觉地承担起本民族文化的拯救与续接的重任。他们的拯救策略与救赎途径集中体现在以下几个方面。

## 一 远古神话传说的复归

神话作为人类童年时期普遍存在的一种文化形态,包含着宗教、道

---

① Cheryll Glotfelty &Harod From, *The Ecocriticism Reader: Landmarks in Literature Ecology*, The University of Georia Press, 1996, p.12, 转引自宋丽丽《生态批评:向自然延伸的文学批评视野》,《江苏大学学报》(社会科学版) 2006 年第 1 期。

② 杨雪英、朱凌云:《论文化的多元化与高校思想政治教育》,《中国高教研究》2006 年第 6 期。

德、哲学、艺术、文学等多重民族文化基因，是原始观念与意识的重要载体，蕴含着丰富的哲理和智慧。它既是早期人类体认世界的一种艺术方式，同时也是一种宇宙观与生命观，极大地丰富了原始人的感官和想象力，闪耀着人类感性思维的光辉。因此可以说，神话是孕育世界各民族文明的精神沃土。然而，随着哲学和"逻各斯"精神的登场，尤其是理性的极度张扬与科学知识的高度发展使自然的神力逐步被驱逐，神话舞台的光芒也渐渐熄灭。卡西尔说："自从纯思维赢得了自己的领地和自己的自主性法则，神话世界似乎已被超越和遗忘了。"[①] 然而，历史的确是在悖论中前行。科技在延展了我们人类的能力的同时，我们却悲哀地发现人类昔日美好的家园正在荒芜：环境恶化、社会失衡、价值沦落、人性异化……如此颓败的现代社会图景引发人们开始质疑科技与理性的合理性，而把眼光又投向神话。美国学者沃伦对此有着一段经典的论述："在17、18世纪的启蒙主义时代，这一术语通常有轻蔑的含义：'神话'就是虚构，从科学和历史角度讲，它是不真实的。但在维科的《新科学》中这一观念发生了变化。从德国的浪漫主义者到柯勒律治、爱默生和尼采，这一术语所包含的新的观念逐渐取得了正统的地位，即'神话'像诗一样，是一种真理，或者是一种相当于真理的东西，当然，这种真理并不与历史的真理或与科学的真理相抗衡，而是对它们的补充。"[②] 在他们看来，神话是一种取代理性的最适合的语言，可以表达人类情感，可以缓释精神苦闷，甚至可以寄寓理想与追求。

　　于是在20世纪的西方思想界和文学界，曾经掀起了一个"再神话化"运动的浪潮。尼采面对着现代的黑暗倡导重回人类久已迷失的神话的老家："每一种文化只要它失去了神话，则同时他也将失去其自然的而健康的创造力。只有一种环抱神话的眼界才能统一其文化。只有靠着神话的力量才能将想象的力量及阿波罗的梦幻从紊乱混杂之中解救出来。"[③] 之后的倡导非理性主义生命哲学的柏格森、加缪、海德格尔等

---

[①] [德]卡西尔：《神话思维》，黄龙保等译，中国社会科学出版社1992年版，第2页。
[②] [美]勒内·韦勒克、奥斯汀·沃伦：《文学理论》，刘象愚译，江苏教育出版社2005年版，第217页。
[③] [德]尼采：《悲剧的诞生》，李长俊译，湖南人民出版社1986年版，第175页。

人，也同样重视神话在人类生命中的重要作用。与此运动相呼应的是一大批西方现代作家创作中所表现的对神话传说和仪典的转向。艾略特、乔伊斯、卡夫卡、福克纳等对西方古典神话传说、原型以及神话结构的现代叙述和重新演绎，就是借此对现代人当下生存的困境进行思虑。正如叶舒宪所言："试图在理性的非理性之根中，意识的无意识之源中重新发掘救治现代痼疾的希望，寻求弥补技术统治与理性异化所造成的人性残缺和萎缩的良方。"[①]

内蒙古少数民族作家中，郭雪波较早意识到了神话与文化生态的密切关系。在创作中他有意将笔触伸向本民族文化的根须，刻意引入有关自然的神话故事，他试图通过将神话的一些因素以神圣、合理的方式表达出来，提醒人们"举头三尺有神明"，要懂得尊重和珍惜自然，去敬畏那些古老的生态习俗，以此来召唤族人恢复对敬畏自然的传统文化的记忆，挽救日益陷入危机的生态环境，拯救人类的未来。

"树妖树精"的故事在古代神话体系中并不少见。郭雪波的小说《乌妮格家族》之中，就写到了这样一棵"百年老树"。它阅尽了生命的枯荣兴衰，见证着村庄的悲欢离合，护卫着铁姓一家的世代安稳。这棵象征着大地之精华、生命之强大的"树神"却遭到了与铁姓势不两立的胡姓势力的仇视，他们想法方设法欲除之而后快。一场罕见的风暴以雷霆万钧之势席卷而来，冲击着这棵百年老树。由于"树神"的树根部早被狐狸咬得七折八段，老树开始动摇，并最终失去了依附大地的力量。"一声訇然巨响，老树终于震天动地地倒下了，如千尺高瀑落地，如万仞耸岩塌陷，这棵经历了几百年风风雨雨、阅尽生命之枯荣兴衰，象征着大地之精华、生命之强大长久的大树，终于不堪重负，不堪风击，不堪兽侵人辱，'呼啦啦'地呼啸着倾覆倒塌了。"老铁子急火攻心，吐血昏厥。村庄里面开始大乱，妖狐作祟，有人开始疯癫。这里的"树神"俨然是铁姓家族和整个村庄命运的象征，俱荣俱损。类似的老树成精的版本在他的近作《老树》中又有新的演绎。树精附体使塔娜神情幽幽、欲望无穷，乡政府秘书那钦抗拒不了诱惑与她偷情。意识到中邪的那钦为了保护自己砍倒并焚烧那棵老树，与此同时隔壁传出那个

---

[①] 叶舒宪：《神话原型批评》，陕西师范大学出版社1987年版，第12页。

疯女人歇斯底里的哭叫求饶声。之后那钦却霉运连连，最终30岁出头就死于非命。万物有灵、因果报应的思想使作品萦绕着浓郁的神秘色彩。

"狐仙狐怪"的故事同样在中国的古代神话系统中流传已久。它们常常化身为女性，妖媚灵气，法力不凡。"银狐是神奇的，遇见它，不要惹他，也不要说出去，他是荒漠的主宰。"郭雪波所以用这句在科尔沁地区流传已久的古语作为《银狐》的开篇导语，就是为了渲染银狐诡谲莫测的神秘色彩。小说中的这只银狐神奇灵异、狡黠机智、摄人魂魄，是沙漠的主宰角色。狐仙附体让全村妇女都疯疯癫癫、媚笑不已，即使是现代医学也对此束手无策。特别是神狐解救自杀女子并与其共构"狐女图"的情节，充满了浓郁神秘的神话色彩，氤氲着蒙古草原传奇的袅袅味道。

蒙古族作家孛·额勒斯的《黑勃额·白勃额》中布尔固德和哈德朝鲁的比赛，由骑术、箭术、枪法的竞技到变身为白萨满和黑萨满后昏天黑地的斗法，写得诡异玄幻、酣畅淋漓，充满神话的浪漫传奇色彩。

乌热尔图的小说封笔之作《丛林幽幽》中，充满民族情感记忆的神话传说成为小说重要的素材。"石勒喀河是我们的发祥地，阿穆尔河畔是我们的宿营地，锡沃霍特山是我们的原住地，萨哈林的山梁是我们分迁……"这是一段著名的关于鄂温克族起源的萨满神话。在小说中，由托扎库萨满口里唱出，浑厚、旷古的声音，传递着鄂温克部族神圣的历史。当萨满进入人神双体、如痴如狂的"疯癫"状态时，他的声音不再卑微、恐惧和恭顺，而是浑厚、富有威慑力的先祖的声音，关于族群起源的神话、关于玛鲁神的信息得以传达；而小说中关于人熊大战、巨熊被人合理杀死的故事本身就是一个巨大的隐喻，是鄂温克人远古图腾崇拜意识的唤醒，是对民族精神的追怀和崇拜。作为图腾，熊一直以来是人们缅怀和崇拜远古的祖先的媒介。表面上看，"熊娃"居然杀死了民族的图腾——巨熊，是大逆不道的"弑祖"，但实质则是对于"分食父辈以获得神力"这种远古仪式的承继，通过这种"弑祖"仪式，来自祖先的雄强生命力才得以传承给熊娃，从而让熊的精神死而复生。叶舒宪在《熊与龙——熊图腾神话源流考》一文中指出："在中国神话中，人物的死亡常常被表现为变形化生成另一种动物，正是上述原始生命观的体现。在这类变形神话中，生命成为超时间的连续整体，死亡只不过是生命从一种形态转化到另一种形态的过程，而复活也可以表现为从新的形态再度变回原初的形态。"① 作者力图通过这样的方式，帮助人们从原始的仪式中，找回曾经强悍的民族底蕴，提醒族群继承和保护好固有的文化传统，不要再退化下去了。"神话所内在的人类文化的基因，决定了神话即便远离人类神话时代，依旧神力无限，不仅为人类提供了诗性智慧，也为人类指明并提供了返归自然的航向与能力。这也就是神话不断为人类时代重述的根源。"② 内蒙古少数民族作家的生态小说中神话传说的激活再现，可以唤起人类心底深处对于自然神秘性的敬畏意识，获得一种现代性环境中保持自我的精神资源的支撑，为构建人与自然和谐关系，实现文化拯救的目的而提供一种崭新的叙事方式。

## 二 宗教文化传统的激活

宗教是以非理性的信仰为特征，在现代化进程中遭遇科学与理性的冲击而日益减弱了对社会运行的影响和控制，逐渐由社会生活的中心移向边缘，一度被贴上了愚昧和迷信的标签而遭到严厉的批判。然而现代化是一柄双刃剑，在为人类带来经由计算和技术控制的精密世界的同时，却又以失去主体性、经验、感觉的存在为代价，并带来了一系列新的天灾人祸如环境污染、资源枯竭、精神障碍等，曾经许诺给人类的美好前景似乎越来越遥不可及。尤其是伴随着现代化进程而产生的诸如道德滑坡、伦理失落、价值虚无、欲望无度等现代综合征已成为人们普遍面临的困境，而宗教在精神世界方面对人的终极关怀、对人心的修正等功能在一定程度上可以减轻、缓解、改善人的精神危机。

在人类历史发展进程中，作为人类社会两种意识形态的文学和宗教，有着很深的渊源关系。如同一对孪生姊妹，互相依存、相互渗透，如影随形。两者都关注人的内在世界和人类的终极问题，都依赖想象和幻想来营造着人类精神家园的梦，都具有强烈的情感和感受。从诞生之日起，人类历史上文学艺术与宗教就有着千丝万缕的联系。原始神话与

---

① 叶舒宪：《熊与龙——熊图腾神话源流考》，《博览群书》2006年第5期。
② 叶舒宪：《神话如何重述》，《长江大学学报》2006年第1期。

巫术仪式常常混融在一起。在西方，《圣经》同古希腊文学一起，构成了西方文学的两大源头。佛教自东汉传入中国之后，不仅给中国古代文学输入了新内容，带来了新的形式，而且潜移默化地改变着中国文人的思维方式和表达方式。中国的山水诗融入了佛教的清静，谢灵运、王维、孟浩然、柳宗元等人的诗中都具有禅韵。五四时期，基督教精神开始显露在现代作家的笔下。如刘勇所指出："郁达夫作品中无休止的忏悔意念，曹禺作品中摆不脱的原罪倾向，巴金作品中醇厚执着的人道主义责任感，老舍作品中无处不在的平民意识，以及郭沫若的泛神论思想，等等，这些蕴含着基督教文化精神的艺术思考，无疑使中国现代文学在思想内涵方面具有了某种新的文化特质。"[①] 中华人民共和国成立30年间，文学的政治一体化让宗教命运急转直下，即使在少数民族文学中，主流意识形态也同时取代了民族宗教信仰，淡化了民族文化的特殊性。80年代中期的"寻根小说"潮流中作家韩少功、扎西达娃、莫言、郑万隆等无不向原始宗教这个神秘地带探险求奇。

20世纪末以来，面对严重的生态环境恶化现象，面对物欲冲击下信仰缺失、精神空虚的人类世界，当代生态小说尤其是少数民族的生态书写开始积极开掘原始宗教、民间宗教中的自然崇拜文化基因，激活宗教的文化传统来探索一种新的生存密码和新的活法成为作家文化救赎的必由之路。英国著名历史学家汤因比说："要将自然从人类的技术活动所造成的破坏状态中拯救出来，需要人们皈依一种广义的'宗教'，回到古代亚洲东部的多神教，即万物有灵论，或者回到对自然界抱有崇敬心情的无神论宗教，如佛教、道教。"[②] 对内蒙古自治区的少数民族作家而言，他们将宗教激活作为文化救赎的策略与汤因比的主张不谋而合。

（一）萨满文化

萨满教是一种原始的宗教形态，在蒙古、鄂伦春、鄂温克、达斡尔、满、裕固、赫哲、东乡、保安等民族中间的影响根深蒂固，是北方

---

① 刘勇：《中国现代作家的宗教文化情结》，北京师范大学出版社2011年版，第3页。
② ［日］池田大作、［英］汤因比：《展望二十一世纪：汤因比与池田大作对话录》，国际文化出版公司1999年版，第38页。

游牧渔猎等少数民族共同信奉的宗教。信仰"万物有灵"论。他们赋予日月星辰、冰雪风雨、雷电云雾、山川树木等自然现象以及某些动物以人格化的想象和神秘化的灵性,把他们看作主宰自然和人间的神灵。于是原始人类的头脑中产生了无数的神灵:天神、地神、风神、雨神、雷神、电神、水神……数不胜数。对这些神的祈祷和祭祀便构成了原始宗教信仰。但是作为北方少数民族共同的精神资源与文化中心的萨满教,一度曾被视作封建迷信的精神污垢或欺骗和麻痹民众的舆论工具而遭到专制理性的强有力批判和清除。现代东北女作家萧红笔下憨厚可爱的小团圆媳妇(《呼兰河传》)就是被跳大神的萨满巫师巫术坑死的;端木蕻良的《科尔沁旗草原》中萨满受大地主丁四太爷指使为其暴富虚构神界根源,这些对萨满教的否定性描写,显然是站在理性启蒙、科学祛魅、民族救亡的立场上的一种时代性话语,有着明显的历史性功利目的。

新时期以来的内蒙古少数民族作家,面对家园荒芜、文化失传的生态危机现状,求助的目光转向了本民族传统的宗教——萨满教。正如江冰所言:"就少数民族作家来说,他们的优势还在于具有本民族的宗教信仰,不弃自然追求彼岸的精神境界,使之天生先定地解决了一个灵魂栖息的问题。"[①] 重建少数民族的宗教信仰,成为作家文化救赎的积极诉求。

蒙古族作家郭雪波以宗教的大爱精神描摹着科尔沁大漠上的自然与生灵。他的《金羊车》《大漠魂》《银狐》《霜天苦荞红》等作品就是一系列萨满文化百科全书探秘式的小说,这些作品通过萨满教独特的祭天地敖包、问鬼降魔、跳神施巫等方式向人类展现了大自然的神秘性与宗教的神奇力量。

祭祀。蒙古族的祭祀主要包括祭敖包,祭天等活动。祭敖包是蒙古民族对山岳崇拜的表现形式之一。敖包在草原人民的心目中是多神的居所,人们通过祭敖包祈求天地神保佑人间风调雨顺,牛羊兴旺,国泰民安。《金羊车》里乡长夏尔及其侄子努克等人,为了谋取个人利益,不惜背叛蒙古民族敬畏敖包的传统意图炸山采石。为了阻止这种亵渎祖神

---

① 江冰:《草原的神性符号》,《小说评论》2009年第2期。

的狂妄行为，老"萨满"吉木彦和村民们在山上举行祭山、祭敖包的活动，作者以充满魔幻色彩的笔触，依靠萨满教神秘的力量，让通灵巫师吉木彦借助于"金羊车""黑风咒""翁格都小鬼"等萨满文化标志物震慑惩罚了那些贪婪无忌、见利眼开的人们，从而达到了警醒世人、震慑狂徒的目的。《霜天苦荞红》中希热头和"神孛"父亲在苞米绝收的逆境下，以不屈不挠的坚强毅力在茫茫沙坨地里种出了绿油油的荞麦。然而，一场提前来的寒霜又将就要成熟的荞麦置于颗粒无收绝境，关键时刻，"神孛"父亲举行了祭天驱霜的仪式，依照北斗七星的形状，摆出了四十九座柴草堆，设案摆贡，隆重祭祀。最终萨满的神奇力量驱走了寒霜，即将成熟的荞麦田在长生天的护佑下，顺利渡过了难关。

招魂。萨满教认为人的灵魂可以游离肉体而存在，萨满大师可以凭借法力与神灵鬼怪沟通。当孩子和成人生病及身体虚弱的时候，往往是灵魂容易出离肉体的时候。因此，招魂成了一种风俗化的巫术。在《沙狼》中，作者满怀深情的笔触写到金嘎达老汉给狼孩外甥招魂的场景：金嘎达老汉手里慢摇着罩着一层黄纸的木碗，黄纸低凹处的水滴正在逐渐汇集成一颗晶莹的大水珠（这大水珠即是被召回的灵魂），老人一边低声哼唱低沉幽远的"招魂歌"，一边召唤着外孙外面游荡的灵魂归来。那缓慢、哀婉、充满人情的旋律，具有极强的感染力和征服人灵魂的魔力。在《银狐》中也有用此类招魂歌呼唤被狐狸迷惑的女性灵魂回归的描述。

咒语。蒙古民间咒语是萨满巫术的重要组成部分，它主要靠语言力量来辅助巫术的行为发生效用。咒语只限于萨满大师知晓，蒙古人相信萨满大师凭借咒语的神奇魔力可以改变世界万物的运动规律，干预大自然的编码法则，控制、操作和改变人的命运。在《银狐》中惊心动魄叙述了科尔沁十旗王爷们精心组织的"烧孛事件"，铁西孛凭借功力和咒语在大火中毫发未损，在几千名孛被烧成焦炭的现场，他须挂白霜、鼓结冰碴，显示出真正有法力大师的非同寻常的魔力。在他逃出库伦的过程中，老孛做法事，让天雷发怒，老树着火，蔓延到喇嘛王爷的家院。这一段叙述充满了魔幻色彩，充分彰显出萨满教的威慑力量。同样《金羊车》中的黑风咒借助敖包顶端的黑色巨石的滚落产生联合功效，最终惩罚了大自然的忤逆者努克。很显然，作者故意夸大咒语的灵验作用来让人产生畏惧、崇信心理，只有这样，人类在大自然面前才会心有忌惮，不敢肆意掠夺、亵渎。

郭雪波曾这样谈到小说中宗教书写的意图："从最初关注人与自然的生态命题、对生态遭破坏的直感愤慨《沙狐》，升华到后来理性写作《银狐》，从自然的'沙狐'到带有萨满符号的'银狐'，这是一种文化理念的升级，一种想从根源上、从原始宗教文化中寻求密码的企图，不是简单的宗教理念的宣扬，而是要树立宗教般神圣的重新崇尚自然、尊重生命的古老理念的新世复活。"① 面对严重的生态环境恶化现象，面对物欲冲击下信仰缺失、精神空虚的人类世界，激活萨满教的文化传统来探索一种新的生存密码和新的活法成为作家文化救赎的必由之路。

在鄂温克作家乌热尔图笔下，人们对自然、动物的敬畏心理与他们的宗教信仰中的图腾崇拜紧密相连。《灰色驯鹿皮的夜晚》中的芭莎老奶奶因对驯鹿的强烈思念，在幻觉中光脚走入风雪交加的丛林中，她要努力将最后的一丝温暖留给丛林。死后的她被放在"给徒具四壁的木房添了几分暖意"的驯鹿皮上，实现了人与驯鹿在身体和精神上的相融。这里，那句富有萨满内涵的隐喻得到了应验："森林里通灵的驯鹿才能驮着人类沉重的灵魂走远。"一个真正的鄂温克人的灵魂重生是谋求肉体与自然环境的完美交融来实现的，他们来自自然又最终回归自然，芭莎老奶奶的离世形式实现个体与民族图腾的融合，寄寓着人是自然之子的生态理想。

熊在萨满宗教里通常被看作族群的祖先，熊也是乌热尔图小说中的高频词。在《森林骄子鄂温克族的故事》《一个猎人的恳求》《棕色的熊——童年的故事》《熊洞》《萨满，我们的萨满》《丛林幽幽》中都有熊在出没。

作为图腾之熊，作者写到了猎熊的种种规矩和禁忌。打死熊却要说是熊睡着了，吃熊肉学乌鸦叫，称猎刀为"刻尔根基"，是什么也切不断的钝家伙；称打熊的枪为"呼翁基"，是打不死野兽的吹火棒。《森林骄子鄂温克族的故事》中"我"和尼库谈论有关熊风葬的神话传说

---

① 郭雪波：《生命意识与文化情怀》，《文艺报·周一版》2010年第24期。

时，尼库说：“解放前，鄂温克人过着原始生活，迷信、落后，信的神可多啦！"尼克哪里知道，他口中所谓的"迷信""落后"，恰恰是鄂温克民族的历史文化的重要组成部分。受时代变革的影响，人们对熊图腾崇拜和传统文化的认同意识都在淡弱、消减。从作者无奈的表达中，可以读出他对再造民族精神的渴望。在《丛林幽幽》中，作者对神熊描绘更是浓墨重彩。面对扑面而来的刀枪、猎犬，它表现出来的不是惊慌失措，而是"不可触犯的眼神""不可抵挡的气势"和动作的"沉稳""从容"。在它的领地上，它是神圣不可侵犯的。但毕竟力量悬殊，这一幕情景不仅让人联想到一个弱势民族面临强势文明侵扰下的复杂心理状态，其中也隐喻了作家在现实重压下试图唤醒的宗教图腾意识，希望通过对熊图腾、熊意象的构建再造民族精神的愿望与情感。在《萨满，我们的萨满》中，老萨满宣称："我是一头熊。"《丛林幽幽》中拯救营地的也是熊娃，他是祖先灵魂的托付和希望的寄托。乌尼拉梦熊并第二天腹部被熊摁了掌印，熊娃是祖先借巨熊之手赐予乌尼拉的孩子。这段奇妙的描述寄寓着作者强烈的寻根愿望。面对鄂温克民族在强势文明的侵扰下家园丧失、生命挫伤、种族退化的现实，乌热尔图试图从传统的萨满教中找寻到灵丹妙药，来对抗和消弭现代文明的侵蚀。

  鄂伦春民族同样敬畏自然，爱护动物，狩猎有道：不破坏动物的繁殖规律。作家敖蓉的《桦树叶上的童话》里就写到大雪封山的困境中，父亲放弃猎取兽仔和怀孕的母兽，一家人在断粮中忍饥挨饿的故事。空特勒的《自然之约》中也写到了森林中的采集植物同样有律可遵："女人们采集时，对自然资源同样十分爱惜，有着共同遵守的规矩，对草木更不许连根拔起，那样要受到整个社会的责难，还有来自内心的不安。女人们对自然资源有一种很深的感情和责任感，她们上山背柴，只找干透了的树枝，只剔树杈，这对成材活树没有威胁，她们懂得什么时间剥桦树皮而不伤桦树。"[①] 鄂伦春所遵守的"道"或"律"不是现代科学研究的结果，而是来自对"万物有灵"的宗教的信仰。在他们的眼中，自然和文化水乳交融。他们的生活与山、水、树、草、火等休戚相关，对大自然的依赖和敬畏感，促成了生态基础知识的习俗一直沿袭下来，

---

[①] 空特勒：《自然之约》，《民族文学》2007年第9期。

哪怕是一片枯萎的叶子里都有他们的信仰。

达斡尔族作家萨娜的作品中，萨满教的神圣意义成为消除现实人生困境的精神支柱。20 世纪 90 年代，萨娜步入文坛，在那个充满迷茫的年代，每个人都体会到了精神家园的荒芜的痛苦。萨娜是一位族群意识很强的作家，她不能忍受无序和无意义的生活，她想从精神上拯救这个世界。在这种情结的驱使下，她觉得本族信奉的传统萨满教，是拯救人们精神需求的灵丹妙药。在她的作品中，萨满教成了每一个人的依祜，在宗教的照耀下，自然万物神圣旷达，人与自然和谐友善，一幅人间仙境般的画面跃然眼前。

在《哈勒峡谷》中，作家以萨满教"以人祭天"的方式来求得自然的宽恕，实现人神的和解。库布老汉一行四人入山采药，因德莫克侵犯哑巴女托里的罪恶而得罪山神，让他们在死亡峡谷迷路。为了表达对山神的忏悔，醒悟后的德莫克主动要求以血祭的方式来为自己赎罪，仪式完成后，悬崖边终于出现了一条通往外界的小路。宗教的"祭天"仪式成为化解人与自然矛盾的有效途径。故事虽然玄虚，但文本中的宗教救赎意识浓烈鲜明。《有关萨满的传说与纪实》中的阿勒楚丹，虽然经历了戎马生涯，可当他再次返乡后，视人生浮沉为过眼烟云，支撑他生命存在的精神支柱是那份对萨满古书坚定而执着的信仰。正如汤因比所言："人类如果想使自然正常地存续下去，自身也要在必需的自然环境中生存下去的话，归根结底必须得和自然共存。对于一个具有意识的存在——因而就有选择力，就不得不面临某种选择的存在来说，宗教是其生存不可或缺的东西。人类的力量越大，就越需要宗教。"①

（二）佛教文化

新时期以来，内蒙古少数民族作家笔下都不同程度地涉及了喇嘛教与人生命运的生活。玛拉沁夫的《活佛的故事》、哈斯乌拉的《虔诚者的遗嘱》、海德才的《遥远的腾格里》、甫澜涛的《哈喇沁喇嘛》、乌雅泰的《喇嘛哥哥》等作品都塑造了走下神坛的活佛的形象，从唯物主义的角度否定了宗教非人性的内容，将宗教置于文明的对立面，在人性

---

① ［日］池田大作、［英］汤因比：《展望二十一世纪：汤因比与池田大作对话录》，国际文化出版公司 1999 年版，第 38 页。

与宗教的对立冲突中，喇嘛教的清规戒律成为作者诟病的对象。喇嘛教神秘的面纱被揭开，它不再是神圣的信仰所在，而变成了压制和扭曲人性的工具。而在具有生态意识的作家笔下，活佛不再挣扎于人性与神性间的纠结，而是以虔诚的佛教徒身份出现，尊重生命、主张众生平等、崇尚自然、讲究因果报应。佛理中蕴含着丰富的生态智慧以及生态保护理念。

郭雪波的作品不仅极力推崇萨满教，同时还映现着佛教的影子。他的作品中塑造了虔诚的佛教徒形象。在《银狐》中，吉戈斯喇嘛虽然没有寺庙，却仍在虔诚地诵经；在《沙葬》中，云灯喇嘛云游后最终的归宿仍然是沙漠深处那座破旧的庙宇。他用一生的精力弘扬佛法，为他人指点迷津，直至与用自己生命守护的三尊泥佛一起沙葬地底。还有《火宅》中那个曾经迷恋尘世、触犯过戒律的萧吉亚活佛，在经历了太多后，晚年时幡然悔悟，重归佛门，一步一拜发露忏悔。在郭雪波的小说中，不只是这些活佛、喇嘛，就连那些普通的凡夫俗子，也以不同的形式表达着对佛爷的虔诚。在《狼子本无野心》中，奶奶额头上顶着的小肉球，就是常年拜神磕出来的。为了还愿，她不顾年迈多病的身体，顶风冒雨，一步一叩地朝拜到库伦庙。在《最后一个圣徒》中，"我"的父亲不远千里来到雍和宫，只是为了能得到博格达佛爷的摸顶。对这一场景，作者作了生动的描述："他激动地流下眼泪，陶醉在宗教仪式中，感到满意、感到幸福，满脸的恭敬、虔诚、痴呆。"小说《舌尖上的瘫儿》和《父爱如山》中也有着类似情节的描述，反映了他们对佛陀信仰的至诚之心。

在郭雪波的作品中，几乎没有佛教形式上的光头、念珠、袈裟及佛事活动等，也很少看到那些金碧辉煌的寺庙，听到那古朴悠远的晨钟暮鼓。但透过人们在佛像下的庄严沉穆，对佛教发自内心的尊崇，还有对佛法的顿悟和坚守，使我们深深体会到佛教强大的摄受力，令人感叹和敬仰。

在这些虔诚的佛教徒身上，作者极力彰显的是其悲天悯人的博大情怀。《沙葬》中的云灯喇嘛对所有的生命一视同仁，在他眼中，众生平等。所以，他能够痛斥酷爱猎杀动物的铁巴："人重要？那是你自己觉得。由狐狸看呢？你重要吗？所有的生灵在地球上都是平等的，沙漠里凡是有生命的东西都一样可贵,不分高低贵贱。"正是这样的博大胸怀,他始终能做到舍己为人,在沙暴袭来时,他为动物准备了活命之水,在风掀开茅屋后,他让动物和人类一起躲进地窖。作者从佛教的众生平等的理念来批判人类的贪欲和自私。在《舌尖上的瘫儿》中,父亲对脑瘫儿孙子始终如一的至爱呈现的是宗教式的大爱:对生命的尊重,对柔弱生命的怜爱。在此基础上作者进一步联想引申——他把地球比作了那个患病的孩子,如果人类有"父亲"那样的大爱,就不会有愈演愈烈的地球的生态危机。

佛教反对杀生,他们普遍崇尚与自然万物和谐相处,认为自身和自然万物是一个整体,主张的因果法则、慈悲为怀,这种博大和谐的理念,可以说是对生态环境最根本的保护。

郭雪波认为,不断恶化的生态及其带来的灾难,根本肇因于人类对大自然的不敬。他试图借助自己的小说,提醒人们去重新审视宗教,用宗教的精华去滋养人们干涸已久的心灵,找到那把闪烁着智慧光芒的生态钥匙。在《最后一个老萨满去了》一文论及新书《大萨满之金羊车》诞生的缘由时,他写道:"重拾已失去的可贵的宗教精神,作家有责任阐释这种民族文化的'根'。面对这许多困惑,人们也许从至今依然闪烁着人类智慧之光的宗教文化优秀思想和宗教哲学理念中,找到答案,找到前行的方向,如老子的《道德经》宣扬的'天人合一'、'道法自然'的精髓,萨满文化所包含的崇尚万物自然的宗旨,佛教文化尚善思想,正是当今社会所日益缺失的,需要坚守和弘扬的宗教文化精神。"[①]正是这种超越人类、族属、阶层的博大宗教情怀赋予了郭雪波强烈的责任意识,在试图唤醒人类的生态意识的同时,也极力帮助迷茫的人们探寻出路。

总之,在现代化与全球化的大背景下,内蒙古的少数民族作家们试图通过正面表现蒙古族宗教文化的伟力与神秘,来唤醒人们久已失落的对大自然的崇拜和敬畏之情。在对人与自然的关系进行重新审视时,作家们以虔诚庄严的态度和敬畏肃穆的心情去定位自然中的人的所在,重新倡导宗教信仰对人的价值导向和精神引领的功能。这一切表明,面对

---

[①] 郭雪波:《最后一个老萨满去了》,《北京青年报》2011年3月18日。

日益严重的生态问题,作家们渴望从传统民族文化体系获得灵感和养分,通过激活传统资源中的现代因子,重建人类尊崇、敬畏自然的生态意识和习惯。

## 三 民族形象的构建

在工业文明的强势冲击下,草原生态在自然、文化、精神等多个领域呈现出溃败之态,少数民族作家在危机中审视民族文化,塑造了众多的体现民族精神的人物形象,以此对抗民族精神的萎缩。新时期内蒙古少数民族小说中有几类人物值得关注。笔者从工业文明的大背景下对其进行分析,探讨他们的命运及身上体现的对民族精神的召唤意识。

(一) 生态英雄的形象——民族精神的旗帜

蒙古民族是崇尚英雄的民族,蒙古族民间就流传着550多部英雄史诗,英雄成为蒙古民族文化中最完美的人格定位。如《江格尔》中的洪古尔、《蒙古秘史》中的成吉思汗等都成为蒙古族民族英雄的典范。蒙古族作家郭雪波小说中,虽然也有对民族英雄嘎达梅林的倾情塑造,但作者笔下的嘎达梅林并不是横空出世的战神,也不是嗜血如麻的绺子,而是草原普通牧民的儿子,是为拯救草原、维护草原生活平衡而牺牲的英雄,赋予了嘎达梅林生态英雄的新的形象。

郭雪波的小说中还通过普通人强大的生命意志的书写塑造了另一类生态英雄形象。他们大多沉默寡言但内心强大、永不服输;虽然离群索居,但心连广宇与自然血脉相融;看破尘世浮华却又能坚守内心纯净,豁达大度地平等对待众生。如《大漠魂》中的安代王老双阳、《沙葬》中的云灯喇嘛、《银狐》中的老铁子、《沙狐》中的老沙头、《苍鹰》中的老郑头、《空谷》中的秃顶伯等,就是这些少言寡语、孤独倔强的老人们在茫茫沙漠中顽强耕耘,彰显的是不屈的生命意志。他们淡泊名利,相信双手能改变命运。《银狐》中的老铁子拒绝回村当村长,只愿在沙漠中改造家园;《大漠魂》中的老双阳不会为返销粮去跳心目中神圣的安代,执意在沙坨子深处种出了绿意盎然的红糜子;《苍鹰》中老郑头拒绝进城而在沙漠治理上默默奉献,尊重鹰的生存法则,不去干预小鹰啄食母鹰的行为;而且他们常年在沙漠中生活,与周边的动植物建立了和谐友好的关系。《沙葬》中当热沙暴来临,沙井周围的各种生灵前来求救时，云灯喇嘛不仅收留了他们而且把自己预先准备的水分给了各种生灵；《沙狐》中的老沙头对沙漠不离不弃，不仅执着封沙治沙，而且还保护着沙漠里的生灵。《父爱如山》中的父亲作为一位民间艺人一遍遍地拉着胡琴讲述着嘎达梅林反抗开荒的故事，在对英雄的缅怀中来摆脱现实的沉重，不顾年老体迈固执顽强地从家乡赶到北京雍和宫朝拜活佛、接受摸顶。他们要征服的，只是破坏自然的力量，而非自然本身。在他们看来，自然是神圣和圣洁的，他们始终充满着敬畏和欣赏。尽管这类人物形象在单个作品中常常形单影只、不被人理解，但这恰是郭雪波在危机四伏的沙化草原中树起的一面英雄人格的旗帜，寄予着作者力图召唤蒙古人强大生命意志回归的美好愿望，以此来对抗商品经济时代对蒙古民族传统精神气质的消解。

（二）智慧老人的形象——民族文化的化身

乌热尔图对其笔下的老人形象有着浓墨重彩的书写。对于一个以听觉文化为特征的民族而言，老人代表民族智慧，即民族传统文化的传播者，他们采取原始的口传故事的方式留存鄂温克的精神信仰、民俗禁忌。美国黑人学者杜波伊斯说过"对于非洲黑人部落来说，每一个老人都是一座图书馆"[1]。鄂温克作为中国人口较少的弱势民族，他们没有本民族的语言文字，族源神话、祖先传说、宗教信仰、生存技能等主要依靠老人的口述以及亲身示范代代相传。这些老人或者是三界的通灵使者萨满和巫师，或者是见多识广的资深猎人，或者是承担传播功能的说唱艺人。《你让我顺水漂流》中作者这样写道："最初，儿童的知识主要来自营地老年人的口，来源于他们出色的记忆。部族的老人负有责任把头脑中、从上一辈口中听到的数不清的，涉及部族起源、迁徙历史、狩猎经验的传说，按照故事和神话的形式，慢声细语地讲给孩子们。毫无疑问，整个部族，对代表着历史、代表着智慧的老人们，保持着孩童般的精神依赖。"[2] 因此可以说老人就是无形文化的载体，也是无形文化遗产的活化石。在乌热尔图小说《森林里的梦》《清晨升起一堆火》

---

[1] 转引自祁惠君《人口较少民族民间文化的保护和传承》，《民族文学研究》2005年第4期。

[2] 乌热尔图：《你让我顺水漂流》，作家出版社1996年版，第117页。

《老人和鹿》《越过克波河》《灰色驯鹿皮的夜晚》《你让我顺水漂流》《萨满，我们的萨满》等作品中都出现了老人意象。他们多为萨满，或如萨满一样智慧、无所不知，通灵，有预知功能，是自然、动物、神的合而为一。他们是民族传统生活秩序的维护者、民族记忆的追随者，或者说就是民族精神的化身。

小说《老人和鹿》的老人是真正的森林之子，以山水草木为友，恪守着与鹿每年的约会，当他知道了公鹿被人用铁丝套死的消息后，老人也含泪死去。作者实际上是想借老人意象，来表达人在热爱大自然，守望最后的家园时的深切情感。正如雷达所言："这里的老人的感情不是忏悔，而是对大森林和自己民族的刻骨镂心的爱。每一个鄂温克人都是怀抱着这种民族自信心和自尊感生活着的。"[①] 这种民族自信心和自尊感，是每一个鄂温克与生俱来的素质。《你让我顺水漂流》中的卡道布老人，是鄂温克部族唯一的也是最后的萨满，他智慧深邃，可以通晓过去和未来，主张人像动物学习，当人类把自己当成一种喜欢的四条腿的动物时，动物就能帮你的忙。他身上承载的是鄂温克民族与自然世界的亲缘关系。《萨满，我们的萨满》中的老人达老非是个通晓一切的萨满，在活着的时候，他占有了很多，在死的时候，他又能带走了很多。现代文明的发展让狩猎文化成了游客猎奇的内容，让萨满老人成为旅游观光纪念品，不得已的老人只能以"一脬臭屎"来为自己争取一小块空间，以此来表达对民族文化被猎奇、被侵蚀命运的反抗。最终的结局是，达老非萨满被一头赋予了某种使命的熊吃掉了，老人似乎通过刻意安排这种灵与肉同大熊合为一体的仪式，完成了其"他宁愿回到与熊共舞的荒蛮时代"的夙愿，以此来实现对民族精神文化的坚守与呼唤。

《丛林幽幽》中满是皱纹、掌握整个克波迪尔河流域部族的传说和习俗的老祖母就是作品的灵魂，她"满是皱纹，对山林里的一切喜欢陈述和预言"。她的出走，预示着智慧的丧失和传统的偏离，使这个靠口手传递知识的狩猎部族体会到难以愈合心中长久的伤痛。活了几辈子的托扎库萨满说大熊赫戈蒂就是"额沃"（老祖母）。巨熊无所畏惧的强大气场本身就是雄强力量的象征，果真人们发现大熊腹中

---

[①] 雷达：《哦，乌热尔图，聪慧的文学猎人》，《文学评论》1984年第4期。

藏着老祖母的玉石镯。这一情节的安排意味着乌里阿老祖母的精神曾在巨熊体内复活，也将这一雄强的生命力注入熊娃额腾柯身上，使他变得更加强大。这段奇妙的叙述正是表达了作者对于民族精神重塑、再造的愿望。

乌热尔图在《述说鄂温克》致读者中谈道："繁荣与发展是当今的共同话题，是不同民族步入当代社会面临的最新挑战。迎接这一挑战尚需具备某些基本素质，诸如悠久的文化传统、民族的自信心与凝聚力。"[①] 透过乌热尔图的作品，可以深切体会到他对本民族固有传统文化的关注和忧虑，他试图通过寻根的方式获得力量，以抵御民族文化的衰退。可以说，通过再造民族形象来应对民族文化的生存危机始终是其不渝的追求。

（三）女性形象——民族延续的绳主

在内蒙古少数民族作家小说中，女性是一个特殊的形象群体。在崇尚萨满教的少数民族文化中，女性处于较高的社会地位。"满族先民新石器时代的萨满教是以母性崇拜为特色的。我们见到了女神偶，同时也可以证明诸动物神、自然神与女性不可分割的关系。如火神，各民族普遍认为她为女性。……在满族神话中，有若干相当庞大的女神系，多者竟达三百多位女神，这些神占据了自然神、祖先神、英雄神的主要甚至全部位置。"[②] 所以女性的神性表达成为必然。女性因其孕育血脉、繁衍后代的神力而被尊称为绳主——"西兰夫达"[③]。"西兰夫达"是母亲原型的典型体现，它们就像一条绵延的线绳，将远祖与后世子孙相连。她们不仅仅要奉献出无私的母爱，更重要的是还肩负着文化传承的重担，毫不夸张地说，正是那柔弱却充满母爱的双手，在摇动摇篮的同时，也推动了历史的车轮。

满都麦笔下的母亲形象闪耀着人性的光辉和人格魅力。《三重祈祷》的女主人公苏尼特作为一个普通蒙古族女人，命运坎坷、历尽艰难：母亲重病、喇嘛诱奸、兵匪凌辱、情人欺骗、丈夫被害、儿子失

---

① 乌热尔图：《述说鄂温克》，远方出版社2009年版，第5页。
② 富育光、孟慧英：《满族萨满教研究》，北京大学出版社1991年版，第23页。
③ 富育光：《萨满论》，辽宁人民出版社2000年版，第28页。

踪，甚至还要承受着两个鬼魂对她灵魂的追夺和拷问。她的一生与苦难相依相伴，但她依然从容而坚强地活着，用瘦弱的肩膀扛起了男人们都难以承担的生命中的一次次灾难性打击。面对严重的情感和生存危机，她也曾经试图通过对喇嘛的信仰和圣祖崇拜的方式走出魔域，但残酷的现实昭示着这种努力的徒劳和绝望。最终救赎她的是她一生苦难中从未放弃过的对这个世界的热爱：爱母亲、爱丈夫、爱情人、爱儿子、爱生命、爱自然——苦中作乐、无穷思爱。这是老人对这个罪恶世界的祈祷和超越，是战胜了灵魂迷惘的人性的坚强与尊贵。

《春天的回声》中也塑造了一位有着人间大爱精神的蒙古族老额吉形象。在黑白颠倒的动乱年代，她不顾个人安危照顾孤苦无依的邻家的"黑崽子"，给她母亲的温暖怀抱和父亲的坚强后盾，这种不计个人得失、无视世俗险恶的爱完全彰显的是母性的大爱无边。满都麦笔下这类母亲形象无疑成为蒙古族民族生命的动力源泉，甚至彰显出更为广博和深邃意义上的神性光辉。

在内蒙古少数民族作家小说中，女性还常常是部族文化代言人的象征。乌热尔图的小说中的那些老奶奶，尽管她们头发花白、老眼昏花，有的甚至掉光了牙，但却对整个部族的神话传说、风俗由来、历史变迁了然于胸，她们就是大兴安岭的活地图：上千条河流的分布与走向就像她们手掌上的纹路可以随手拈来，十里之外山沟里驯鹿群觅食的方位可以被她们凭借气味和风向轻松获取……她们就是民族文化精神的延续者和传承人。

如果说女性作为传承文化的使者的形象在乌热尔图小说中没有得到鲜明的性别彰显（作者更多突出的是其老人的身份），那么在郭雪波的小说中，女性对传统民俗和宗教信仰的虔诚和狂热则得到了细致入微、酣畅淋漓的表现。郭雪波的《大漠狼孩》中为了换回狼孩小龙久失的人性，妈妈和奶奶精心操办了"招魂"仪式，无论是细节、态度还是陈词都虔诚到位。她们所要做的，就是把这种古老的仪式和文明传承下去，让自己的后代从中获益。"低沉、幽远的'招魂歌'，在小屋里回荡着，它那缓慢、哀婉、充满人情的旋律，久久在人的心头激荡。我感到，这确实是一首征服人灵魂的古歌，倘若那迷途的灵魂还不归来，那肯定不是人的灵魂了。"① 她们用女性独有的品质和神圣的仪式召唤着灵魂回家，为人们带来了精神上的清凉。作者可能也是借此仪式为即将消失的民族文化，更确切讲是民族精神招魂。

《大漠魂》中的"荷叶婶"为了安代文化的传承奉献出了自己的生命。作为神职人员的荷叶婶，一生痴迷萨满教舞蹈——"安代"，并为萨满教的沦落痛入骨髓："'安代'，哦'安代'，可有十多年了，'安代'死了十多年了，俺也跟着死了十多年……"，她把自己一生的幸福都交代给了萨满信仰。所以当获知雨时来村里收集和整理安代文化时，她死去多年的灵魂又复活了。为此，她不顾病痛，勇挑重担，用生命为信仰献舞。"说起来，也没有人真正关心和考虑'安代'的命运、'安代'那个迷人的魂——那个不被人知的神秘的魂。她独咽着苦涩的水。这次她是完全出于某种使命感，才决定跳'安代'的。企盼着通过这最后一次机会，享受那遨游'安代'的神奇世界的幸福，寻觅那魂，捕捉那精灵，把自己孤独的灵魂融进那超脱的境界。"她是为萨满教而生的，也要为萨满教而死。所以当她最后一次跳起安代的时候，呈现在世人面前的是一种惊人之美：轻盈的步态、敏捷的身手、忘我的激情，那舞姿连十八岁的少女也远不及。最终，荷叶婶以生命之舞让自己的人生完美谢幕。

女性既是文化的传承者，也是精神意蕴的记忆者，在《混沌世界》中，成吉思汗的母亲沃柯仑就承担着这样的重任。她向儿子讲述着蒙古人的历史："蒙古人是生活在史诗中的民族。史诗如一匹骏马搭载我们民族的历史。那蔚蓝色永恒的长生天创造了我们第一部史诗。它告诉我们江河大地，山峦森林还有我们人类是从哪里来的，史诗教给我们崇拜神灵，并在他们的庇佑下创造生活，它也教给我们战胜冥冥阴间的恶魔带来的灾难。"内蒙古少数民族作家从文化承传的角度来刻画女性的形象，以表达对远去的民族精神的召唤。

以上三类人物形象在新时期内蒙古少数民族作家小说中异常醒目，体现着作家们对民族精神的关注。一个无法回避的事实：作品中的这些形象往往都充满了悲剧色彩，或不被周围人理解，或处于边缘化的地

---

① 郭雪波：《大漠狼孩》，中国文联出版社2001年版，第120页。

位，或心理处于极度孤独的状态。但他们依然义无反顾地以决绝的态度坚守理想甚至为之殉身，在民族精神的书写上留下了浓墨重彩的一笔。阿云嘎在《蒙古族文学的现代性与世界性》一文中说："科学技术发展与观念更新并没有改变关乎人生的基本问题，譬如说，人与自然究竟是一种什么关系？生、死和爱的意义与本质是什么？人类应该追求什么样的目标，等等；而草原、高原、密林、雪域深处那些民族的文学关注的，恰恰是这些主题。"[1] 这些闪耀着民族精神光彩的人物形象不倦追寻的正是这样的终极性问题。

综上所述，现代语境中，挽救少数民族文化危机最有效的途径之一是续接将要断裂的民族文化之链，允许不同文化的存在，让不同的文化在自己的土壤上多元发展。而人类智慧的传承和发展更需要不同文化元素的哺育。这就如同地球生态一样，必须有不同种类的生物共同生息繁衍才能维持地球的生机和平衡，倘若地球上只有一个物种，那意味着地球离毁灭不远了，文化亦复如是。能存续到现在的各种文化，不论影响力大小，都是人类积淀了千万年的产物，其顽强的生命力证明了其所承载的信息、包含的经验和智慧，不是某一种文化能代替得了的。也正是因为文化的多元性，才使我们能够有更多的机会去丰富或选择它，才会使我们在尊重差异的前提下发展和保护它，从而有效地维护好文化生态的平衡。《国语·郑语》有云："夫和实生物，同则不继。以他平他谓之和，故能丰长而物归之；若以同裨同，尽乃弃矣。""和"即多样统一，指诸多异质因素的多元和合；而"同"则是一元的，指同质事物的简单叠加与同一。"和而不同"即是所谓多元一体、多元共生。内蒙古少数民族文化是中华文化乃至世界文化的重要组成部分，它同样应该在国内或国际舞台上拥有自己的一席之地。如诗人泰戈尔所言："每一个民族的职责是，保持自己心灵的永不熄灭的明灯，以作为世界光明的一个部分。熄灭任何一盏民族的灯，就意味着剥夺它在世界庆典里的应有位置。"[2] 内蒙古少数民族作家的文化回视与挽救尽管现在看来还显得势单力薄，甚至力不从心，但对人类文化生态发展理想境界的追求是

---

[1] 阿云嘎：《蒙古族文学的现代性与世界性》，《民族文学》2007年第8期。
[2] 转引自黄伟林《中国当代小说家群论》，中央编译出版社2004年版，第52页。

他们心中不灭的明灯，这个理想的境界恰如当代著名社会学家费孝通所言："各美其美，美人之美，美美与共，天下大同。"

## 第三节　浪漫还乡与诗意栖居

近年来地球生态环境越来越恶劣，各种环境灾难愈发频繁，人们也逐渐认识到当今人类对生态环境的所作所为与生态环境的不断恶化有着非常密切的关系。而人类的价值定位与行为取向事实上是由人类的精神观念决定的。人类中心主义的精神观念主导下过度地开发自然资源，导致大自然受到严重的破坏，自我修复能力大大降低，人类居住的地球目前处于濒临崩溃的状态。精神是人类所特有的一种生命运动，具有内在性、意向性、自由性以及能动性等特质，对于地球大自然环境有着潜伏、更高层面的影响作用。生态学家阿恩·纳斯在1973年创建了"深层生态学"，将关注的目光从外部的自然环境延伸到人类内部的精神世界，开启了生态研究人文转向的历程。

曾经担任过美国副总统的阿尔·戈尔以"生态与人类精神"作为其著作《濒临失衡的地球》一书的副标题。他颇有见地地指出，在科技革命的冲击下，人类的"内在生态规律"在"物"的冲击下彻底失去了平衡，"心"迷失了前进的方向，因此他呼吁"培养一种崭新的精神上的环保主义"[①]。鲁枢元作为国内"精神生态"这一概念的首倡者，充分认识到了生态危机救赎中精神救赎的重要性："自然生态的破坏与人类精神的颓败、与文学艺术精神在现代社会中的消亡是同时展开的。拯救地球与拯救人心是一个问题的两个方面。对生态困境的救治仅仅靠科学技术的发展和科学管理的完善是不行的，必须引进'人心'这个精神的因素。"[②] 从某种角度讲，之所以出现生活环境问题，其根本原因是人类的精神层面出现了问题，所以只有充分了解和把握人类的精神动态，才能从根本上解决由此带来的环境问题。这就意味着危机的解除首先要从精神上清污，势必导致人类精神、认识形式、体会认知方法以

---

[①] [美] 阿尔·戈尔：《濒临失衡的地球》，中央编译出版社1997年版，第191页。
[②] 鲁枢元：《精神生态与生态精神》，南方出版社2002年版，第2页。

及生存观念等很多方面的本质改变。"生态问题实际上已成为悬挂在人类上空的一个带有'终极'色彩的问题,'生态'具有了哲学意义,'精神'充满生态含义。"① 因此,拯救地球生态系统必须要完成形而上的人类精神的拯救。

在当今的现代化语境中,伴随着高科技的飞速发展与人类物质生活的无限提升,人类的精神领域却出现了严重的失衡现象:"人的物化、类化、单一化、表浅化"以及"道德感、历史感的丧失,审美能力,爱的能力的丧失"②。精神领域的问题就需要在精神层面解决。人类只有通过在精神层面上调节自己的内在价值系统,在厘清了生命为什么存在以及存在的价值后,才能从本质上将生命与物质主义分离开来,对惶惶不安的精神灵魂寄于抚慰。在精神层面上与自然达成一种默契与和谐,让心灵在平和中走向宁静与淡定,由此共构地球生态系统的稳定。

西方世界在文艺复兴以后,就进入了工业文明为标志的资本主义历史阶段。对自然科学的迷恋导致以技术征服自然、攫取自然成为资本主义的历史要求。唯理主义成为现代工业社会建构的基础和方向。唯理主义一再追求知识的有效性,追求以数学式的明晰和逻辑上的严密推理来解释自然与社会。世界彻底成为一个可以由严谨的方法计算和精密的技术操控的平面对象,没有深度也失去了感觉和经验的存在。而18世纪的浪漫主义思潮先驱对此表现出深切的忧虑。卢梭惊呼:科学甚至文明不会给人类带来幸福,只会带来灾难;席勒认为工业文明将人束缚在机器的轮盘上,从而失去了生存的和谐和青春激情的想象。浪漫主义思潮与强调数学和理性的近代科学思潮相抗争,竭力想挽救被工业文明所淹没了的人的内在灵性,拯救被单纯逻辑性思维浸渍了的人的思维方式。他们苦苦追寻人的有限生命如何得以超越,灵魂在哪里可以实现皈依。同时代的哲学诗人荷尔德林清楚地看到了专业范围对人类个体的肢解,他说在德国只看得见手艺人、思想家、教士,却看不见人,即看不到灵魂的生存。技术与功利把人引离了故土,实用与欲望遮蔽了人们灵性的双眸,人的上天入地的冥思被遗弃了。失去了安身立命的精神依据,人

---

① 鲁枢元:《猞猁言说》,社会科学文献出版社2001年版,第9页。
② 鲁枢元:《生态批评的空间》,华东师范大学出版社2006年版,第22页。

成为无家可归的浪子。因而在《帕特莫斯》中他吟唱道："神近在咫尺，又难以企及。/当使者过于雄浑，/危机反倒潜伏。/……既然时间之峰厌倦了相隔天涯的山峦，/密集聚居，相偎相依，/那么，圣洁浩瀚的水波，/请赐我们以双翼，让我们满怀赤诚衷情，/返回故里。""浪漫还乡"成为荷尔德林晚年重要的思考命题。还乡就是返回精神的自由自在的原初，与神灵亲近的近旁，享受由于依伴神灵而激起的无尽的快乐，这就是诗意的人生。

## 一 荒野的回归

荒野是广袤的、独立于文明之外、有着永恒品格的处女地。文明诞生前，世界皆荒野，猿祖仅是寄生其中的普通一员，直到人类身份确立，开始拓荒运动，荒野才有了独立含义，被人类放置在了"文明"的对立面。作为人类最早栖身家园的荒野，充满着神秘与野性的自在之美。美国环境学家霍尔姆斯·罗尔斯顿说："每一条河流，每一只海鸥，都是一次性的事件，其发生由多种力、规律与偶然因素确定……原本无关的元素撞到一起，便显示出一种野性。"[1] 荒野遵循着大自然古老的生态法则，生命能够"如其所是"地展开。然而随着历史的变迁，从荒野中走向城市文明的人类，却在高度统一化的社会法则中承受着人为物役和失去自由与血性的痛苦。时尚和流行的话语挤占了人类的判断和反思的空间，生存的压力使人越来越言不由衷。美国作家梭罗发表了一篇散文《散步》，在此文中作者对脱节自然生态的西方国家文明做了严厉的批判。作者认为大自然是我们的母亲，它荒凉、宽广、野性，但又是非常美丽，对她的子民一视同仁，她的爱无所不在，但是我们却过早地离开了我们的母亲，迫不及待地进入人类社会，将自然——我们的母亲排除在外，仅仅利用人与人之间的关系创建文化，这种文化最高也就只能是英国王族了，是一类在短时间内就可以到达顶峰的文明。所以，当荒野在生态文学中作为特殊的文化符号表现时，它所承载的文化内涵为生命提供了另外一种向度：生命的原初性、精神自由感、灵魂的纯真度、个体的宁静心等重返人间。肉体和精神会因内外的和谐而焕然一

---

[1] 转引自王开岭《荒野的消逝》，《海燕》2010年第1期。

新。正如梭罗所称"只有在荒野中才能保全这个世界"。他把未受人类玷污的荒野视为圣地，把在这样的荒野里的漫步称为"朝圣"。

荒野中蕴藏着一种自然朴素、野性未雕的蓬勃生机与强大的生命力。早期人类在荒野中充满野性自由和蛮荒神秘的生活是天然自足的，尽管经历着荒原大地的严酷考验，但却保持着生命原初的硬度与质感——坚韧和本色。在蒙古族作家海泉的《混沌世界》中，那种周天的寒彻和空旷孤寂是文本中"荒野"的印象呈现。海泉创建了很多具有雄性精神系列意象的对象，如神秘的沼泽、寒冷的冬夜、荒凉的山川、广阔的天空以及雪野等。如作者在小说里提及：在每一年的六月初或者五月底这里都会迎来一场暴风雪。夜深人静之时，沼泽被白雪覆盖，突然神秘沼泽中散发出一股新鲜浓郁的野艾草的味道，风中的气味将马群吸引过来……而在清晨来临的时候，皑皑白雪会覆盖地面上所有痕迹。主人公阿合马特、苏柯、崎延等就生活在如此粗糙、原始和骏利的自然环境中，经历着迁徙与战争、征服与死亡的跌宕命运。作者有意凸显古代荒野原始、荒蛮、残酷、奇异的历史情境，在死亡与生存的临界点上，彰显古代蒙古族英雄的生命强力和悲壮情怀。

荒野代表的是大自然的性格，对荒野的书写可以重新唤起人类对在大地上自然生活的记忆，激发现代社会中已经萎缩了的生命激情。郭雪波小说《狼孩》中，大自然的野性的吸引和母狼呼唤使小龙彻底屏蔽了与人类的温情，以不顾一切的姿态咬伤自己的亲生母亲奔向了母兽。大漠狼孩经历了人爱与兽爱痛苦挣扎后，最后选择与狼一起回归自然，奔向那深邃浩瀚的荒野，去追寻纵横苍野的自由，只有那里才是他唯一认同的皈依之所。《沙狼》中的无毛狼崽在经历了自然与人类社会激烈争夺的煎熬之后，同样选择了奔向荒野，狼孩形象的塑造是人类摆脱文明羁绊赤条条回归荒野的一种生态理想的展现。

荒野在生态文学作品中，往往成为心灵的疗养院。文学家爱默生认为：生态自然是最好的药，能治疗百病。当一个律师、商人脱离所处的人类环境重新走入大自然时，他又重新拥有了人情味。因此荒野往往会成为心中藏有自然的人疗伤的良方。卢梭在《一个孤独的散步者的遐想》中感慨道："夜幕降临了，我仰望天空，繁星在闪烁，落叶在飞舞。我感到一阵快感袭来。周围一切仿佛都不复存在，在这一刻，我得到了重生。似乎我脆弱的存在就在我看到的一切之中，在我的整体存在中，我感受到一种绝对的宁静，而每当我回想起这种宁静，却发现生活中任何一种我能感受的快感都无法与之比拟。"① 这是人类个体在回归自然荒野过程中的一种宁静的灵魂安置。自然的野性、空旷、静谧以及它巨大的包容性带给人类更多的是回归生命之根的踏实与坦然。《沙葬》中写到了云灯喇嘛将白耳放回自然的那个夜晚：大地静谧、博大、深邃、神秘，也只有在夜晚大地才会有如此超脱的气质，对其怀抱中的所有生灵都有一颗包容的心，并不介意其合不合理、完不完整，是强大还是柔弱，是生还是死。自然的野性、空旷、静谧以及它巨大的包容性带给人类更多的是回归生命之根的踏实与坦然。主人公栖身处于荒野之后，其内心是如此的平静，这种感觉之前从未有过，只有人类与自然和谐相处才会有这种感觉存在。乌热尔图《七叉犄角的公鹿》里那只公鹿昂首挺背、四蹄生风、以闪电般的神力奔向自由天地的英姿不仅强烈震撼了少年的心，也使其凶恶的继父特吉的心灵受到了强烈的震撼，大自然神奇地恢复了美好的人性，所以"进入荒野实际上是回归我们的故乡——我们是在一种最本源意义上来体会与大地的重聚"②。荒野是一个由自然之道来演绎的世界，是人类和其他生命契合共生的地方。摘除面具、回归荒野，即意味着人性复苏、心灵安宁，此刻人才是真正意义上健康的人。正如梭罗所言："生活在大自然之中并且各种感官仍然健全的人，就不会产生非常黑色的抑郁。"③ 因为这时的自我在与大地共同体的联系中得以实现。快乐、自由、和谐的生活是人作为自然之子的生存理想，荒野在生态文学作品中，代表人类理想化的最终归宿。它常常以生态危机的对立面、参照体而出现，是一个平等的、简朴的、心灵化的审美乌托邦。

生态学家利奥波德认为生态整体观才是"大地伦理"最重要、最根本的内容。它使道德对象的范围进一步扩大，使其除了包含人类，还包

---

① [法] 卢梭：《孤独散步者的遐思》，巫静译，湖南文艺出版社2005年版，第37页。
② [美] 霍尔姆斯·罗尔斯顿：《哲学走向荒野》，刘耳、叶平译，吉林人民出版社2000年版，第64页。
③ [美] 亨利·大卫·梭罗：《瓦尔登湖》，王家湘译，北京十月文艺出版社2009年版，第126页。

含土地、水源以及动植物。大地伦理学认为人只是生态环境中最普通的一分子，并不是大自然的主宰者，与其他道德对象相比，其没有任何特殊的权利。利奥波德发表的《沙乡年历》里提及：存在荒野人类才得以存活，荒野里的生活相比人类传统意义上的物质生活品质更高，这是人类所享有的基本特权。史怀泽的"敬畏生命"理论中，一切生命都是神圣的，没有高低优劣之分，在生命网络中，物种平等，所有生物命运休戚相关，他们拥有尽享大地之美的同等权利，人类只是自然共同体的一个成员。所以人类要学会尊重生命、敬畏大地。作家郭雪波认为沙漠里的全部生灵（包括生的与死的）都是自己小说的审美对象，而《沙狐》里的主人公老沙头则对能在沙堆里存活的所有动植物由衷地钦佩，他视这些动植物为自己的榜样和同伴，是战胜沙漠的英雄，在沙漠里，人、动物、植物组成了一个强大、和谐的网络，共同对抗沙漠威胁。郭雪波认为只有认同自然的感情才是人类最崇高的感情，所以一定要尽力挖掘人性的美好一面，大力弘扬这种人性美，从而在作品里体现人与自然的和睦共处。

鄂温克族作家乌热尔图也在其文章中多次提到这种感情，这与鄂温克族生活的环境有很大的关系，这种情感表述其实就是对自然的一种尊重。乌尔热图赋予笔下对象灵动的生命，在其笔下，大地、石头、树木都具备了灵性，而动物会讲话，乌热尔图将大自然中存在的所有生物都拟人化，认为它们和人类是平等的，表现了对自然的无比尊重和敬畏，正是因为与自然的和睦相处，才使鄂温克族人世世代代繁衍下去。在乌热尔图的文字中始终体现着人类和自然亲近一家、人类与自然和睦相处的感情。

爱德华·艾比在《大漠孤行》中提出，荒野是现代文明之根，在人类与自然的抗争中，人类可以进行适当的让步，从而达到自然与人类的和谐统一。因此作家积极倡导贴近自然、返璞归真的生活，召唤人类去追求、去获得这种宁静的幸福。这与梭罗的文化理想中的"简朴"概念不谋而合。梭罗的《瓦尔登湖》就通过描写自己在湖畔简单的物质生活和大自然中享受到的欢愉，与读者分享生命快乐的秘诀，那就是学会放下，回归简朴，这是生命审美地存在的必要前提，也是在现代发展的语境下人类自救的呼声。

鲁枢元先生提出用"低物质能量运转中的高层次生活"① 来取代高物质能量运转中的低层次生活,着重指出可以通过开发精神资源从而减少滥用自然资源的情况。所以,简朴的生活观成为内蒙古少数民族小说中具有生态意识的主人公的生活本质。郭雪波"科尔沁沙地的系列小说"里的白海、老沙头、云灯喇嘛以及老郑头等小说人物,他们心怀梦想、固守清贫、"知止"、"知足",在最朴素最简单的荒野生活底座上构筑起最伟岸最健全的精神高峰,形象诠释了天、地、人三者合一的可持续发展的人类生存的理想模式。

在生态文学中,生存于荒野里的人,其拥有最高的人类生存境界,脱离了人世的物质牵绊,也隔离了来自工业文明的渗透。在新时期以来,内蒙古作家的小说中,对荒野原生态的生活方式和生命目的自为状态的回望书写和审美推崇,不仅成为作家们对抗工业文明、城市文明、科学技术、享乐主义、物质主义的有力武器,而且更主要的是为我们展示了主人公完成自我救赎的途径,昭示出人类的生存希望所在。荒野给我们带来的启示是:意义合理的世界才是我们的栖身之所,与自然和睦共处是我们必须遵从的准则。

## 二 天堂草原的寻根

"'历史记忆'是一个民族经过岁月汰洗以后留下的'根',是一个时代风吹雨打后所保存的'前理解',是一个社会走向未来的反思基点。因而,人类之梦就是返身寻找自己的本源,人类总在寻找自己的根,总在对自身的领悟中唤醒一缕远古的回忆。"② 每个民族都有其独特的文化记忆,而这一文化就成为该民族永恒的精神家园。天堂草原作为内蒙古少数民族文化记忆的形象载体,现代化语境下对她的寻找便是一次精神上的还乡之旅。

蒙古族作家海勒根那,出生于内蒙古科尔沁,自称是一个汉化了的蒙古族人。但是他的内心从未停止过寻找族人灵魂所系的草原,因为那是永远的心灵家园。他文章里的人物都向往大草原,其实是渴求获得纯

---

① 鲁枢元:《生态文艺学》,陕西人民教育出版社2000年版,第348页。
② 王岳川:《二十世纪西方哲性诗学》,北京大学出版社1999年版,第1页。

净的精神家园。《寻找巴根那》以一个蒙古人强烈的忧患情怀和寻根意识，向读者呈现出蒙古草原今昔的天壤之别。科尔沁草原连年干旱，沙尘暴铺天盖地，我家祸不单行：父亲生病欠债，牲畜接连饿死，家庭顶梁柱哥哥巴根那辛辛苦苦饲养一群羊也注定熬不过苦春。然而，小说的基调并不忧伤颓圮，在大量描写科尔沁蒙古人的生存困境之后，作者笔锋一转，设计了巴根那带着羊群突然出走的情节。巴根那义无反顾地带领羊群奔向北方，源于他所迷恋的《蒙古秘史》中对蒙古先人生活的大草原的丰美和蒙古人自由自在的生活情状的如诗如画的描绘。之后的故事叙写更是充满了理想主义和浪漫主义的色彩。巴根那自我异化成一头黑脸白身的领头羊，一路向北，去寻找梦中的天堂草原。沿路有别人家的羊也加入向北的旅程。我和堂哥哈思骑驴上路，也开始了寻找巴根那的征程。寻羊的队伍越来越壮大了。其实，他们不仅在寻找丢失的羊群，也是在寻找自己的精神家园。途中，经由萨满和活佛的指点，我们沿着巴根那的足迹，最终找到了梦想中的草原，重新回到草原母亲的怀抱里：人群里有人抑制不住感情，洒下了激动的泪水，草原中人们载歌载舞，放声高歌，人们淡忘了彼此之间的不快乐、隔膜、妒忌以及仇恨，不分对象彼此之间相互拥抱……天堂草原正是蒙古人向往的地方，也是人类应该走向的理想和希望之境。寻找巴根那的人们绝不是出走，恰恰相反，汇入了人群中的人其实是在还乡。小说深刻表达了蒙古人最理想的归宿，奔向天堂草原人群与羊群数量的递增象征着未来达到理想境地的可能性。

千夫长是一位走出草原，漂泊在草原之外的蒙古族作家。他的《长调》里描述的草原，代表了他童年的美好时光，更代表了他魂牵梦萦的精神追求。长调在蒙古族的游牧生活中扮演着重要的角色，它将草原、作者以及民族文化有机地结合在一起，是千夫长作品内容的重要组成部分。《长调》里的故事，是千夫长独有的文学记忆，是不可替代也无法创作和复制的。这也是一部成长小说。阿蒙在寻找阿爸的过程中，自己长大成人了。小说的第二部通过对大草原如画的自然风光和天人合一的境界的淋漓尽致地描绘，尽显草原的舒展人性、疗伤抚痛的无穷魅力。单纯透明的旗镇姑娘雅图在学校品学兼优，多才多艺，成为学校宣传队的报幕员。不料却在一次文艺晚会上，她无意识地按蒙语语法报反了歌舞名，当即被校长上纲上线地定性为小反革命并要批斗。一夜之间她被吓疯了，目光呆滞，重复念叨："我反动！我有罪！我该死！我认罪！"后来是阿蒙的舅姥爷把雅图带回到偏远的草原深处，并最终让更原始、更纯净的大草原抚慰和治愈了她的心灵创伤。

萨娜的《额尔古纳河的夏季》同样写到了女主人公北奇在城市中为情所累、回归草原深处，最终心灵得以修复的故事。在草原深处，无论是敖包中的支撑天地的大树，还是敖包上隐露出时间的特质和硬度的石堆，抑或是那达慕大会上赛马手的铁血飞尘，这些原本就渗透在民族成员血液中的"地理的""仪式的""心理的""血缘的"烙印被重新激活，北奇血脉深处的文化记忆、爱的能力被重新唤醒，她终于找回了真实的自己。

### 三 青鸟的不倦追寻

《寻找青鸟》是海勒根那另外一篇关于寻找、追问主题的小说。面对着严峻的生态危机，面对人类生存的苦难与困境，蒙古族作家海勒根那将对幸福美好的追寻期望寄托在了"青鸟"的身上。作品起笔寥寥数语就将生态困境尽显：田地干涸、禾苗蔫萎、母亲挖渠引水疲惫不堪、孩子饥肠辘辘以野菜充饥……生存的举步维艰压迫着人们焦虑的神经，苦难的现实并没有阻挡住人类对理想和幸福追求的脚步。母亲夜以继日拼死掘渠，满心期待听到河水流进田里的哗哗声，直至吐血倒下。孩子"小傻瓜"亲眼目睹母亲倒下时从嘴里飞出了一只青鸟，在夕阳的金色光环里盘旋一下后飞向了远方。醒后的妈妈光着脚丫冲进夜色中，不顾一切地追寻青鸟，而"小傻瓜"也义无反顾地踏上了寻找妈妈的漫漫征程。显然，作者是要以象征隐喻等魔幻的艺术手法来凸显作品精神追寻的意旨。"青鸟"承载着母亲一生幸福的希望，"那肯定是一只神鸟在母亲的肚子里潜藏了多年，最后却不小心飞走了。而母亲是不能没有那只鸟的"，母亲在理想的追寻中历经了磨难与屈辱：别人的嘲笑与侮辱、女性仪表与形象的失落、漫天黑雨中的奔跑，失魂落魄地追寻……希望和绝望的冲突与交织、肉体和精神的折磨与撕裂，饱受追寻之苦的母亲最终倒下了。也许在回归大地的那一刻，她见到了那只青鸟……这是一位受难母亲的形象，隐喻着人类虽九死其犹未悔地对幸福与理想的追求精神。而文中出现的"青色的森林"似乎是作者有意要暗示给读者的理想生态环境:"那只青鸟飞呀飞呀,把娘领到一个青色的大森林里,那里什么都是青色的,太阳、月亮还有土地都是青色的。"看似怪异的意象背后包孕的是关于生命有限与精神永恒的哲学思考。

## 四 人·动物·自然的和弦

"诗意地栖居"是20世纪的哲学家海德格尔借用德国古典诗人荷尔德林的诗句而设想的一种关于人类理想存在方式的描述。这里的"诗"既有文学审美意义上的诗意,也是人实现自我价值的重要途径。如何进入诗意的栖居,这是海德格尔哲学的全部秘密所在。在《筑居·栖居·思》一文中,他说"筑居"是指人建造自己的住所,为了生存操劳、种植,"栖居"本质是和平和自由,是珍爱和保护。"筑居"只不过是人为了生存于世而碌碌奔忙操劳,"栖居"是以神性的尺度规范自身,以神性的光芒映射精神的永恒。如何进入诗化?诗化并不仅是指艺术创作而言,而更多地是指人的感觉、人的存在的法度。人需要耕耘栽种、滋生繁育、建造制造,这是筑居的方式之一。但是,人的筑居成果并不能证明人已经进入栖居,如果简单地把制造、繁育视为最终目的,反而会阻止栖居进入自己的本质。人之为人者,是他能超越奔波劳碌的范围而仰望神圣。正如荷尔德林所言:"如果生活是全然的劳累,/那么人将仰望而问:/我仍然愿意存在吗?/是的!充满劳绩,但人诗意地/栖居在此大地上。"[①] 因此,诗化是指人能趋向神性,仰望神意之光,用神性来度量自身。所以,这种栖居本身是具有超越性的,是有限当中的无限持存。

海德格尔认为"诗意地栖居"与"技术地栖居"是两个截然相反的概念。对于技术性栖居,其根本特点就是通过技术来激发人类的野性或者欲望。由于人的能力有限,注定人类永远不能成为自然的主人,百年之后,肉体消亡,人最终还是归于黄土,所以从本质上来看,人只是自然的看护者而不是主宰者。鲁枢元是这样解释栖居的:"一个关于诗

---

① [德] 荷尔德林:《轻柔的湛蓝》,转引自章海荣《生态伦理与生态美学》,复旦大学出版社2005年版,第386页。

意如何切入生存的概念，一个人与自然如何美好共处的概念。"① 这里"诗意的栖居"是一种理想境界，讲究的是自然与人类的和睦共处，人和自然维持在一种诗意的融合状态。与技术性栖居相比较，诗意栖居打破了各类硬性规定，强调的特征是柔性。在这种状态下，人以素朴之心面世，精神放松自然，心随万物神游，与自然融为一体。因此，"诗意地栖居"是生命的存在矛盾的终极解决，诗化的生活是生命存在的最高形式。就是一种审美的人生态度居住在大地上，以一种乐观、诗意的态度应物、处事、待己。

当今社会物欲横流，到处充斥着权色与金钱交易，难以寻找到诗意栖居的迹象。一些居住在遥远山区的少数民族，虽然经济相对落后，但是其原始的风土人情与风俗习惯让都市人们眼前一亮。这些居民受当今工业社会影响较小，所以在人和自然关系方面还比较和谐，他们处理人与自然的关系用自己特殊的方式方法，因此非常具有民族特色。内蒙古少数民族作家的小说对此"诗意栖居"的理想场景有着不约而同地憧憬与描摹。

"人与自然之间最真实的关系是一种内在的精神关系，是人与自然深处的一种带有奥秘色彩的关系，是一种精神和灵魂的感应关系。"②"诗意栖居"中的"诗意"应当是指以一种审美的眼光来处理人与自然、人与人、人与自我的关系，即以审美的人生态度居住在大地上。审美态度的人生境界称得上是一种与圣人境界相当的最高人生境界，是在人的层次上以一种积极乐观、诗意妙觉的态度应物、处事、待己的高妙化境。人是自然之子，存在着与自然的微妙的联系与感应，保持着与自然难以言传的互动与张力。

蒙古族作家海泉笔下的人物凭着自己的纯然和本真去参悟自然、靠拢自然、体验着草原上所有动物、植物活泼的生命。他们与自然万物生息与共、心灵相通。《混沌世界》里，夜深人静时，华可钦能够感受到来自大千世界的各种气息：百灵鸟自由地穿梭于树林之间，在草丛中做着甜美的梦，发出声声啾啾鸣叫。蚂蚱由于长期间的跳跃有些疲惫，抬

---

① 鲁枢元：《生态文艺学》，陕西人民教育出版社2002年版，第168页。
② 丁来先：《自然美的审美人类学研究》，广西师范大学出版社2005年版，第288页。

起长腿做短暂的休息,带刺的长腿与翅膀摩擦产生轧轧的声音……"这些声音,在她听来仿佛是在倾听来自天边的奇妙音乐,世界从来就没有沉睡着啊。"① 自然界的奇妙音乐在她听来是无与伦比的天籁之音,这是人与大自然的生命律动的和谐共振。海德格尔认为,倾听比看更关切人的存在意义。只有通过倾听,倾听自己的内心,倾听天地的神秘声音,才能体味到神灵的话语;当公驼压死室韦的瞬间,室韦眼前呈现的竟是自己在十一岁时引逗、撩拨一只快死蚂蚁的场景。"生命从来都是平等的",这是对临死的室韦的最后启示。自然万物间竟然充满着如此神秘的感应与互动的血脉之亲!还有作品中另外一位女性素琴,对于自由进出房屋的小动物,她总是给它们准备好美味的牛奶。"一年四季,总有成百上千的各种生灵生气勃勃地从她的帐篷面前或者后面蓬松又神气活现地走过。"② 这幅由生命之间的默契与理解所构建的诗意图画,是疗治现代人疲惫与焦虑的最好良药。

千夫长是一位深深地根植于自然的蒙古族作家。他的《长调》中关于牧民与鸿雁的同胞情结的描绘感人至深。"第一场白毛风突然从外蒙阿拉坦大坝谷口刮过来的时候,雁群还没有准备好飞往南方去过冬。白天诺尔湖水还起涟漪,夜里就来了冰冻,早晨起来雁群就都冻在湖面上不能起飞了。色队长用大喇叭喊大家去帮忙,几乎全牧村的人都去了。大家帮助鸿雁暖腿、暖翅膀、暖身子,太阳出来鸿雁缓过阳来,都会飞了。一两千只飞到天空排成队在湖面上盘旋了三圈就向南方飞去了。雁队在我们头顶上盘旋的时候,水滴像下雨一样落了下来,我知道是鸿雁身上的冰化成的水,可是大家却都说是鸿雁在流泪。"该流泪的还有我们读者,为着这动人的人与动物血脉相亲的"天人合一"的心灵境界。

满都麦小说中同样有着对"天人合一"生命境界的诗意书写。人与动物之间超越了种属界限的神性感应、生命关联与爱意回报的描写为作家的理想境界做了一个形象的注解。《巅峰顶上有情歌》一节中,当蒙古族青年呼和宝日在山谷中独自唱着寂寞的情歌,我们看到了如此奇妙

---

① 海泉:《混沌世界》,作家出版社2002年版,第370页。
② 同上书,第42页。

而动人的场景：倾听歌声的三只盘羊竟动情地走下台阶状山崖，情不自禁顺着歌声走到了山洞旁。来到离他只有十几步远的地方停下，充满激情的大花眼中都噙着亮晶晶的泪花。……他的眼睛湿润了，头发胡须间的那双眼闪着水晶般的泪花，一一端详着盘羊全家，眼光中浸透着无限的心酸与苦闷。生态美学强调人与自然的"平等共生"，这种亲和共生超越了人与自然的单一的"人化"解释，表达着对自然对象特有的神圣性、神秘性和潜在的审美性的亲近与认同。小说《玛雅特老人》中老人的身世寂寞悲惨，可是她以草原为家，以黄狗、山羊、盘羊、岩羊为伴，生活依然过得有声有色。当作者描写善良的玛雅特老人每日到井边提水、饮自家的山羊和草原上野生的岩羊、盘羊这一幕时，人与动物心灵相通、人与草原相互依存的亲人关系令人唏嘘慨叹。老人的神态让人感受到一种维系心灵的精神力量："雅玛特老人，每天带着她的狗来这里，饮完羊就静坐半响，已习以为常了。她眯着眼睛，将混浊的目光投向一只只岩羊、盘羊、山羊。看着看着，她终于露出没了牙的齿龈，笑了。"

这完全是一幅静穆的、优美的、圣洁的人生图画，包含着人与自然、人与世界的诗性同一与心灵默契。这些动物们已经成了老人生命中割舍不断的情结，因而演化为一种生活的日常情态，流淌在她的喜怒哀乐中。换言之，草原、自然成为老人人生的情感归宿和终极境界。

格日勒其木格·黑鹤的《驯鹿之国》把人与自然的诗意关系描摹到了极致。芭拉杰依老人是鄂温克驯鹿部落中最后的领鹿人，她就是原始"森林的女儿"。她可以感受得到森林清新的呼吸与蓬勃的脉动，她可以与清风耳语，与鸟兽聊天，与山神谈心，这是一种人与自然之间的心领神会、神授色予的默契与同一，在对自然有机和神性的理解中，人与自然形成亲密无间的相互对话的关系。正如老人所言："……野兽和所有的飞鸟，它们与我们一样，也和驯鹿一样，都是森林的孩子，在森林里生活。我们要像让火燃着不能熄灭一样不能让森林坏了。森林坏了，我们就再也找不到回家的路。"人与森林的这种血脉之亲、鱼水之情是建构生命诗意栖息地的永恒基石。

在他的另一篇小说《古谣》中，落日余晖下的牧人生活情景美得让人心悸：草原在金色的阳光下如熔化的铜，盘曲流过草地的河水流光溢彩，地平线上巨大丰硕的云朵缓缓移动，炊烟袅袅升起。毡房里的老额吉默默地把砖茶砸碎，能干的女主人在娴熟地制作奶干。毡房外，年轻的牧人望着远方的地平线一脸的宁静，就连营地边卧着的牧羊犬，勒勒车旁玩耍的孩子也被这静穆的气氛感染，突然安静下来，孩子的眉宇间闪烁着天启般的光……这俨然是一幅安详静谧的落日牧场油画，呈现的是蒙古民族与自然界相融合的和谐画景，世界似乎在这一刻静止，天、地、人都融化在落日的暖流中，这是草原人与自然的本原性和谐关系的历史重现：与历史没有割断的延续，与自然没有疏离的亲密。

黑鹤以怀旧、浪漫的笔触描绘丛林、草地上的人们自在自为的生命状态，生命的本真源于人的生态本性的自然流露。文本中洋溢着生态美的审美生存状态，最终传达出的是作家对人类"诗意地栖居"的赞美和向往。

同样，郭雪波在小说《银狐》的结尾，也为"诗意地栖居"理想作了一个形象的情景再现：

> 金色灿烂的朝霞，普照着万里明沙，这时一只雪亮晶莹的银狐，从大漠深处飞奔而出，如美丽的幻影般在沙漠上腾挪闪跳，迎接回归的人们；而前前后后三个人影，相互追逐着，迈动轻松愉快自由活泼的步伐，向那只神奇而美丽的银狐和其身后瑰丽诱人的王国——大漠走去。于是，人和兽都融入大漠，融入那大自然……

在这个"乌托邦"家园中，有男人、女人、老人，也有即将面世的孩子，有受尽尘世伤害的弱者珊梅，也有执意于耕耘绿洲的倔老头老铁子，有萨满教的精神追寻者和拯救者白尔泰，还有一只充满了人性与灵性之美的神奇银狐，他们一起自由自在生活在万里明沙中，老铁子与一辈子的怨敌银狐化解了恩怨，珊梅与银狐息息相通，白尔泰对珊梅充满了理解和怜惜。在这里，人与动物、人与自然和谐相处，自由交流，坦诚相待，互相理解，完美融合，字的精神（敬畏自然、与自然和谐相处的精神）将得到继承和发展，在这幅蒙古族特有的文化与地域风情画面的编织中，寄寓着作者关于人类本真与命运前景的理想化憧憬，这种眼光与襟怀无疑是难能可贵的。

　　总之，内蒙古少数民族作家通过对生态理想境界的诗意描绘，构筑了一个人与自然和谐相处的生态"乌托邦"，表达了生态危机时代人类对精神救赎的不懈努力以及对诗意生存心灵家园的不倦追寻。

# 第四章　新时期内蒙古少数民族作家小说生态书写的困境与突围

随着生态危机的加剧和人们生态意识的全面觉醒，新时期以来的中国生态小说的创作呈现出蓬勃发展态势。在蔚为大观的中国生态小说创作格局中，内蒙古少数民族作家的小说创作中的生态意识也呈现出集约式的"井喷"现象。但综观他们的整体创作，在生态意识的书写上仍然面临着明显的困境，甚至在某种程度上陷入了审美的迷津，因而行进中的内蒙古少数民族作家的生态意识的写作尚需要有针对性地纠偏补弊，需要在问题与审美、认知与行为、理想与现实等多项矛盾张力中寻求平衡与实现突围，从而转向更具启示意义的知性创作。

## 第一节　生态书写遭遇的尴尬

中国文学历来有着文以载道、感时忧世的传统，以对重大敏感事件的关注来实现其惯有的社会参与功能。内蒙古少数民族作家面对生态持续恶化的现状，自然而然以笔传声来揭示生态危机现状、探索生态危机根源。他们的作品以其强烈忧患意识和生态焦虑感来唤醒民众重新注目于与自然的联系并低头审视自我的内心世界，以独立的姿态、激情的呐喊凸显于文坛并期待引发社会的普遍关注。但无法回避的事实是，激情的生态书写的背后却无法掩盖思想上的苍白、情感上的单调以及表达模式上的雷同，或说教的训诫，或问题的堆砌，与盈然有生气的文学美感似乎显得有些隔膜和遥远。不少作品由于忽视了由日常生活经验向艺术诗性经验的转化而陷入了"题材决定论"，让自身成了生态宣言和自白书，从而使生态意识的表达总体上缺失了文学的美感。

## 一 问题意识的沉重牵掣了想象的翅膀

面对日益破坏的生态现实,作家们出于意识深处的责任感和忧国忧民的文人情怀,创作了大量表达"生态焦虑"这一时代母题的文学作品,以引起社会的关注。甘当"生态文学专业户"的作家郭雪波曾经这样表达自己的创作动机:"我以为生态文学应该成为主流之一,因为它关注的是当代最迫切需要解决的问题,与每个人的切身利益密切相关。沉寂也罢,热闹也罢,对此有担当、有兴趣的作家还是会继续写下去。说实在的,我也不靠这个出名,不靠这个赚钱。"①

社会的良知和文人的敏感性促使作家们对内蒙古在现代化发展过程中所出现的草原沙化、破土开矿、森林锐减、动物消亡等生态危机现状给予了全方位的、不留情面的揭露,由于触及的问题与民生密切相关,因而小说依然发挥的是切近现实、干预生活的传统现实主义功能,所以小说中呈现出浓厚的"问题"意识与忧患情怀。

关注热点问题、见证时代变迁、贴近现实生活似乎已经成了中国文学的强势基因在代代遗传。伴随着现代文明的发展,生态问题也日益严峻地摆在人们的现实生活面前。生态文学的出现"不仅是对世界环保潮流的回应,而且更直接地出于对经济发展带来环境问题的切肤之痛,出于作家们对于国家民族生存所面临的'另一种危机'的忧患情怀"②。在这种问题意识的引导下,为了唤醒民众对生态的关注,作家们往往执着于事件、素材的真实性再现来引发读者的现场认同感,剥离小说的虚构、想象特征而追求以历史或现实之真带给读者以切肤之痛,从而达到唤醒生态意识、传播生态理念的创作目的。因此,反映现实并对现实进行指导"说理"成为内蒙古少数民族作家生态书写的常态。相当一部分文本对生态现实图景的再现客观上的确让人警醒,但也无可否认,问题意识的沉重或叙述的过于泥实也在很大程度上牵掣了作家艺术想象力,使文学的诗意与审美性受到不同程度的影响。

---

① 郭雪波:《环境文学应成为文学的主流之一》,《中华读书报》2006 年 5 月 31 日。
② 曾永成:《文艺的绿色之思——文艺生态学引论》,人民文学出版社 2000 年版,第 324 页。

郭雪波的《狐啸》中，在回忆了昔日草原"天苍苍，野茫茫，风吹草低见牛羊"的无限风光后，笔锋一转追溯了1949年后十七年间"人定胜天"意识主导下对草原破坏的真实历史："五十年代末的'大跃进'的火红岁月，呼喇喇地开进了一批劳动大军，大旗上写着'向沙漠要粮'！他们深挖沙坨，掘地三尺，这对植被退化的沙坨是毁灭性的。"这种生态危机的历史真实回叙营造了紧张的外部现场感，却止步于社会历史场域的发掘而未曾深入人性幽暗等更深远的层面，当然想象激发下的诗性生态话语就更难以触摸到了。

出于对民族文化呈现的热望，在《丛林幽幽》里，乌热尔图在叙事过程中有意无意地中断情节的进程，经常跳出作家的身份去解释鄂温克族的某一民族特点。"其实，'营地'一语只存在于小说中，实际生活中鄂温克人将自己的居住地，称为'乌力楞'，其含意是'某一氏族生活在一起的子孙'……从人类学角度看，是有一篇大文章可作，以现代人的眼光去看，它也是一种很有趣的生存现象。"如此执着地追求真实呈现，类似于新闻报道式的实时实地解说，读者在顺利接受知识信息的同时却与无限丰富的想象地带擦肩而过。

相比之下，一些飞腾起想象翅膀的生态文学作品，其艺术光彩璀璨夺目。海勒根那的《父亲鱼游而去》是为"祭奠我故乡2002年干涸的莫力庙水库"而作，这是一篇具有强烈生态意识的小说。小说以普通人的世界和非常态的日常行为为载体，着力叙写父亲的古怪乖戾的种种行为动作：吞吃沙土、雨水裸浴、愚公般掘河、有脚蹼能游水、熊一样地嘶吼、野兽似的奔跑……这已经不是一个传统"父亲"的形象，但这些"异质"的呈现无论如何也脱不了与"水"的关系，源于对水的极度的渴望与依赖，作者借这种虚构的怪异的现实表象，来暗示出人一旦与水分离的困境与绝望。小说重在凸显因外在环境恶化而导致的主体内在心灵的变异，历史与现实、想象与艺术真实得以完美地契合融通，既具有很强的新奇性和可读性，又透露出内蕴深厚的文化心理与精神力量，其诡谲神秘的艺术氛围、荒诞又真实的艺术细节尽显作家的艺术功力。《寻找青鸟》在艺术想象上与此有着异曲同工之妙。海勒根那的作品在日常现实生活中整合进诗意与抽象，小说叙事美学的最高追求就是保持"现实与魔力之间纷繁复杂的对位，开启现实世界与梦幻境域的比例关系"①,从这个角度讲,海勒根那生态意识的书写具有了与众不同的艺术色泽和意蕴深度。

## 二 模式化、雷同化的写作模式

人物形象塑造的模式化、类型化的趋向是当前内蒙古少数民族作家在生态书写上一个较为明显的局限。这些形象大多扁平模糊,缺少个性色泽与灵肉冲突的立体感,也难见丰富厚重的精神内涵。换言之,这些形象不以精雕细刻见长,而呈现出轮廓式、群像式的特征。虽然来自不同的文学作品,但人物形象却呈现出明显的相似性或类型化特征。具体而言,在作家生态意识搭建的舞台中,有两类对立的人物往往联袂登场:生态破坏者和生态保护者。郭雪波、满都麦、乌热尔图等作品中都有这类人物出没的身影。生态破坏者是万恶之源,他们贪婪、邪恶、残酷,为实现个人私欲不择手段,丧失人性,是作者竭力抨击的对象。如郭雪波笔下的胡大伦(《银狐》)、金宝、胡喇嘛、二秃子(《大漠狼孩》)、铁巴(《沙葬》)、大胡子主任(《沙狐》)等;满都麦笔下的嘎拉桑、海达布(《四耳狼与猎人》)、巴图(《巴图的发财梦》)等;乌热尔图笔下的外来闯入者如林场主任(《熊洞》)、森林检查员(《在哪儿签上我的名》)、表兄(《萨满,我们的萨满》)等;另一类人群是站在其对立立场的生态保护者。他们自觉承担起保护生态的责任,是正义、智慧、善良、崇高的化身,他们是作者的理想,是人性善的象征。如郭雪波笔下的云灯喇嘛(《沙葬》)、白尔泰(《银狐》)、老双阳(《大漠魂》)、老沙头(《沙狐》),满都麦笔下的嘎慕喇(《马嘶·狗吠·人泣》)、老苍头、老禅师(《老苍头》)、阿纳尔君(《他曾经是骑手》),乌热尔图笔下的老萨满、巴萨尔老奶奶、萨娜笔下的达勒玛(《达勒玛的神树》);等等。许多作品不约而同地以这种二元对立的古老叙事模式来演绎生态主题。他们用惯常的做法来设定情感的倾向性——抨击前者、赞扬后者,以此激发读者的情感认同,达到宣传生态保护的目的。"这种模式化写作与革命意识形态关于阶级斗争的叙述有内在的一致性,只不过压迫阶级成了欲望泛滥的现代人,而被压迫

---

① 耿占春:《叙事美学》,郑州大学出版社2002年版,第13页。

阶级成了无言的大自然,至于那些生态保护者则是被压迫者的代言人。这明显是对丰富复杂的人与自然的关系的简单化书写,是对人性更为复杂的真相的遮蔽。"[1]虽然如此的二元对立的人物设置模式使生态主题的表达醒目而硬朗,但对复杂纠结生活的简单化处理无疑使作品的人文内涵干瘪苍白,缺少了韵味悠长的审美回味。

值得注意的是,在生态保护者的形塑上,还有一个鲜明的趋同模式是,他们被赋予了"最后一个"的哀挽式的悲剧结局。正如李杭育曾挖掘出汉文化中最后一个"渔佬儿"一样,内蒙古少数民族作家的笔下也出现了一群"最后一个"的人物形象。如郭雪波的《大漠魂》中荷叶婶作为萨满教最后一个"列钦女"以生命为"安代"的留存献上最后一舞,《天音》中萨满教名曲《天风》最后一位传人老亭爷谢世,从此《天风》失传;肖勇的《黑太阳》中的唯一能和大黑熊抗衡的猎民奎桑最终在杀死对手后也轰然倒地,临终前只是要求将他与那头与他周旋了一生的大黑熊合葬;乌热尔图的《你让我顺水漂流》中鄂温克最后一个萨满卡道布老爹的非正常死亡;满都麦的《老苍头》中巴音桑斯勒山的最后守护者老苍头和老禅师面对风水宝地被开发的现状相继消失……作者们以集中一致的"最后一个"的悲挽谢幕来表达对民族文化没落命运的悲叹和惋惜,固然这样的"集中亮相"易引起公众的注目与重视,提高了宣传的效率,但对文学的伤害却是致命的,因为文学在本质上是一种拥有个性化、想象力和创新感的艺术品。

此外,在小说情节上,郭雪波的生态小说创作表现出明显的相似性。如短篇小说《公狼》《母狼》《狼子》中的故事情节和长篇小说《狼孩》中多有相似之处;短篇《狐啸》与长篇《银狐》也存在着明显的雷同。小说中的人物也常常出现在好几部作品中,如白尔泰这个人物,在《狐啸》《银狐》和《青旗·嘎达梅林》中都出现了,在前两部作品中都是以萨满文化追随者的形象出现的。这种换汤不换药的书写模式,容易让读者产生阅读审美的疲劳,无法满足现代读者对文学的审美性、新颖性、神秘性的要求。这让我自然联想起美国的一篇生态小说《单乳族》。小说写一个家族的女人因为原子弹试验得了乳腺癌,所以

---

[1] 汪树东:《生态意识与中国当代文学》,中国社会科学出版社2008年版,第495页。

都是单乳，尺寸之间却写得惊心动魄。生态书写固然也是一种不错的文学表达方式，但是如果成为一种雷同的选择，那么将大大逼狭了这种文学的创作视野。

## 三 题材相对狭窄，理性沉思不足

内蒙古少数民族作家小说创作的生态书写以独特的话语方式参与中国当代生态文学的阵营中来。就其整体创作而言，题材内容还显得相对狭窄，目前多数作品仍集中在环境污染、森林砍伐、草场退化、捕杀动物、资源过度开发、工业文明对传统文化的侵蚀和破坏等方面。生态与人的生活方式、社会形态、政治经济学、价值观念、哲学思想、感情世界密切相关，创作题材范围应该更加广泛和深入。不少作品过分强调对现实自然生态的干预和呼告，却忽略了对精神生态和文化生态的深度挖掘，未能实现自然、文化、精神、哲学等多层面意义上的同构。正如有的学者所言："从创作上看，我们目前还比较热衷于揭露一些诸如环境污染的题材。这当然是很有必要的，但环境问题是人的生存状态深层次的整体性反映，缺乏对人性的整体性关注，缺乏大地意识、宇宙意识，没有对哲学、文艺学、生态学、心理学等领域都能有所把握、融会的关注和思考，是很难写得深刻的……实际上，表现人与自然的关系如果不深入到人的精神之中，这样的关系还是比较肤浅的。"[①] 自然生命的展现和运动因为遵循生命的本源而天性怡然，但却缺乏内在精神的丰富深刻，如果作家的描写不能深入，文本就会流于事实和想象，无法实现文学对人类心灵情感的呵护和对存在真理的澄明，从而使这类作品缺乏内在的力量。

不少作品感情表达过于直白，因为趋同于主流学术话语、宣传话语的急功近利心态，使生态文学的忧患意识更多地停留在情感层面上。不少作家愤激于生态恶化的现状、受迫于生态救赎的热望，用一味地激情呐喊冲垮了作品的艺术之美，情感宣泄有余，理性沉思不足。

为了能够从情感上迅速引起读者的共鸣，迅速有效实现作家生态焦虑感的传达，他们常常会以全知视角或通过作品中人物直接进行明确的

---

① 王克俭：《生态文艺学：现代性与前瞻性》，《文艺报》2000年4月25日。

表意抒情言说,而忽略了陌生变形等叙述技法的使用和空白暧昧的诗意空间的营造。郭雪波在《银狐》中写到胡大伦带人集体屠戮狐狸时,作者直接跳出作家身份,以全知全能的身份直抒胸臆:"这是一次强大的人类,对毫无反抗能力的狐狸群的集体杀戮。只是因为狐狸住进了人类的死人广场——墓穴,并蔑视了人类的尊严和权威使他们感到不安。"文笔携带着怒火,燃向暴力人群。写到狐狸们惨死的情状:乳白的胸脯,全浸成血红色,未闭的眼睛死死瞪着天,等着杀戮它们的人,似乎在不解地问:"这是为什么?为什么?你们为什么如此屠杀我们?"借狐的诘问表达作者对人类滥杀无辜的不满。再看《狼孩》的收尾:"只有呜呜呼啸的北风,如泣如诉,为母狼和狼孩唱着挽歌。"愤激之情,溢于言表。如此一味的情感宣泄与快意点题的冲动使文本的悲剧魅力不可避免地被冲淡了。

乌热尔图执着地守望母族文化,感受着民族文化被侵蚀的痛苦。在《瞧啊,那片绿叶》中借主人公之口这样表达对山外人的印象:"这帮闯进大兴安岭的山外人,真是一群饿狼,又像一群专在猎人头上飞的乌鸦。呸!为什么盯住我们鄂温克人不放?我们还没有死绝!"作品中毫不掩饰对于"山外人"的怀疑甚至厌恶的态度。

满都麦在《四耳狼与猎人》中以主人公巴拉丹忏悔的方式来直接宣告他的生态思想:"具有同一生存环境的狼与人,为了各自的生存,都同样去侵害别的生灵。不过狼只要吃饱了肚子,就不再去贪食。可是人吃饱了肚子,还要贪得无厌地去积攒,乃至把狼的食源也杀绝荡尽,不留一丝儿繁殖的机会,然后还说'狼是天敌'。看来某些极端自私和贪得无厌的文明人,在维持生态平衡方面,似乎还不如四条腿的野生的狼。"如此直白的生态观念的直接宣告、如此明确的表意焦虑无疑会遮蔽小说的艺术魅力。

袁玮冰的《红毛》也借用了一只年老田鼠的口吻,表达对人类滥捕滥猎行为的训诫:"因为人类聪明,所以人类迟早会自己毁灭。看到田地那些死去的无辜生灵了吧?人类只许自己活在这个世界上!他们任意妄为,砍伐森林,破坏草原,荼毒生灵,污染环境,制造大量的爆炸物。人类在干嘛?他们把我们的地球破坏得乱七八糟,又想入非非准备迁徙到别的星球去搞破坏!"单纯的义愤填膺之辞并不能给人以更多更深的启示。

在情绪宣泄的背后显露的是理性思考的不足。这种发泄式的说教晓理虽然短期内可以达到宣教目的，但却缺乏一种持久影响人类心灵的精神力量，也难以实现通过生态悲剧事件上升到历史哲学、生命哲学尤其是深层生态哲学的高度。生态文学立足于人与自然关系的思考，以实现对人类文明弊端的考察，从而为作家们提供了更为开阔的表达空间。面对生态危机这一个问题发言时，作家可以选择更自由、更独到的视角与言说方式切入，不趋同、不盲从，保持自己的精神独立。对生态问题的见微知著的体察与曲径通幽的探析有可能会收到意想不到的效果。从这一意义上来说，生态文学作家们做到"心中有数"比"胸中有情"更具建设意义。

## 第二节　多重矛盾张力中的平衡与突围

新时期以来内蒙古少数民族作家以自己独特的话语方式参与当代中国生态文学的阵营中来，其生态书写中所遭遇的困境或呈现的病症可以说是当代生态文学发展过程中的现实切片与精神造影。面对充满着多重矛盾的现代性语境，内蒙古少数民族作家的生态书写能走多远，能达到怎样的高度，笔者这里不敢妄下结论，但毫无疑问的事实是，他们的生态书写只有在现实的限度下，在多重矛盾张力中寻求到平衡，才有可能实现困境的突围，才有可能为生态文学谋到一个阳光明媚的未来。

### 一　生态话语与审美取向

当生态危机成为普遍的危机，成为自然危机、信仰危机、精神危机、文化危机、能源危机、生存危机的表现和产物时，生态文学必然成为一种时代的文学亮点。种种生态的现实紧张感使生态题材成为时尚和流行话语，但是如果对生态的表达游离在文学之外，缺失了文学的审美取向，那么，生态文学的质地与品位将大打折扣。正如勒内·韦勒克、奥斯汀·沃伦所说："一件艺术品的全部意义，是绝不仅仅止于、也不等同于其创作意图；作为体现种种价值的系统，一件艺术品有它独特的生命。"[①]

---

[①] [美] 勒内·韦勒克、奥斯汀·沃伦：《文学理论》，刘象愚等译，江苏教育出版社2005年版，第78页。

生态文学不是对生态问题的简单暴露和批判，也不能只是依傍着时代生态危机的宏大叙事来吸引读者。生态作品中如果只是止步于自然生态的恶化图景的呈现，那么文本就会流于事实和表象，无法实现文学对人类心灵情感的呵护和对存在真理的澄明，从而使这类作品缺乏内在的力量，结果不仅是对文学自身的伤害，而且也是对生态内涵肤浅和平庸的认识和理解。因此作家们不能固守在展示生态灾难和自然诗意色彩的描写层面，而应该在立足于人与自然关系的同时，展开对人类文化的反思、对人类精神世界的追问，通过生态这一人类共同的生存话题实现对每个个体生命的关注和意义探寻。生态作品要努力用蕴藉的审美话语形态，通过审美的生态意象来感悟生命，在最本质和最普遍的意义上把人的存在和世界联系在一起，在形象和想象世界的感染中打通现实世界和生态世界的通道，让读者进入人与自然关系、人的存在本源等问题的沉思。

生态文学不是绝望的痛苦和愤世嫉俗的无奈宣泄。如果文本中的情感定向突出，文学形象单薄模糊、表意空间逼仄、缺乏把生态现实转化为心理和想象存在的技巧和能力，即使是呼天抢地的悲情与金刚怒目的愤慨也还是显得单薄乏力，呈现出内在的贫血症。因此如何书写生态感受体验、如何提升生态文学的审美范畴、如何丰富生态文学写作的方式和话语策略等，都是生态作家需要关注的问题。生态文学写作在促进生态保护意识的同时，更应该透过表面的现象，尽可能实现文学、生活、信仰和追求的共融，将感受和认知符号化，情感表达蕴藉化，让读者既感受到生态现实的紧张，又体验到生命的自由和心灵的解放，从而构建起精神领域的高地。因此，文学与生态共同构成了生态文学作家的精神内核，生态话语内隐在作家独特的生命体验、情思感受和意象表达之中。

生态危机在某种程度上也是审美的危机。从本质上看，文学精神与生态精神都追求自由自在的生命状态，强调内在的统一与和谐，都把自然与生命视为自己的源泉和依托。人的灵性的丧失和大地的神性被遗弃带来的不仅仅是生态的危机，而且也是一场审美的危机。"当人类的存在具有审美的追求和向度时，人们所关注的是对自我心灵的呵护，追求的是精神世界的满足和自由，这样的生活状态和境界与生态的和谐具有内在精神的相似和一致。"① 因此，就生态文学而言，它所肩负的使命就绝不仅仅是文学的生态表达，更是审美的生态救赎与超越，文学以自身的审美性与工具理性、科技理性的单一和强制对抗，不仅批判反思和揭露社会现实的弊端，更回应和激励着人们对未来的憧憬，因为审美"有一种从垂死的、惯例的、工具的文明的常规形式中使经验回复的广泛的热望"②。

因此，生态文学作家应该改变目前的话语表述方式，汲取情感、诗意、想象、理想等灵魂和精神养分，在绿色生态的视野上展开对自然的书写、对技术的追问和对人性的质询，让生态小说最大限度地凸显自我的存在意义与艺术品位。

## 二 科技理性与民族文化

科学技术是第一生产力，现代科技的迅猛发展高速推进了人类社会前进的脚步，极大地改善和提高了人类的物质生活水平。但一路高歌猛进的现代化进程对自然资源的开发和破坏，也同样让我们见识了科技被滥用的负面结果。

"科技至上"导致了民族文化的流失。以蒙古族为考察对象，现代科技所带来的效率、理性、物质和功利对于千百年来遵从生态伦理"天人合一"、信守民族文化信义的蒙古民族的生活形成了前所未有的冲击。蒙古族作家的小说许多文本对现代科技表达出其异质性的感受与否定性的情怀。郭雪波的《狼孩》中以反讽的口吻写到了现代先进的医疗技术无法医治狼孩小龙"怀乡"病的尴尬："抽血检测、验尿验便、挂水输液，十八般武艺全用上。药是吃了一堆又一堆，水液是输了一瓶又一瓶。过了多日，狼孩弟弟依然如故。"阿云嘎的《黑马奔向狼山》《野马滩》和《燃烧的水》等小说中科技具体化身为望远镜、指南针、匕首、绳索、麻醉枪、大卡车、石油等，这些所谓的现代科技产品为人类把魔爪伸向野生动物提供方便和效率。《赫穆楚克的破烂儿》中老实巴

---

① 杨东芳：《浪漫主义与现实主义：美国生态文学思想的二元性》，《安徽工业大学学报》（社会科学版）2012 年第 1 期。

② ［加］泰勒：《自我的根源：现代认同的形成》，译林出版社 2001 年版，第 734 页。

交的牧民通过一辆运输车懂得了交易和竞争，还知道了价值交换和钱权交易。现代交通工具的变更（大卡车取代马、驼）缩短了人与人之间的空间距离的同时却悲剧地拉开了他们心灵或情感之间的距离；满都麦的笔下摩托车、电视机、发电机的出现对草原的改变不仅只是生活的便利与舒适，更让人揪心的是人性的异化与人情的变迁……科技已经被简化为欲望的工具，它以其机械化的冰冷冻结了人情、人性的温暖。显然，蒙古族生态小说中的科技解构对象不是科技本身，而是"科技至上"观念所导致的民族文化精神的堕落与传统价值观念的流失。蒙古族作家阿云嘎对此有着敏锐的发现："当我们发展机械运输的时候，在提高效益的同时也失去了牵驼人的自豪感；当把马群关进铁丝网围起来的狭小的草库伦的时候，在省去牧马人辛苦的同时也失去了自由的心态；当将牲畜看作商品宰杀或出售的时候，人与牲畜相互依赖的关系变成了敌对；当我们安装坚固的防盗门、喂养凶狠的狼狗的时候，我们对人的信任也下降到了极限；当我们把太多的功利目的添加到婚姻关系的时候，爱情的本意早已荡然无存。甚至可以发现，人口越密集，人与人之间的情感越疏远……"[①] 显然，作者对机械组织起来的"变质"的现代社会充满了警惕与质疑。

历史的车轮不会因为科技的负面效应而停止向前，蒙古族作家文本中对科技的质疑也并非是要主张回到原始混沌社会，如何在社会发展的进程中让科技理性与民族文化达成和解并相互促进，成为新时期以来民族作家们所关注思考的问题。民族要发展也需要自我更新，民族的现代化诉求刺激了作家们的科技想象，他们在文本中力图以多种方式来探索并演绎现代科技本土化的绿色理念。

郭雪波在小说《沙葬》中对于沙化危机的解决给出了一个"科技+宗教"的观念设想，科技工作者白海与云灯喇嘛同住在沙漠深处的陋室中，他们一起努力研发了"诺干苏模模式"，为人类治理沙漠提供了切实可行的示范。科技探索成果的生物圈以"诺干苏模"庙的名义来命名，寓含着以宗教的伦理精神来辅助科学发展的用意。《狐啸》中，萨满教追寻者白尔泰在寻找"孛"教的时候，脑海中不时闪回的是古朗

---

[①] 阿云嘎：《有关落日与晚霞的话题》，《民族文学》2007年第3期。

旗长的治沙方案。宗教话语与科学发现的合二为一，显示出郭雪波在科技叙事中的独特视野。蒙古族作家肖勇的小说《重耳神兔的传说》中将治沙的希望与民族的传统美德紧密相连，采用民族化的想象方式表达了科技治理的理想。苏木党委书记任念亲胸怀治沙梦想，心系民族未来，不为眼前经济利益迷惑，也无意于抓生产捞政绩，一心扑在了柳条沟的生态保护上。为此结怨于当地从事柳条编织工艺生意的大亨阿拉坦，虽然遭受了一连串的打击，但始终坚持梦想无怨无悔。作品中的主人公集民族传统美德、现代生态观念、科学技术知识为一身，科学技术因为被具有深厚民族传统美德的人所掌握的，生态的治理才有未来。同样满都麦在小说中也不反对科技进步，但更强调"人性"对科技使用的规约。

总之，面对环境危机的严峻现实，内蒙古的少数民族作家们敏锐地意识到科技理性与民族传统文化纠结缠绕的关系，他们以此为焦点拓展审美空间，从而在民族性与现代性的关系书写上打开了一个新的领域。这种书写模式隐含着作者们对现代科技的柔性处理方式，通过科技宗教化、民族化、人性化等文学想象，被改良了的科技褪去了黑暗的魔色而化作了绿色天使，作家们试图通过这样的诗性思维方式来实现科学本土化的理想憧憬。如此的科技想象带给我们许多的启示——少数族裔在面对强势的现代文化时应有的姿态：民族文化可以主动去寻求与现代文化的对接点而不是一味的排斥，在平等互动中汲取异质文化的有益养分来为民族文化注入新的活力，使其内化为民族文化的组成部分，以实现本民族文化多元一体的动态建构。

## 三 现实的危机与理想的救赎

综观新时期以来内蒙古少数民族作家的小说创作，在生态书写上还需要厘清理想与现实的关系。尤其是人类的精神救赎——"生态乌托邦"的设想中，还不能完全脱离与现实的关联。无论是"浪漫的还乡"还是"诗意地栖居"，都不应是单纯的、抽象的观念演绎。理想精神家园的构建本质上是对现实生态问题失望的潜在表达。生态文学反对"唯发展论"，但并不是主张社会的停滞与倒退。生态破坏是发展过程中出现的问题，问题的解决也只能在发展中进行。把现代化的发展作为洪水猛兽一味地进行抨击和否定显然是片面、武断、不可取的。文学对生态危机的救赎如果放弃历史进程和现实发展另谋出路，必然呈现为"空洞"化，只能是无源之水，无本之木，"生态乌托邦"亦只能永远是"乌托邦"了，充其量只会成为作者聊以慰藉的美丽童话，对于现实的改变没有任何的意义。

  在危机的救赎过程中，必须重建人类与自然、自然与文化、人类与自我之间的和谐关系，在此基础上，才能完成生态文学肩负的使命。可以说，它们之间是相辅相成、缺一不可的。倘若只是一味谋求自然生态危机的解决而忽视了解救迷失已久的人性，或是放弃了对文化生态的救赎，那么人类试图在哲学和思想层面对生态危机溯源并进行全方位疗救的理想就无从实现，恢复和重建和谐生态环境的美好愿景只能是梦人呓语，生态文学就会弱化甚至失去了其深刻性和应有的生命力。因此，人类精神的救赎、文化的救赎应该与自然的救赎同时纳入作家们的视野。这样，生态话语的表达才能由浅入深地突破表面的环境污染和危机境况而切入存在与发展、个体与群体、精神与文化、人与自然、环境公正与社会公正等话语表达中，才可以寻求到整个生态系统和谐的救赎之路。

# 结　　语

新时期以来内蒙古少数民族作家的生态书写以其独有的姿态进入了当代文坛，他们的作品带着天然而粗犷的生气，为当代生态文学的发展注入了新鲜的血液，呈现出文化碰撞中的边缘活力和民族文学的特殊气质。

首先，他们的生态书写是一种来自"血液记忆"的自觉书写。内蒙古少数民族群体的生态意识是在长期与大漠戈壁、草原密林交融状态下自发、主动形成的。"少数群体的生命记忆与生存智慧都与自然生态密切相关，并能使之内潜于生存环境之中而成为'血液的记忆'，由此也形成他们独特的文化记忆、思维方式和价值判断标准。"[①] 无论是游牧文化，还是狩猎文化，早已形成了人与自然和谐的观念。他们深刻懂得彼此亲睦，和谐发展；彼此对立，两败俱伤的天人契约。他们善待自然、保护环境的认识没有过程，不是形成于20世纪末世界生态文学浪潮的冲击，也不是启蒙于政府的生态环境保护的宣传，而是潜移默化自草原或森林文化的滋养。他们是游牧或狩猎这个特殊的文化群体中的一员，在他们的民族意识深处，他们是拥有丰富野生动植物资源的大自然的儿子，视热爱善待自然母亲为天经地义之理。进入商业社会，急剧膨胀的物欲疏远了人与自然的距离甚至导致严重对立，作为民族代言人的作家们自然而然地承担起人对自然的责任，自觉地把生态忧患、危机寻根、生态救赎的书写作为文学的要旨，体现出有良知的知识分子对人类命运的深沉关怀。

其次，他们的生态书写中渗透着浓重的忧患意识。对他们而言，自

---

[①] 李长中：《生态批评如何适应于民族文学研究》，《生态批评与民族文学研究》，中国社会科学出版社2012年版，第6页。

然资源被无度开发,自然环境遭破坏,传统生活方式渐渐远去,族群生存环境与生存方式的变异,意味着与此血脉相连的民族身份、文化命脉、生命之源也将难以为继而渐趋消亡。因而在内蒙古少数民族作家的小说中,不仅触目惊心地呈现了自然生态伤痕累累的现状,而且文本中还弥漫着一种文化消失的无奈忧伤的情绪,传达出精神迷失后茫然无助的心态。达斡尔作家萨娜对"三少民族"文学中的忧患意识有着充分的表达:"正如那些放下猎枪的游猎者一样,工业化和商品经济的冲击让他们力不从心,无所适从。他们从思想上和心理上都缺乏准备和过渡,无法自然地穿行于两种文化两种文明之间的巨大峡谷。这个瞬息万变的世界在他们看来如此喧闹和矛盾辈出。人类原始宗教和文化将成为记忆的遗忘,人与自然的关系不再是和谐、密不可分的,伟大的马文化随着草原的退化和森林的毁坏而最终消逝。人是有思想的,却没有灵魂,所以变得无所不能,而罪恶以各种形态公然繁衍。他们失掉的东西绝不是眼下几件电器产品和五彩缤纷的电视画面所能弥补的。"[1] 这种难以言说的文化失传、灵魂失重的苦痛使得像乌热尔图、郭雪波、满都麦、萨娜、黄薇、海勒根那等作家的生态书写总是显得厚重深刻,甚至沉重而悲凉。

最后,他们的生态书写中还浸染着强烈的生命意识。这里的生命意识是指内蒙古的少数民族作家具有对于生命的普遍尊重意识,能够感恩生命的存在,包括正视痛苦、为生命的存在寻找充足的理由和神圣的意义。他们的作品有的可能没有深刻的哲学意识,没有厚重的历史意识,但却不缺乏鲜明的生命意识。尊重生命、感恩生命、敬畏生命是他们创作中一个永恒的主题。乌热尔图小说里树木有耳朵,风可以聊天,石头也能言语,每一种生命都以其生命的神圣性存在着;郭雪波笔下的狼、狐形象野性自在,重情有义,是生态系统中生机盎然的生命形态;满都麦笔下"圣火"与骏马是民族生生之力与生生之德的化身,带给人的是一种如火如荼的生命感应;格日勒其木格·黑鹤笔下的牧羊犬凶猛冷静、高贵庄严,挟着荒野的强悍之风呼啸而来;苏华笔下的母牛莫库沁心思细腻、惹人怜爱……在他们的笔下,非人类的生命获得了主体的地

---

[1] 萨娜:《进入当代文明的边缘化写作》,《山花》2004 年第 8 期。

位，与人类一样有着生老病死、爱恨情仇，一样拥有体验生命、感知苦乐的能力。生命不论强弱、存在不分高低，他们与人类一起共构了丰盈多姿的生命世界。因而"热爱大自然里的所有生命"成为他们生态书写中的一个永恒的主题，文本中充盈着生命跃动的活力。

从上述特色鲜明的生态书写中，我们完全可以看出生态意识已经渗透、浸入内蒙古少数民族作家的文化血脉之中，所以一旦传统意义上的生态和谐受到冲击或摧毁，所产生的结果就不是环境破坏的单纯问题，而是民族文化能否持存、民族身份能否认同、精神世界是否健康平衡的问题。因此，他们的生态书写是一种关乎生命与命运的写作，意义重大。而且内蒙古少数民族作家的生态书写中所涉及的文明与发展之痛、对诗意生存的理想化追求等问题，也是生态学影响下的现代游牧民族对人类生存困境的思索。这些话题的生态言说表现出作家们力图超越民族与本土局限而面向人类世界的普世关怀意识。

当然，新时期内蒙古少数民族作家的生态书写也存在着较为明显的缺陷与不足，前文已经论及，这里不再赘述。需要指出的是，由于受限于掌握的资料以及个人学术能力水平，未来得及对新时期内蒙古少数民族作家生态书写的艺术特质进行探析。在主题言说、美学特征、叙述策略、意象构建、语言风格等方面还有很大空间，期待本人日后的研究能够弥补这些方面的遗憾。

# 参考文献

(一) 中文专著

包斯钦、金海主编：《草原精神文化研究》，内蒙古教育出版社 2004 年版。

曹文轩：《中国八十年代文学现象研究》，作家出版社 2003 年版。

陈晓明：《表意的焦虑——历史祛魅与当代文学变革》，中央编译出版社 2002 年版。

程虹：《寻归荒野》，生活·读书·新知三联书店 2001 年版。

关纪新、朝戈金：《多重选择的世界——当代少数民族作家文学的理论描述》，中央民族大学出版社 1995 年版。

何怀宏主编：《生态伦理——精神资源与哲学基础》，河北大学出版社 2002 年版。

黄秉生、袁鼎生：《民族生态审美学》，民族出版社 2004 年版。

黄薇：《当代蒙古族小说概论》，内蒙古人民出版社 2000 年版。

江帆：《生态民俗学》，黑龙江人民出版社 2003 年版。

奎曾：《草原文化与草原文学》，内蒙古大学出版社 1997 年版。

赖永梅：《宗教与文化》，译林出版社 2009 年版。

雷·额尔德尼编：《内蒙古生态历程》，内蒙古人民出版社 2013 年版。

雷鸣：《映照与救赎——中国当代文学的边地叙事研究》，人民出版社 2013 年版。

雷毅：《生态伦理学》，陕西人民教育出版社 2000 年版。

李鸿然：《中国当代少数民族文学史论》（上、下），云南教育出版社 2004 年版。

李兴限：《中国西部当代小说史论》，安徽大学出版社 2006 年版。

李长中：《生态批评与民族文学研究》，中国社会科学出版社2012年版。

栗原小荻：《满都麦母语文艺创作研究》，内蒙古人民出版社2003年版。

梁庭望、张公瑾：《中国少数民族文学概论》，中央民族大学出版社1998年版。

林耀华主编：《民族学通论》，中央民族学院出版社1990年版。

刘一沾主编：《民族艺术与审美》，青海人民出版社1994年版。

鲁枢元：《生态批评的空间》，华东师范大学出版社2006年版。

鲁枢元：《生态文艺学》，陕西人民教育出版社2000年版。

满都夫：《蒙古族美学史》，辽宁民族出版社2000年版。

孟驰北：《草原文化与人类历史》（上、下），国际文化出版公司1999年版。

荣·苏赫、赵永铣主编：《蒙古族文学史》，内蒙古人民出版社2000年版。

赛音塔娜、托娅：《达斡尔族文学史略》，内蒙古大学出版社1997年版。

少数民族文学学会编：《中国少数民族民间故事选》，中国民间文艺出版社1981年版。

宋生贵：《当代民族艺术之路传承与超越》，人民出版社2007年版。

宋生贵主编：《走进花的原野——内蒙古新时期文艺理论评论选集》，内蒙人民出版社2002年版。

宋祖良：《拯救地球和人类未来》，中国社会科学出版社1993年版。

苏尤格主编：《蒙古族文学史》，辽宁人民出版社1997年版。

特·赛音巴雅尔主编：《中国蒙古族当代文学史》，内蒙古人民出版社2003年版。

童庆炳、畅广元、梁道礼主编：《全球化语境与民族文化、文学》，中国社会科学出版社2002年版。

童庆炳主编：《文学理论新编》，北京师范大学出版社2005年版。

托娅、彩娜：《内蒙古当代小说论纲》，中国文联出版社1997年版。

托娅编：《内蒙古当代作家传略》，辽宁民族出版社1995年版。

汪树东：《生态意识与中国当代文学》，中国社会科学出版社2008年版。

王静：《人与自然》，中国社会科学出版社2011年版。

王诺：《欧美生态文学》，北京大学出版社2003年版。

王学谦：《自然文化与20世纪中国文学》，吉林大学出版社1999年版。

王云介：《呼伦贝尔作家研究》，大众文艺出版社2005年版。

乌云巴图、葛根高娃：《蒙古族传统文化》，远方出版社2001年版。

吴晓东：《中国少数民族民间文学》，中央民族大学出版社1999年版。

徐恒醇：《生态美学》，陕西人民教育出版社2000年版。

徐世明、毅松：《内蒙古少数民族风情》，内蒙古人民出版社1993年版。

徐万邦、祁庆富：《中国少数民族文化通论》，中央民族大学出版社1996年版。

严家炎：《二十世纪中国文学与区域文化丛书总序》，湖南教育出版社1995年版。

叶舒宪：《神话——原型批评》，陕西师范大学出版社1987年版。

余谋昌：《生态哲学》，陕西人民教育出版社2000年版。

曾繁仁：《生态存在论美学论稿》，吉林人民出版社2003年版。

曾永成：《文艺的绿色之思——文艺生态学引论》，人民文学出版社2000年版。

张世英：《人之际：中西哲学的困惑与选择》，人民出版社1995年版。

张小琴：《中国当代生态文学研究》，中国社会科学出版社2013年版。

赵复兴：《鄂伦春族游猎文化》，内蒙古人民出版社1991年版。

赵世瑜、周尚意：《中国文化地理概说》，山西教育出版社1991年版。

钟敬文主编：《民俗学概论》，上海文艺出版社1998年版。

(二) 中文译著

阿尔贝特·史怀泽：《敬畏生命》，陈泽环译，上海社会科学院出版社 1996 年版。

阿诺德·汤因比：《人类与大地母亲》，徐波等译，上海人民出版社 2001 年版。

安东尼·吉登斯：《现代性的后果》，田禾译，译林出版社 2000 年版。

大卫·雷·格里芬：《后现代科学——科学魅力的再现》，马季方译，中央编译出版社 1998 年版。

丹纳：《艺术哲学》，傅雷译，天津社会科学院出版社 2004 年版。

杜赞奇：《从民族国家拯救历史：民族主义话语与中国现代史研究》，王宪明译，社会科学文献出版社 2003 年版。

恩格斯：《自然辩证法》，于光远等译编，人民出版社 1984 年版。

海德格尔：《路标》，孙周兴译，商务印书馆 2000 年版。

海德格尔：《人，诗意地安居：海德格尔语要》，郜元宝译，上海远东出版社 1995 年版。

亨利·大卫·梭罗：《瓦尔登湖》，王家湘译，北京十月文艺出版社 2009 年版。

霍尔姆斯·罗尔斯顿：《哲学走向荒野》，刘耳、叶平译，吉林人民出版社 2000 年版。

卡尔·曼海姆：《意识形态与乌托邦》，姚仁权译，九州出版社 2007 年版。

克拉克·威斯勒：《人与文化》，钱岗南、傅志强译，商务印书馆 2004 年版。

勒内·韦勒克、奥斯汀·沃伦：《文学理论》，刘象愚等译，江苏教育出版社 2005 年版。

蕾切尔·卡逊：《寂静的春天》，吕瑞兰、李长生译，吉林人民出版社 1997 年版。

利奥波德：《沙乡年鉴》，侯文蕙译，吉林人民出版社 1997 年版。

卢梭：《孤独散步者的遐思》，熊希伟译，华龄出版社 1996 年版。

罗伯特·路威：《文明与野蛮》，吕淑湘译，生活·读书·新知三联出版社 1984 年版。

Mark B. Bush：《生态学》，刘雪华译，清华大学出版社 2007 年版。

马克思：《1884年经济学哲学手稿》，人民出版社1979年版。

马克斯·韦伯：《社会科学方法论》，杨富斌译，华夏出版社1999年版。

萨克塞：《生态哲学》，文韬、佩云译，东方出版社1991年版。

塞尔日·莫斯科维奇：《还自然之魅——对生态运动的思考》，庄晨燕、邱寅辰译，生活·读书·新知三联书店2005年版。

汤因比、池田大作：《展望21世纪》，荀春生译，国际文化出版公司1984年版。

享宁·哈士纶：《蒙古的人和神》，徐孝详译，新疆人民出版社1999年版。

（三）论文

阿云嘎：《蒙古文学的现代性与世界性》，《民族文学》2008年第7期。

阿云嘎：《有关落日与晚霞的话题》，《民族文学》2007年第7期。

安殿荣：《鄂温克族书面文学中的民族记忆》，《中国民族》2004年第3期。

奥仁：《在对历史与未来的思考中开拓审美空间——世纪之交草原小说巡礼》，《内蒙古社会科学》2000年第6期。

巴·苏和、特日乐：《论蒙古族文学的大自然及生态主题》，《中南民族大学学报》（人文社会科学版）2012年第5期。

包明德：《民族品格的张扬与世界品格的拓展》，《文学评论》2004年第6期。

宝贵敏、巴义尔：《昨日的猎手——与鄂温克族作家乌热尔图的对话》，《中国民族》2007年第12期。

策·杰尔嘎拉：《蓬勃发展的内蒙古民族文学——纪念伟大祖国六十华诞》，《民族文学》2009年第10期。

陈旋波：《生态批评视阈中的20世纪中国文学》，《创作评谭》2004年。

陈引驰：《地域与中心：中国文学展开的空间观察》，《社会科学》2005年第2期

丁琪：《游牧文化与诗意栖居的想象——新时期蒙古族草原生态小

说研究》,《内蒙古民族大学学报》(哲学社会科学版) 2011 年第 3 期。

范肖丹:《天人合一的草原诗境颂歌》,《桂林师范高等专科学校学报》2008 年第 12 期。

范咏戈:《草原精神的诗意发现》,《民族文学》2008 年第 7 期。

格·孟和:《试论蒙古族草原生态伦理观》,《内蒙古师大学学报》(哲学社会科学版) 1997 年第 5 期。

葛根高娃、乌云巴图:《生态伦理学理论视野中的蒙古族生态文化》,《内蒙古大学学报》(人文社会科学版) 2002 年第 4 期。

郭亚明、赵丽丽:《挣扎在自然与文明之间——蒙古族作家郭雪波与劳伦斯作品中自然观之比较》,《内蒙古师范大学学报》(哲学社会科学版) 2007 年第 1 期。

黄爱宝:《生态伦理的人文精神》,《广西社会科学》2002 年第 5 期。

黄立华:《环境文学:生态危机时的一种新视野》,《广西师范大学学报》(哲学社会科学版) 2002 年第 2 期。

黄薇:《当代蒙古族小说中的自然风景描写》,《内蒙古师范大学学报》(哲学社会科学版) 1999 年第 2 期。

江冰:《草原的神性符号》,《小说评论》2009 年第 2 期。

解淑红:《蒙古族长调牧歌的宗教渊源》,《赤峰学院学报》(汉文哲学社会科学版) 2007 年第 3 期。

金海:《草原文学特性初探》,《民族文学研究》2009 年第 4 期。

雷达:《哦,乌热尔图,聪慧的文学猎人》,《文学评论》1984 年第 4 期。

李玫:《郭雪波小说中的生态意识》,《内蒙古民族大学学报》(社会科学版) 2005 年第 1 期。

李陀:《创作通信》,《人民文学》1984 年第 3 期。

李晓峰:《从诗意启蒙到草原生态的人文关怀》,《民族文学研究》2004 年第 1 期。

李晓峰:《中国当代少数民族文学创作与批评现状的思考》,《民族文学研究》2003 年第 1 期。

李晓明:《当代生态批评视阈中的文学研究与生态意识》,《云南社会科学》2008年第4期。

李长中：《"生态写作"的不同面相——以人口较少民族文学生态书写为例》，《中南民族大学学报》（人文社会科学版）2011年第6期。

刘大先：《当代少数民族文学批评：反思与重建》，《文艺理论研究》2005年第2期。

刘志忠：《萨娜小说的神秘色彩》，《民族文学研究》2004年第2期。

马桂英：《论蒙古草原自然崇拜文化的生态意蕴》，《内蒙古财经学院学报》（哲学社会科学版）2006年第1期。

马明奎：《试论满都麦小说传统重建理路中的生态美学意义》，《民族文学研究》2004年第4期。

马晓华：《自然与人的神性感应——满都麦与普里什文生态文学的比较研究》，《内蒙古师范大学学报》（哲学社会科学版）2007年第1期。

孟慧英：《萨满教中的人熊关系》，《黑龙江民族丛刊》1999年第4期。

苏尤格：《天人和谐生态哲学——论满都麦生态小说的哲学渊源》，《内蒙古师范大学学报》（哲学社会科学版）2006年第3期。

田青：《痛苦的抉择和乌热尔图随笔创作》，《学术探索》2005年第3期。

图力古日：《蒙古民歌中的生态文化研究》，《内蒙古民族大学》（哲学与社会科学版）2009年第3期。

托娅、赵筱彬：《论达斡尔族女作家萨娜小说的审美追求》，《民族文学研究》2010年第2期。

汪树东：《看护大地：生态意识与郭雪波小说》，《北方论丛》2006年第3期。

王保林、孙桂森：《玛拉沁夫与草原文学》，《内蒙古民族师院学报》（哲学社会科学版）1985年第2期。

王静：《自然与人：乌热尔图小说的生态冲突》，《民族文学研究》2005年第3期。

王克俭：《生态文艺学：为了人类诗意的栖居》，《浙江师大学报》

（哲学社会科学版）2001年第1期。

王辽南：《民族深层心态的吟唱——略论乌热尔图近期创作的忧患意识及其美学嬗变》，《阴山学刊》1991年第1期。

王诺、宋丽丽、韦清琦：《生态批评三人谈》，《三峡大学学报》（人文社会科学版）2006年第3期。

王诺：《生态批评：发展与渊源》，《文艺研究》2002年第3期。

王云介：《穿过欲望洞穴寻找希望与绝望》，《齐齐哈尔大学学报》（哲学社会科学版）2007年1月。

王云介：《乌热尔图的生态文学与生态关怀》，《黑龙江民族丛刊》2005年第3期。

魏占龙：《走出历史的轮回》，《民族文学研究》1992年第6期。

乌峰：《蒙古族萨满教宇宙观和草原生态》，《中央民族大学学报》（哲学社会科学版）2006年第1期。

乌冉：《论新时期"草原文学"的忧患意识 兼谈表现"悲怆"的美学倾向》，《内蒙古社会科学》1986年第5期。

乌冉：《蒙古族作家海泉创作印象》，《内蒙古民族大学学报》（哲学社会科学版）2008年第2期。

杨玉梅：《书写森林狩猎文化的温情与痛楚——乌热尔图小说的文化解读》，《民族文学研究》2009年第1期。

叶舒宪：《神话如何重述》，《长江大学学报》2006年第1期。

余谋昌、鲁枢元：《余谋昌与鲁枢元关于"生态精神"的通信》，《河南社会科学》2001年第1期。

张浩：《中国生态文学：寻找人与自然的和弦》，佛山科学技术学院学报（社会科学版）2004年第6期。

张兴劲：《参与和超越——从所谓"寻根"意识看乌热尔图的小说创作》，《钟山》1986年第4期。

赵海忠：《满都麦：捍卫人类天性的诗人》，《民族文学研究》2005年第2期。

赵树勤、龙其林：《中国当代生态小说创作的迷误及其思考》，《邵阳学院学报》2008年第1期。

赵志忠：《试说21世纪少数民族文学发展基本趋势》，《民族文学研究》2003 年第 3 期。

曾繁仁：《试论生态美学》，《文艺研究》2002 年第 5 期。

曾繁仁：《新时期与新的生态审美观》，《文艺争鸣》2008 年第 9 期。

（四）相关的文学作品

阿尤尔扎纳：《绝地》，《草原》2000 年第 4 期。

阿云嘎：《狼坝》，《草原》2003 年第 10 期。

阿云嘎：《野马奔向狼山》，《民族文学》2003 年第 12 期。

敖蓉：《桦树叶上的童话》，《骏马》2010 年第 6 期。

包建美：《生灵》，《骏马》2004 年第 6 期。

孛·额勒斯：《布敦阿拉坦》，《民族文学》1994 年第 12 期。

孛·额勒斯：《圆形神话》，《民族文学》1993 年第 4 期。

布林：《恐怖中盼望阳光》，《草原》2003 年第 5 期。

布林：《青色的萨力恒》，《草原》2003 年第 5 期。

策·旺色莱：《在故乡的天鹅湖畔》，赛其亨译，《草原》1987 年第 12 期。

杜梅《木垛上的童话》，《民族文学》1986 年第 9 期。

杜梅《那尼汗的后裔》，《民族文学》1998 年第 7 期。

甫澜涛：《紫山岗峡谷》，《民族文学》2001 年第 6 期。

格日勒其木格·黑鹤：《重返草原》，中国少年儿童出版社 2005 年版。

格日勒其木格·黑鹤：《黑狗哈拉诺亥》，接力出版社 2011 年。

格日勒其木格·黑鹤：《王者的血脉》，中国少年儿童出版社 2010 年版。

郭雪波：《爱唱歌的秃顶伯》，《当代》1997 年第 2 期。

郭雪波：《草原的呼号》，《北京观察》2001 年第 8 期。

郭雪波：《大漠魂》，中国文联出版社 2001 年版。

郭雪波：《大漠狼孩》，中国文联出版社 2001 年版。

郭雪波：《父爱如山》，《大家》2004 年第 5 期。

郭雪波：《郭雪波小说自选集·天出血》，百花洲文艺出版社 2002 年版。

郭雪波：《罕·兀拉山上有圆石》，《民族文学》1998 年第 1 期。

郭雪波：《哭泣的草原》，《森林与人类》2002 年第 7 期。

郭雪波：《苦荞》，《红岩》2006 年第 5 期。

郭雪波：《老树》，《民族文学》1995 年第 3 期。

郭雪波：《沙狼》，农村读物出版社 1992 年版。

郭雪波：《树上人家》，《长江文艺》2000 年第 11 期。

郭雪波：《霜天苦荞红》，《民族文学》1999 年第 8 期。

郭雪波：《腾格儿山上的一只兔子》，《绿叶》2005 年第 2—6 期。

郭雪波：《天海子》，《北京文学·精彩阅读》2004 年第 12 期。

郭雪波：《天音》，《民族文学》2006 年第 2 期。

郭雪波：《银狐》，漓江出版社 2006 年版。

郭雪波：《青旗·嘎达梅林》（上、下），新星出版社 2011 年版。

哈斯乌拉：《虔诚者的遗嘱》，百花文艺出版社。

哈斯乌拉：《乌珠穆沁的故事》，《民族文学》1984 年第 10 期。

海勒根那：《到哪里去，黑马》，中国文联出版社 2001 年版。

海勒根那：《父亲鱼游而去》《青年文学》2004 年第 1 期。

海勒根那：《金色乳汁的草原》，《民族文学》2004 年第 11 期。

海勒根那：《寻找巴根那》，《民族文学》2009 年第 11 期。

海勒根那：《寻找青鸟》，《骏马》2005 年第 5 期。

海泉：《混沌世界》，作家出版社 2002 年版。

黄薇：《冬天的风叮》，《民族文学》1990 年第 2 期。

黄薇：《流浪的日子》，《民族文学》1995 年第 12 期。

黄薇：《请不要让我孤独》，《草原》2003 年第 12 期。

黄薇：《生活像条河》，百花文艺出版社 1995 年版。

黄薇：《血缘》，《民族文学》1990 年第 11 期。

满都呼主编：《中国阿尔泰语系诸民族神话故事》，民族出版社 1997 年版。

满都麦：《满都麦小说选》，作家出版社 1999 年版。

莫·哈斯巴干：《野马》，《民族文学》2008 年第 7 期。

千夫长：《长调》，大众文艺出版社 2008 年版。

萨娜：《巴尔虎草原》，《天涯》2010 年第 2 期。

萨娜：《达勒玛神树》，《当代》2007年第2期。
萨娜：《额尔古纳河的夏季》，《作家》2004年第7期。
萨娜：《拉布达林》，《民族文学》2006年第7期。
萨娜：《你脸上有把刀》，大众文艺出版社2003年版。
萨娜：《天光》，《民族文学》2008年第6期。
孙权喜：《牧村》，《草原》1995年第4期。
涂志勇：《最后的猎人》，《骏马》2008年第4期。
乌兰：《遥远的阿穆哈河》，内蒙古教育出版社2010年版。
乌热尔图：《丛林幽幽》，《收获》1996年第1期。
乌热尔图：《鄂温克民族的历史踪迹》，《中华儿女海外版》1998年第6期。
乌热尔图：《琥珀色的篝火》，《民族文学》1983年第10期。
乌热尔图：《灰色驯鹿皮的夜晚》，《中国作家》1990年第2期。
乌热尔图：《你让我顺水漂流》，作家出版社1996年版。
乌热尔图：《七叉犄角的公鹿》，《民族文学》1982年第5期。
乌热尔图：《瞧啊，那片绿叶》《民族文学》1981年第1期。
乌热尔图：《森林里的歌声》，《人民文学》1978年第10期。
乌热尔图：《声音的替代》，《读书》1996年第5期。
乌热尔图：《乌热尔图小说选》，内蒙古人民出版社1986年版。
乌热尔图：《小说三题》，《收获》1988年第1期。
乌热尔图：《雪》，《钟山》1986年第4期。
乌热尔图：《一个猎人的恳求》，《民族文学》1981年第5期。
乌热尔图：《一个清清白白的人》，《山花》1983年第9期。
乌热尔图：《有关大水的话题》，《天涯》1999年第1期。
乌热尔图：《坠着露珠的清晨》，《人民文学》1984年第10期。
乌热尔图：《棕色的熊——童年故事》，《民族文学》1982年第11期。
希儒嘉措：《白骨崖》，《草原》1987年第1期。
希儒嘉措：《风骨》，《民族文学》2007年第2期。
肖龙：《黑太阳》，《民族文学》1994年第1期。
肖龙：《猎人谷》，《民族文学》1999年第8期。

肖龙:《蚁群》,《民族文学》2006年第12期。

肖勇:《重耳神兔的传说》,《民族文学》2004年第7期。

遥远:《白马之死》,《民族文学》2006年第6期。

昳岚:《霍日里河啊,霍日里山》,《骏马》2006年第5期。

昳岚:《太阳雪》,《民族文学》2008年第6期。

昳岚:《童年里的童话》,《骏马》2003年第1期。

袁玮冰:《红毛》,《民族文学》2007年第4期。

# 后　　记

时光荏苒，三年的读博生活弹指一挥，回首往昔，感慨良多。

2001年硕士毕业后，我随即报考了博士，却很遗憾与读博的机会失之交臂。接下来的生活紧张而忙碌：工作、生子、写论文、评职称……曾经的博士梦仿佛越来越遥远了。转眼间十年过去了，人到中年的我偶尔忙里偷闲，环视周围的工作环境，讶然发现周围的同事甚至自己的学生都读了博士。而工作实践的烦琐芜杂与学科前沿的日新月异也让我倍感井底之蛙的浅薄与疏漏，充电与深造的念头如星星之火很快燃成燎原之势——那个远去的博士梦居然被激活了。年届不惑之年且身兼女儿、妻子、母亲多重身份的我，再次坐在考场的那一刻，心情的复杂难以言表。幸运的是，中央民族大学文传学院的徐文海先生以其宽厚博大的胸怀接纳了我这位高龄考生。

三年间，在徐文海先生的悉心关怀和指导下，我一步步地圆着自己的博士梦。徐先生才高学富、做事执着、幽默可爱、平易近人，是良师亦是益友。其为文为人之道对我影响深远、终生难忘。而且我的论文选题也得益于徐先生在刚入门时带我们所做的课题。

在参与完成导师的草原文学研究课题中，接触到了大量的内蒙古的少数民族作家，其创作中融入灵魂深处的生态意识深深触动了我。联系到家乡内蒙古日益严峻的生态环境与"草原文化"大区建设的现实召唤，突然觉得生态绝非仅仅意味着自然环境，事实上，它更是一个文化问题，一个哲学命题，因而觉得这是一个很有意义的选题。这个想法得到导师的肯定与支持，徐先生鼓励我要大胆探索、深入研究，并给予了许多开拓思路的建议。然而在着手研究过程中，我才发现困难重重。相对而言，内蒙古少数民族文学的研究起步较晚，尤其在生态领域，目前相关的研究基础较为薄弱，在材料收集方面因多为散篇也花费了大量的时间和精力。一度我曾产生怀疑和动摇的念头。质疑、焦躁、抑郁、失眠等负面因素曾让我的生活阴云密布。好在自己终于挺过来了，在完成博士论文的定稿之际，突然发现风雨过后的彩虹是那样绚丽多姿。

感谢中央民大文传学院为我们授课的白薇老师、刘淑玲老师、敬文东老师、杨天舒老师、刘震老师，老师们在授课过程中所表现出的丰厚卓然的学识、开阔高远的视野、一丝不苟的敬业精神与知难而上的学术激情让我真正领略到学者的风采。感谢钟进文教授、刘淑玲教授、汪丽珍教授、敬文东教授在论文开题报告会上的指点迷津、纠偏补弊，让我有拨云见日之感，为我论文的顺利完成打下了良好的基础。

感谢与我共度三年时光的师兄妹们，从相识、相伴到相知，一路走来，收获大家的友情是我人生中的宝贵财富。

感谢我的工作单位——内蒙古师范大学文学院的领导与同事对我外出求学不易的充分理解与全力支持，他们的关怀使我能够集中精力完成自己的学业。

最后，我还要特别感谢我的家人。从计划考博到整个读博的过程，我的丈夫成为我背后的坚强后盾。他既要工作、照顾孩子，还要及时化解我的一些不良情绪，为的是能让我平安着陆。外出读书期间，我年迈的父母帮忙操持家务，解除了我求学的后顾之忧。这里我还要感谢我的儿子，论文写作期间我几乎无暇顾及他的生活、学习，而他却小大人般每每对我的论文进展表达关心与询问，让我甚为感动与愧疚。

正是得益于以上多方的关怀与支持，这篇倾注着我心血的博士论文才得以顺利完成。但我深知这只是在少数民族生态文学领域研究的开始，"路漫漫其修远兮，吾将上下而求索"，今后我要更坚定地走下去，进行更深入的研究，为生态文学的研究贡献自己的绵薄之力。

郭秀琴<br>
2014 年 4 月 15 日于中央民族大学